知音动漫图书·新阅坊
ZHI YIN COMIC BOOK 以梦想之名 点燃阅读

哑 舍

Written by 玄色
Illustrated by 晓泊

YA SHE

哑舍II

玄色 著

XUANSE

知音动漫图书 · 新阅坊出品

《漫客 · 小说绘》书系

它们在岁月中浸染了成百上千年。

每一件，都凝聚着工匠的心血，倾注了使用者的感情。

每一件，都属于不同的主人，都拥有自己的故事。

每一件，都那么与众不同，甚至每一道裂痕和缺口都有着独特的历史。

谁还能说，古董都只是器物，都是没有生命的死物？

这是一本讲述古董故事的书，既然它们都不会说话，那就让我用文字忠实地记载下来。

欢迎来到哑舍，请噤声……

嘘……

Contents 目录

CHAPTER ONE
第一章
四季图
SIJITU

·一·

这天，医生遵照惯例，值完夜班后带着早饭到哑舍去吃。自从打西安回来，他和老板的关系就更近了一步，若说以前是好朋友的话，现在就足以称得上是同生共死的好兄弟了。

毕竟，他们真的差一点死在骊山秦始皇陵里。

医生现在回想起那个夜晚，都觉得太过于疯狂，他自己都不确定那是不是他做的一场梦，更别说和其他人倾述了，听到的人大概会直接说他得了癔症。

医生呆呆地坐在哑舍的柜台边，看着老板动作熟练地泡着今年新下来的第一茬春茶，哑舍古趣十足的室内，顿时茶香弥漫。

老板的衣服已不再是过去那件中山装，他们从骊山秦始皇陵的地宫里带回了那半件由黑金黑玉拉丝的秦朝衣袍，由大师裁剪成了一件非常时尚的衬衫。这件衬衫和原来中山装的料子是一样的，都是全黑，袖口和衣摆处都绣着深赤色的滚云边，而那条阴魂不散的赤龙，因为一时不察，让它偷偷跑到了这件新衬衫上，此时龙头趴在老板右肩上，龙身蜿蜒在后背处。它从这件衬衫制好之后就没有变动过，仿佛陷入了冬眠一般，虽然稍微令人安心了一些，但每每看到它狰狞的面目时，还是会令人心生寒意。

医生对这件新衬衫没有什么兴趣，他感兴趣的是老板——好想要老板的一根头发还有一滴血去化验哦……好想知道他的身体构造哦……好想亲手解剖他哦……手好痒啊……医生抓心挠肝地闹心着，自从知道老板是活了两千多年的人之后，就完全克制不住自己的求知欲。

可是他知道老板讨厌去检查化验，而且这要是万一没保密好，以后肯定没有什么安宁的日子。老板把医生发绿的目光看在眼底，不动声色地把泡好的茶倾倒在他面前的茶杯中。其实他也想弄明白自己长生不老的真正原因，以前和医生说的，只不过是猜测而已，精密的仪器检查，如果不公开的话，还是可以接受的。

只是，他不急。经历了这么漫长的岁月后，他最不缺的，就是时间。

老板掩去唇边的一抹微笑，心里算着医生到底要纠结多少日子才会说出这个要求。

医生倚在哑舍的黄花梨躺椅上悠闲地看着报纸，品着春茶。阿帕契那条狗狗在前一阵他陪老板去西安时，托表妹带回家养着，谁知这么一养就养出感情了，他去要了几次都不肯还，约摸着是不会再还回来了。

正值大清早，哑舍平时就没什么顾客光顾，此时更加是门可罗雀，所以当医生看到一个背着画筒，穿着简单干净的白衬衫，戴着一副黑框眼镜的清秀男子推门走进来时，狠狠地吃了一惊。

对方倨傲地朝柜台里的老板点了下头当作打了招呼，轻车熟路地往哑舍的里间走去。

医生眼睛都要瞪脱窗了，盯着那名男子绕过了玉质屏风之后，回过头小小声地朝老板问道："那人是谁啊？怎么像是到自己家一样啊？"

老板把玲珑杯放在鼻间嗅着茶香，抬头淡淡道："他是附近美大的老师，来我这里临摹书画的。他平时也经常来，一呆就在里面呆一整天，你难得见到他一次。"

"临摹书画？"医生疑惑地重复着，何时老板也如此善心了？"对他这么特别？他不会是什么名家转世吧？"也不能怪医生如此疑心，毕竟他可是听说过霍去病转世、项羽转世……连他自己据说都是扶苏转世，说不定刚刚走进去的那个画师又是什么牛叉的角色……

沉重的雕花木门又被人推开，拄着拐杖的馆长走了进来。他第一眼看到的就是一进门那里多出来的一尊高大的兵马俑。推了推金丝边的眼镜，馆长不敢置信地说道："这是……这是秦始皇的兵马俑？这是哪家仿造的啊？怎么这么夸张？哇！居然还是真的青铜剑……"

医生用咳嗽声掩饰冲口而出的笑意，仿造的？天啊！要是馆长知道这尊兵马俑是从秦陵地宫里自己追出来的，绝对会把眼镜都跌碎了。不过他也知道就算馆长眼力再强大，也绝对不会相信色彩如此鲜艳的兵马俑是真品，一般刚出土的兵马俑身上残余的染料都会迅速褪去，他不知道老板用了什么办法，保留了这尊兵马俑上的颜色。要是馆长知道这兵马俑还会动……医生别过脸去，忍笑忍得很辛苦。

馆长虽然觉得这尊兵马俑有些古怪，但没多想，他看了眼在柜台后端坐的老板，挑眉笑道："换衬衫了？我倒觉得原来的衣服适合你。"

"那件衣服穿了那么久，也该换换了。"老板又拿出来一个新杯子，摆放在馆长面前，替他倒满了清茶。

馆长坐在柜台前，环顾了店内一周，不解地问道："我刚刚明明看到有人进来了，他人呢？"

医生向后指了指道："进内间了。"

"什么？"馆长如遭雷劈，神色也如同医生般羡慕嫉妒恨！他自然知道内间的东西远比外面摆着的要好，可他根本连进去的机会都没有啊！

老板把刚刚和医生说过的理由重新说了一遍，馆长仍是不依不饶地套话道："那他临摹的是哪一幅古画？"

老板也不瞒他，淡淡道："他最近在临展子虔的《踏雪图》，进度很慢，大概一天只是画一笔而已。"

一天一笔？医生暗暗咂舌，这什么龟速啊！

他一扭头，看到馆长捂着胸口，一脸扭曲，立刻吓了一跳。"大叔，你怎么了？是不是有心脏病啊？"医生赶紧跳起来，扶着馆长坐下。

馆长掏出手绢来擦擦额头的细汗，哆哆嗦嗦地说："我我……我就是没有心脏病，也会被他吓出心脏病！展子虔啊！怎么会是展子虔的《踏雪图》？"

"展子虔？他很有名吗？"医生没听说过这个名字，不以为意。

"当然有名！"馆长用拐杖重重地拄了一下地，发出了闷重的响声，"现在存世的山水卷轴画中，隋代画家展子虔的《游春图》是发现年代最早，并且保存非常完整的一幅古画，现存在北京的故宫博物院，上面还有宋徽宗的亲笔提款。据野史传说，展子虔一生最有名的作品是《四季图》，《游春图》只不过是《四季图》中的其中一幅，此外还有《童子戏水图》、《落叶图》、《踏雪图》。只是另外三幅图连摹本都没有，很多人都质疑另外三幅图的存在可能性……老板，能不能让我去看一眼啊？"馆长转向老板恳求道。

老板出乎意料地点点头："右边的第一个屋子。不过那三幅图不是有缘人是看不到的，你要有心理准备。"

馆长立刻拄着拐杖一瘸一拐地往内间走去。医生也好奇地跟着去了。老板并没有阻止，只是低头专注地用软布擦拭着手中的茶杯，不出一分钟，医生便从玉屏风后转了出来，口中悻悻然地唠叨道："你骗人！那屋子里挂着的就是白纸啊！也亏得那个画师能对着那白纸发呆！"

"都说了有缘人才能看到，馆长没和你一起出来吗？"老板轻笑道。

"没，他看到的也是白纸，但那画师的桌上铺着一张画纸，已经画满了，馆长就对着那张画研究来着。"医生说完补充了一句，"用不用我把他叫出来？"

"不用，既然画师没说什么，就让他呆着吧。"老板也不是那么不近人情。

"哦。"医生重新坐下，却再也没了看报纸的心情，"老板，馆长说那三幅古画虽然在他看起来是白纸，可是纸张确实是很有年头的，那真的是传说中《四季图》的另外三张吗？那个画师是什么人？他怎么能看得到？"

老板停下擦拭茶杯的手，含笑问道："想听故事？"

"想听。"医生立刻凑了过去，他正无聊着呢！

"嗯……我想想，这要从很久远的年月说起……"

· 二 ·

北宋年间。

"若说起这年轻的端王爷，这京都内可真是无人不知无人不晓！暂且不说他流传在外的那些才华横溢的书画，今日先来说说他少年风流的佳事……"东京汴梁的一家茶馆二楼，说书先生正口沫横飞地讲着最新的八卦，旁听的人群都聚精会神。对平头老百姓来说，这些桃色花边事件才是茶余饭后的甜点。

茶楼靠栏杆的角落里，坐着两名身穿华服的少年，其中一个穿宝蓝衣袍的少年笑得一脸灿烂，压低声音问身边那位穿绛紫色外袍的少年："王爷，这可是在说你呐！不过，我怎么都不知道你还有这段故事？"

另一位少年从小厮递过来的小茶罐中挑出一个茶饼，用茶臼耐心地捣成粉末，待碎末均匀，放入茶盘待用，静待桌旁的水壶烧开。

点茶时最忌分心，蓝衣少年见状也不再搭话，不一会儿，水壶里的水便沸腾起来。旁边有小厮送上一套天青色的荷叶型茶盏，蓝衣少年忍不住伸手拿起一个，端在手中细细看去。只见釉面滋润柔和，纯净如玉。抚之如绢，釉如堆脂，潜藏的纹片在阳光映照下晶莹多变，一看便知是不可多得的珍器。再翻过来看了一眼盏底的落款，顿时嫉妒不平地碎碎念道："皇上还真是待你好，这御赐的东西你都敢拿到大街上来用？也不怕弄坏了？"

紫袍少年瞥他一眼，淡淡道："东西就是拿来用的，坏了我再管皇兄要就是了。"说罢便拿起炉上烧开的水壶，动作优雅地烫壶，温杯，干壶，置茶，烘茶，注水……滚水冲入茶盏之中时，他拿起茶筅力道均匀地开始打茶。茶盏中的茶末被开水一烫，散发出蒸腾的热气和香气，一下子就充盈鼻间，让人心旷神怡。

不一会儿，茶盏中的茶水水乳交融，泛起沫饽，潘潘然如堆云积雪。

"堂哥，你这点茶的手艺可真是越来越绝了！"蓝衣少年呆看着放在他面前的茶盏，只见在那天青色的茶盏中，沫饽洁白，水脚晚露而不散，正是点茶的最高境界。

"话说，前儿个东瀛那边来的人，四处去学我们的茶道，弄得似模似样的，看样子还打算带回他们国家去呢！"

"画虎不成反类犬，他们不懂我朝文化的茶道之精粹，生搬硬套，不过是绿钱浮水而已。"紫袍少年淡淡评价道，又拿了一个茶盏，重复了一遍刚才的步骤，给自己也点了一盏贡茶。

这两位少年，穿紫袍的正是东京汴梁最近名声大噪的端王赵佶，而着蓝衣的那位，则是宋太祖赵匡胤五世孙赵令穰，算是赵家的宗室子弟。两人同辈，又年纪相当，爱好相同，所以赵令穰便堂哥前堂哥后地唤着，没少被家里的人指着额头说他没上没下。不过赵令穰也是在庞大的宗室中长大，自然也知道分寸，但平日和赵佶厮混起来，唤他王爷的时候，反而是透着一股戏谑。

赵佶也不以为意，他三岁的时候就被封为王爷，一点都没觉得这名头有什么特别之处，反而极爱隐瞒身份流连于市井之间，倒是喜欢赵令穰这不做作的态度。

待赵佶也为自己点好了一盏贡茶后抬手示意，赵令穰随即拿起茶盏，感受着那正适合的温度熨烫着手心，天青色的茶盏中因茶乳融合，水质浓稠。赵令穰欣赏了片刻，仰头一饮而尽。这茶水饮下去之后，盏中的茶沫胶着不干，出现了点茶点到极致之时才会出现的"咬盏"。

赵佶也把自己那盏茶喝净，满意地看着留在盏壁上的咬盏。

他端王赵佶，做什么事自然就要做到最好。

赵令穰拿起一旁的水壶，往赵佶手中的茶盏加水，水线在空中划出一道优美的弧线，注入茶盏之中。热水冲掉粘在盏壁上的茶沫，赵佶喝掉了这盏残茶，心情大好，用一旁小厮递过来的毛巾擦了擦手，浅笑着问道："大年，今儿个有什么节目？"

赵令穰腹诽着自己多亲给他起的那个乳名，他弟弟叫永年都比他叫大年要好听！但却不敢真让赵佶改口，毕竟唤乳名还能表示和他亲近嘛！赵令穰也喝掉自己的那盏残茶，咂吧了几下嘴，回味了一下唇齿间的茶香，这才笑着说道："东大街那边新开了一家古董店，一会儿去瞧瞧有什么宝贝吧！"

这提议极对赵佶的胃口，当下连茶点都不想吃了，立刻起身就往外走去。

赵令穰拈了两个精致的茶糖，往嘴里一丢，吩咐随行的小厮把这套贡品茶具收拾好，这才追着赵佶而去。

茶馆里的评书先生，仍摇头晃脑地编排着少年端王的风流韵事，周围的人听得津津有味，浑然不觉刚刚端王爷就在他们身边。

东京汴梁是一座非常繁华的城市，汴梁往来的商旅很多，都称世间再也没有一个城市能比得上这里的繁华美丽。

这点，倨傲如赵佶也深以为然。汴京的布局不再沿袭唐代京城的封闭式坊里制度，商人只要纳税，便可以随处开设店铺。这样新的街区鳞次栉比，屋舍林立，街道两旁的店铺檐宇如一，又盛设帷帐，摆满珍宝器物，或各地的财货，道上人车往来，一片太平热闹景象。

宋朝以前，街市的开放有严格的宵禁限制，城门和坊门在入夜以后关闭。但宋朝以后，就打破了这个限制，上一代皇帝宋神宗还发展了许多夜市，进一步促进街市的繁荣。虽然开店容易了，但老字号林立的东大街，轻易不会有空档让新店可以加进来，所以赵令穰说那家古董店开在东大街时，赵佶便知道这家古董店肯定来头不小。

没有实力，怎么可能在东大街上开店呢？

"堂哥，到了。"听见赵令穰的声音，赵佶一抬头就看到古朴的店面上两个篆体的大字，点头赞道："哑舍，这名字起得有味道，比起那什么宣德阁、三宝轩的名字，雅致得很。"

赵令穰就知道这家古董店必然对赵佶的胃口，得意地笑道："就知道堂哥会喜欢，不过这哑舍我可是听别人说的，我没进去过，堂哥要是觉得虚有其表，可别怪我哦！"

赵佶还没说什么，就见这家古董店的大门"吱呀"一声开了一条小缝，一个两岁大的小男孩从门缝中挤了出来。

赵佶见这孩子白嫩可爱，正猜测是谁家的小公子时，却被他手中抱着的一把青铜剑吸引了全部的注意力。

说是抱着还有些不太准确，因为那把剑的长度几乎比得上这个小男孩的身高，以他的年纪还拿不动这么沉的青铜剑，所以他两只手握着那剑的剑柄，而剑鞘尖部坠在地上。尽管是一把没有拔出来的青铜剑，但以赵佶的眼力，已经看出这把青铜剑至少是春秋战国时的名器。

赵令穰也是玩古董长大的，一看到那小男孩就那么拖着那把青铜剑往外走，心疼得直跳脚，赶紧弯下腰帮他把剑尖拿起来。就这么一过手，赵令穰便看清了剑鞘上的鸟篆体刻字，顿时一个激灵，惊呼道："堂哥，这是越王剑的真品！"

赵佶挑了挑眉，宋朝有重文轻武的风尚，所以对于闻名遐迩的越王剑，他并不是很感兴趣。但这家古董店，竟然把如此珍品给一个两岁大的小孩子当玩具，可见其中还有多少宝贝。赵佶双目一亮，抬脚便往店内走去。

相比外面的阳光灿烂，古董店内要暗得多。沉重的雕花木门后，两盏长信宫灯正幽幽地燃烧着，店内弥漫着一股好闻的熏香，寻着香气的源头，在酸枝木雕刻的柜台上，正摆放着一尊鎏金翔龙博山香炉，丝丝缕缕的香烟正从龙口中徐徐吐出。

店内的布置典雅宜人，没有寻常店铺中那种待价而沽的市侩之感，而是像进入到了一个大户人家的厅堂，每一处的古董，都是价值连城，就算是长于帝王家的赵佶，也不由得暗自赞叹，自然而然地对这里的老板升起了仰慕结交之意。

可是店铺虽大，赵佶拿眼神一扫，便知这店内没有人。他也不急，抬首观看着厅中挂着的两幅对联，如果他没认错的话，这应当是唐太宗李世民的御笔。

"你们是谁？这店还没开呐！"清脆的童音忽然响起，赵佶转头看去，那个拖着越王剑玩的小男孩又从门缝间挤了进来，一双黑亮的大眼睛努力地瞪着他。

帮他提着越王剑的赵令穰摸了摸鼻子，嘿嘿一笑道："没开店不也是要开店吗？喂，小子，你家这店里有没有什么稀罕的字画啊？"

小男孩一开始老大不愿意这两个人随便进来，但赵令穰的话，显然是把他当成了店主，立刻把小胸膛挺得高高的，牛气哄哄地说道："当然有！随我来！"说着就拖着那柄越王剑，噔噔噔地往内间跑去。

赵佶皱起了眉，显然不认同赵令穰这种哄骗小孩子的伎俩。赵令穰却知道他这个堂哥的死穴，笑眯眯地说道："堂哥，连这小孩子都知道那幅画最珍贵，那肯定是错不了。而且趁这家店还没正式开，看到好的东西先预定下来，省得到时候被别人抢走了。"说罢他也不管赵佶有没有答应，拔腿便朝那个小男孩追去。

赵佶也知道赵令穰说得没错，很多古董店都有镇店之宝，轻易不会示人。这哑舍之内，春秋战国时的越王剑都可以给小孩子当玩具，用唐太宗的御笔当楹联，那么作为镇店之宝的书画就越发难以想象了。

赵佶挣扎片刻，便朝内间走了过去。刚转过一扇巨大的云母琉璃屏风，就听见先过去的赵令穰气道："小崽子！你敢骗少爷我？"

"我没骗你啊！老板说过这里的最好，我也没进来过啊！"小男孩委屈的声音传来，不会说太多话的他根本没法解释，一跺脚便跑了出来，他手中的越王剑，剑尖在地上拖拽，发出"嗞喇嗞喇"的声音。从赵佶身边跑过去的时候，还不忘抬起头朝他做了一个大大的鬼脸。

"怎么回事？"赵佶看到追出来的赵令穰，疑惑地问道。

"那屋里挂着的分明是四张白纸！这小子还趁机扯了我的香囊。那可是莺莺特意给我绣的呢！"赵令穰气急败坏地解释了两句，然后急吼吼去追那个小男孩了。

赵佶大为意外，他不相信挂在那里的就是四张白纸，可是赵令穰也没道理骗他。他都走到这里了，一股难以言明的冲动驱使着他朝那间没关上门的屋子走去。

屋内没有窗户，也没有任何其他摆设，只有屋中央的圆桌上点燃的一盏长信宫灯，而在赵佶朝屋内四壁看去时，一阵狂喜袭上心头。

这四面墙上挂着的，分明是四幅画工精湛的风景画！四幅画所画的风景完全一致，区别只是画中的季节，春夏秋冬各一幅。赵佶看到画角的落款时，饶是见多识广的他也不由得轻颤，这竟是展子虔传说中的《四季图》！

四幅图的构图壮阔沉静，设色古艳，赵佶站在屋子的中央，慢慢地转着圈转换着视角，顿时就像是四季在他的视野中循环流转一般。士子仕女们游春、童子在盛夏的小溪中戏水、老人在落叶中惆怅、旅人在雪中疾驰……赵佶被深深地吸引住了，完全没有深思为何赵令穰说这是四张白纸，直到有个声音突兀地响起。

"你能看得到这四幅画？"

赵佶像是从幻境中惊醒，骤然发现这屋里已经不止他一个人，不知何时门口处站了一名年轻的男子。他穿着秦汉时的古服，宽袖紧身的绕襟深衣，黑色的直裾优雅地垂在脚边，更衬得他面如冠玉，活脱脱就像是古画中走出来的人物。赵佶察觉到自己盯着对方不放的举动非常失礼，连忙掩饰性地轻咳了一声道："你是……"

"这家店的老板。"对方微微一笑，说出了一个令赵佶惊讶的回答。

赵佶没想到这家古董店的老板居然会如此的年轻，不过看对方的气质，也许是某个家道中落的富家子弟。赵佶自知理亏，一拱手诚心地说道："在下唐突，擅自闯入，请恕罪。"

"无妨，定是乐儿带你进来的，他素来淘气。"老板轻笑，显然也拿那个小孩子毫无办法。

"令郎活泼可爱，以后当为大才。"赵佶也笑了起来，想到被捉弄的赵令穰现在还没回来，恐怕是被那个小魔头折磨得够呛。

"他不是我的儿子，只是……亲戚的孩子。"老板微微抬眉，淡淡地解释道。像是不想再继续这个话题，他转向一旁的墙壁上挂着的画卷问道："你能看到这四幅画？"

"当然能。"赵佶莫名其妙地点点头，虽然屋中灯火很暗，可也足以让他看到这四幅画上的景色，连树枝的细微都看得一清二楚。"这展子虔的《四季图》，老板，你多少钱才肯让给我？"

老板没有说话，而是用一种高深莫测的目光盯着他。赵佶大大方方地任他看着，以为对方在斟酌开多少价适合。半晌之后，老板才幽幽地开口道："你买不起。"

赵佶皱了皱眉，身为大宋的王爷，还少有他买不起的东西。他心中暗暗思索这肯定是对方抬价的伎俩，但却仍是管不住自己的嘴，冷哼道："你只要说得出口，我就能买得起！"他平日也少有如此冲动，但是他一见到这四幅画，就抑制不住心中的渴望，觉得无比的喜爱，千金难买心头爱，他决定不顾一切代价也要得到这四幅画。

老板这时看向他，表情变得有些认真起来，淡淡地说道："想要拥有这四幅画，就必须维持自己的本心。"

"本心？"赵佶绝没想到老板会说出这个风马牛不相及的词，不由得呆了一下。

"万钟则不辩礼义而受之，万钟于我何加焉？为宫室之美，妻妾之奉，所识穷乏者得我与……"老板徐徐说道，清朗的声音回荡在整个室内，悠然坦荡。

"……是亦不可以已乎? 此之谓失其本心。"赵佶接着他的话继续说了下去。此段出自《孟子·告子》，"本心"的说法，也出自于此，指的是廉耻之心。孟子在文中举例说，有些人在生死之间，能够宁死不屈甚至舍生取义，而在天下太平之时，却可以不顾廉耻甚至不择手段地追名逐利，丧失了原来的立场和品德。

"是的，你若是想要拥有这四幅画，就必须维持自己的本心。"老板的语气很是淡然，像是极为不信任他可以做到一样。

赵佶怒极反笑道："哦? 只要这样?"

"是的，只要这样。"老板仍是浅浅地笑着，"既然你决定要这四幅画了，那么就用手摸一下这四幅画的画纸吧。这四幅画会为你带来无穷的权力和财富，但如果你无法维持你的本心，那么它们也会无情地收回，并收取数倍的报酬。"

赵佶不可置否地伸手随意在这四张画纸上碰了一下，对于这家古董店的良好印象却在这几句对话中荡然无存。要不是看在这四幅画是真迹的份上，他早就扭头走人了。

赵佶心中暗笑，他已经是王爷了，还有什么比这个位置拥有更加无穷的权力和财富?

就在他的手指从最后那张《踏雪图》的画纸上收回时，走廊里传来一阵凌乱的脚步声，赵令穰神色惊疑不定地冲了进来，慌慌张张地说道："堂、堂哥! 大事不妙了! 宫……宫里的人传来消息，说……说……"

赵佶的心中升起了一种不祥的预感，厉声喝问道："说什么?"

赵令穰一咬牙，扑通一声跪在地上，道："说是皇上病危了!"这句话犹如惊雷般在赵佶的耳边炸响，在一片短暂的空白之后，赵佶下意识地想到，他皇兄至今还没有子嗣，这皇位……而比王爷这个位置拥有更加无穷的权力和财富的是……

这四幅画会给他带来无穷的权力与财富?

赵佶下意识地看向一旁的老板，目光接触到他唇边微妙的笑容，不禁恍惚了起来。

· 三 ·

老板独自站在屋中，端详着四壁上挂着的《四季图》，许久都没有说话。他想不通，为何这《四季图》会选择赵佶作为有缘人。

"他们走了?"清脆的童音在门口响起，打断了老板的沉思。

"乐儿，把越王剑给我。"老板沉下脸，朝门口的小男孩伸出了手。

乐儿纠结了片刻，抬眼看了看老板的脸色，万分不舍地把手中的越王剑交了出去，快快地抱怨道："乐儿拔不出来，别人也拔不出来！"

老板把越王剑拿在手中，伸手摸了摸乐儿柔软的发顶，浅笑道："你不是这把剑的主人，自然拔不出来。"

乐儿嘟着嘴，但小孩子心性，闹过之后，便转眼忘记了。他这才发现屋中的不同，惊讶地嚷道："咦？画！"他刚刚明明看到的是四张白纸，怎么一转眼就变成了四幅水墨画？乐儿用鄙视的眼光看向老板，心想刚刚那个大叔骂错人了，他才没骗人呢！是老板骗人！

"《四季图》认了主，自然会显形。"老板叹了口气，"就是不知道这次能维持多久。"

乐儿歪着头似懂非懂地听着，但也识趣地并未插话。

"虽有明察之资，仁义之志，一旦富贵，则背亲捐旧，丧其本心……"老板淡淡的声音流淌在寂静的屋内，像是一种难以明喻的箴言……

赵令穰整了整身上的衣袍，走进延福宫的偏殿。

已经登基为帝两年的赵佶，正穿着一身明黄色的便服，负手站在这间屋子的中央，聚精会神地欣赏着面前挂着的《童子戏水图》。

赵令穰扇了扇手中的折扇，这间不通风的屋子在盛夏之际越发的闷热，也不知道他堂哥怎么忍受得了。赵令穰知道这屋中四壁上挂着的图，正是当年赵佶登基之后，哑舍的老板亲自送过来的。分文未取，实在是出乎了他的意料。他以为，当初装神弄鬼地弄了四张白纸挂在那里，肯定是别有图谋，谁想对方居然没有任何索求。

不过这只是小事，赵令穰转眼便抛在了脑后。他崇拜地看着面前的赵佶，他的这位堂哥在十九岁那年便登基为皇，屡次下求直言诏，窜逐奸佞，昭雪冤狱，查纳忠言，所有的这些，都受到朝野上下的一致赞誉。

可是赵令穰隐约之间也有着不安，新党旧党之争在哲宗时期就斗得如火如荼，他相信很多人都弄不清楚到底是新党的改革好，还是旧党的守旧妙。可是最近发布的政令隐约有了更改的迹象，因为身为宗室的桎梏，赵令穰很少接触政事，但是也听闻赵佶的这些改变，均和最近朝中新蹿起的蔡京有关。

蔡京是因为写得一手好字，才被赵佶赏识的。赵令穰曾见过几次蔡京，对他没有什么好印象，却又不知该如何和赵佶说。他们已经不是单纯的堂兄弟的关系，他甚至都不能像以前那样没上没下地叫他堂哥，不管在私下或者是公共场合，他只能低头卑微地跪下双膝。

见赵佶从冥想中回过神，赵令穰连忙按照平日里的礼节，下跪见礼。"见过官家。"（注：宋朝时期，称呼皇帝为官家。所谓"三皇官天下，五帝家天下"，因为皇帝要至公无私，所以称为"官家"。）

"起来吧。"赵佶的脸上，已经褪去了少年时期的稚气，此时全是居高临下的傲然，"大年，今天叫你来，是想让你琢磨琢磨，这延福宫是不是太小了一点？"

赵令穰揣摩着这句话的言下之意，然后心惊地发现，他这个堂兄是要扩建这座宫室。延福宫历来都是作为大宋皇帝的一处行宫，以别致雅趣著称，可是却从来没有皇帝嫌这里太小了……赵令穰觉得这屋中的空气越发的闷热窒息，简直让他喘不过气来。

他知道他必须说点什么，赵令穰感到喉咙发痒，然后讪笑着，听见自己如此说道："……臣弟也觉得如此。"

赵佶龙心大悦，点头笑道："是的，这里实在是太热了，我们出去具体谈谈吧！"说罢便率先走出这间偏殿。

赵令穰从怀里掏出丝绢，擦了擦头上的汗。

由俭入奢易，由奢入俭难。这次只是扩建延福宫，那么下次呢……赵令穰不敢去想，当年赵佶也曾像是讲笑话一样，同他说过这四幅画的来历。说是这四幅画所需要的报酬，就是维持本心。赵令穰苦笑，如今不光是他的堂哥，连他自己都无法维持自己的本心，情愿说出违心之语。

无声地叹了口气，赵令穰转身走出这间偏殿，在他转身的那一刹那，墙上那幅《童子戏水图》的画迹，正缓缓变得浅淡……

赵佶换了便装，带着几个侍卫，走在东大街上。

时间就像是流水般飞速而过，他已经登基十年了。

他觉得他是个很好的皇帝，虽然那些繁琐的政事很难处理，但蔡丞相都帮他处理好了，让他有时间有精力投入自己最感兴趣的书画事业中。他掌管了翰林院，开办了宣和画院，亲自当了画院的院长，最近在编撰《宣和书谱》、《宣和画谱》、《宣和博古图》等书。

可最近发生了一件令他百思不得其解的事情,他急需找人来说明一下。据打探消息的人回报,说那家名叫哑舍的古董店这些天都没开店。听说前几天办了一场丧事。

那个老板死了? 赵佶皱起了眉。这些年他一次都没来过哑舍,怎么偏生这么巧? 几个侍卫揣摩着皇帝的心思,不顾哑舍仍关门闭店,强硬地砍掉门上的铁锁,推门而入。

赵佶走进之后,发觉其间的布置几乎和十年前一模一样,里面摆设的古董还是那些。赵佶想不通,难道这家古董店的生意竟惨淡至此? 十年间连一件古董都没卖出去? 赵佶几乎以为自己踏入的是十年前的时光,尤其是,当他看到那哑舍老板从内间缓缓踏出。

那眉目宛如十年前一般年轻,没有一丝一毫的变化。他还穿着那套玄黑色的汉服,脸色苍白得像一张白纸。

赵佶立刻猜到去世的是谁了,他叹气道:"节哀顺变。"

哑舍店里只有他当年遇见的两人,如今老板在这里,那么说明出殡的那个是乐儿。十年前那个乐儿两岁,就算过了十年,也不过是十二岁而已。赵佶这些年眼见着自己好几个儿子夭折,一时心中涌起了和老板同病相怜之意。

"没什么,到日子了,他也该去了。"老板苍白着脸色,像是浑然不在意自己喜爱多年的孩子就那么轻易地走了,转而淡淡地问道,"官家今日屈尊而来,有何要事? "

赵佶也听出对方语气中的不耐烦,却也并没有计较。毕竟任谁最亲近的人逝去,都不会有好心情的。赵佶朝旁边的侍卫一抬手,后者立刻递上了一个狭窄的锦盒。赵佶再一挥手后,那些侍卫便训练有素地鱼贯而出,留下赵佶和老板独处。

赵佶小心翼翼地把手中的锦盒打开,拿出一张画轴,在长桌上展开。

画纸上竟然是一片空白。

老板看到这一片空白的画纸,了然地挑了挑眉,淡淡地问:"这是《四季图》中的哪一幅? "

赵佶紧张地舔了舔唇道:"是《童子戏水图》,《游春图》还好好的挂在那里。其实这张《童子戏水图》早就已经变成了空白,我以为是哪个宫人不小心弄坏了画卷,弄了一张白纸挂在那里。可是昨天我忽然发现,连《落叶图》颜色也开始变淡,我才觉得不对劲起来……"

老板微微一笑,不紧不慢地说道:"这世间所有的事情,都是公平的。你既然选择得到无穷的权力与财富,又不能很好地维持本心,那么《四季图》自然是要带走一些相应的报酬。"

“什么报酬？”赵佶急问。

“这是《童子戏水图》。”老板只是笑笑，并未直接回答，而是淡淡地重复了一下这幅图的名字。

赵佶就像是被人掐住了脖子，一句话都说不出来了。他今年二十九岁，可是除了在他登基前出生的大儿子，没有一个皇子能顺利成长起来，毫无例外地早夭而死……他也隐约觉得不妥，一两个孩子夭折，也许是意外，但每个孩子都活不过五岁，就很离谱了……他一直以为有人暗中下蛊诅咒，可是绝对没有想到竟是画惹的祸……

“老板……这……这怎么化解？”即使是一国之君，但赵佶也知道自己只不过是个凡人，无法和这些神鬼之事抵抗。

老板没有说话，他抬起手，一点点地把画轴重新卷了起来。赵佶这时才注意到，老板汉服的右边宽袖上，有着一道齐整的切口，像是被利剑划伤。赵佶知道这件衣服恐怕是老板珍爱之物，否则不可能一穿就穿了十年，连破了口子都舍不得换。赵佶有求于人，便投其所好道：“老板，这件衣服破了，拿到文绣院去补一下吧，我保证文绣院那些绣娘的手艺巧夺天工。”

老板卷画轴的手顿了顿，显然赵佶的提议打动了他的心。文绣院是赵佶御用的刺绣院，也许会有希望。他还不想就这样死去，乐儿是扶苏的转世，他还是无力阻止他十二岁就死去的命运，但他并不甘心。千百年来都这样熬过来了，虽然被越王剑误伤到了衣服，但他还想要继续活下去。这是他心中唯一的执念，偏生赵佶还准确地抓住了他的死穴。

“官家，我这衣服并不是普通的布料，普通的绣娘是无法接手的。”老板看向赵佶的目光有些闪烁，“而且我要求衣服在缝制的时候，我要在同一间屋子里。”

赵佶连连点头，这点事情根本不值一提，他也看出来了，这件衣服应是秦汉时代的古董，才让老板如此珍视。

老板目光深沉地思索了一会儿，便关了哑舍的古董店，随赵佶回到了他在宫城外的行宫延福宫。

延福宫是在政和三年的春天，正式下令修缮扩建的，号称延福五区。新建的延福宫东西长度与大内皇宫相同，只有南北的规模略小，其实就相当于赵佶重新为自己修建了一处皇宫。东到景龙门，西达天波门，其间殿阁辉煌，景致秀丽，足足有数十座亭台楼阁。堆石为山，凿池为海，蓄泉为湖，其间点缀着千奇百怪赏心悦目的珍禽异兽和佳花名木，简直有如人间仙境。赵佶自从延福五区修建完工之后，大部分时间便耗在这里不愿离去。

如此豪华瑰丽的宫殿，赵佶也是存了向人炫耀之意，只是带着老板一路走来，却并不见他的脸上有任何震动的表情出现，反而一直漠视着面前的美景。

赵佶吸了口气，决定等万寿山修建好时，再带老板去看，不信他会不动容。老板看着满目的奇花叠翠，鳞次栉比的殿台楼阁，心中无奈地叹着气。

如此昏君，《落叶图》不开始凋零才怪！

老板在延福宫的一处偏殿住了下来，现在的延福宫庞大无比，自是不会多他这么一个人。而赵佶也只是一开始的几天很热情地招待他，后来见老板没有任何指点他如何保留子嗣的态度，便渐渐地不来了。

至于《四季图》，赵佶只留下了画迹完好的《游春图》和《踏雪图》，空白的《童子戏水图》和浅淡的《落叶图》都已经送到老板住的地方。老板把《童子戏水图》收好，而《落叶图》正挂在他暂居的偏殿内。

赵令穰倒是经常过来找他聊天，也许是闲散宗室无所事事，也许更是因为对现在朝野上下的失望，赵令穰一来就喝酒，喝完酒就开始接二连三的抱怨。

"喂！我说老板啊！你到底有没有方法让堂哥有皇子啊？"赵令穰晃着酒杯，醉了。他也只有喝醉的时候，才能称呼当今的皇上为堂兄。在清醒的时候，他只能恭敬地唤他官家。

老板淡淡笑道："是他一头热要帮我缝补衣服，我并没答应说要帮他啊。"赵令穰愣了片刻，点头称赞道："真是奸商，果然是奸商！佩服！佩服！"

奸商吗？老板低头看着右手上已经缝好的半只深赤色的龙爪，他坚持在每天绣娘缝制之后，把衣服穿回身上。赵佶肯定也已从旁人的回报中得知，这缝制的红线其实是浸染了他的鲜血。

他这身衣服所用布料并非凡物，布料每条纹路都有特定的排列，不能随意缝补，自然也非一般丝线能够缝补。

而为了最完美地修补这件衣服，赵佶甚至亲自绘制了这条龙的绣样。

呵……老板轻笑一声。赵佶十有八九是猜到了这件衣服的用处了吧？老板暗暗冷笑，其实，他是想把这件衣服占为己有吧？否则他一介平民，又怎能穿得了绣龙的衣服？

龙纹图案可是皇家御用的图案，赵佶图谋的，是将来终有一天，他能把这衣服穿在自己身上。

赵令穰没有察觉到老板的异样，他继续倒着酒，抱怨道："奸商其实还好，最可恨的就是奸臣！那个蔡京，居然想要重修太祖亲自设计的城墙！"

老板闻言也一呆，东京汴梁其实是处在天下之中，一马平川，是兵灾之地。无山川之险，也无关隘之守，只有漕运方便，交通发达，但难以守卫。无险可守的汴京，就只有加固城池，修筑厚重结实的城墙以代替山川之险，依仗重甲之师代替关隘之守。

宋太祖亲自设计的筑城图，犹如字谜般弯曲迂回纵斜。当年无人能看懂宋太祖的意思，但也都照实修筑城墙，保佑了大宋这数百年来的安定太平。

"蔡京那家伙，居然认为外城乱七八糟的，有碍观瞻！说要下令重修外城，将那些弯弯曲曲的城墙，改成方方正正的'口'字形！这不是胡闹吗？"赵令穰借酒耍疯，拍着桌子怒吼起来。他还想说什么，但酒精已经麻痹了他的大脑，不久便沉沉地睡去。

老板对着墙上浅淡得几乎看不清画面的《落叶图》，脸上的表情让人摸不透，他淡淡地说道："确实是胡闹。围人于口……不就是个囚字吗？"

· 四 ·

赤龙服一直绣了两年才完工，沾染了老板鲜血的红线，加上文绣院数十名手艺精湛的绣娘，让那条红龙仿佛活过来了一般，张牙舞爪地攀在衣服上，逼真得震撼人心，仿佛总有一天，会君临天下。完美，仅此二字。

然而，赵佶却并没有如愿地得到这件衣服，因为在他还来不及不顾脸面将它抢夺过来，老板就已经走了。他仿佛鬼魅般，从这守卫森严的皇城中，悄然无息地消失了。

他只带走了那卷空白的《童子戏水图》。浅淡的《落叶图》仍是那么孤零零地挂在墙上，赵佶每次看都觉得心悸，一阵恐慌仿佛紧紧攫住他的心脏，他不敢多看，便命人收了起来。

《四季图》已经收去了他的子嗣，他不想去思考，下一次，《四季图》又会从他这里收走什么。

在恐慌中度过了两年，已经三十三岁的赵佶除了皇太子之外，依然没有子嗣。一日，赵令穰寻来一位茅山道士，看过了宫苑中的风水后说皇宫的东北角艮位之地，地势太低，妨碍子嗣。赵佶便将宫苑的东北角加高，建造了一座造型美观的山冈。

说来也奇怪，这座山冈建好之后，皇宫内院中接连传来喜讯，一个个皇子接连来到人间，而且每个都非常健康活泼可爱。如此一来，赵佶便坚信《四季图》不过是糊弄人的东西，越发地崇拜起道术。

冗长的城墙改建计划也陆陆续续全部完成，时光飞速，赵佶越发地沉迷于大兴土木，花石纲弄得民不聊生，可是他却完全不理世事，尽情地享乐。

直到金兵南下，兵临汴京城，金兵的主将看见整齐划一的城墙，高兴地置炮田隅，随方击之。城既引直，一炮所望，轻易摧毁了新修的城墙，整个大宋京城好比被人轻易撕掉衣服的少女，再也无法抵挡金兵铁蹄的入侵。

赵佶踌躇立在寒风之中，心乱如麻。皇宫之内，触目依然是令人心醉的美景，然而远处隐隐可以听得到炮火轰鸣之声，尽管入目所见的皆是令人心醉的胜景，可是他却觉得自己仿佛坠入了修罗地狱。

他手中握着卷好的《踏雪图》。就在前几天金兵围城之时，他就想到了《四季图》，可是当他找到《落叶图》时，只看到了一张雪白的白纸。

他两年前退位禅让，把皇位传给太子，他放弃了至尊的皇位，都不能挽回败局。

这次要带走的，是他的国家吗？

宫内现在已经乱成了一团，宫女和太监们如临末日，不顾侍卫的阻拦便奔出宫门。一开始侍卫还挥刀示威砍杀，而赵佶见之不忍，挥手让侍卫们放行。顿时，宫内一片大乱，往日华美的宫殿仿佛变成了吃人的怪兽，人人争相往外逃去。

赵佶心痛地看到一盆川赤芍药被打翻在地，无人理睬，他最终忍不住上前亲自把它扶起，然后拂掉那花瓣上沾满的灰尘。他痴痴地看着那开得正盛的花，炮火声、尖叫声，仿佛都离他远去，心中竟是一片宁静。

世人皆骂他是一个昏君，耽溺享乐，可是……可是……他抚摸着花瓣的手忍不住颤抖起来。可他骨子里，仅仅只是一个喜欢舞文弄墨，栽花养草的闲散王爷而已。

突然，好像有一声叹息从远处传来，赵佶循声看去，隐约间在吵嚷的人群中，捕捉到一条眼熟至极的赤色红龙，可是一转眼又不见了。

是他吗？是他来收回《落叶图》了吗？

"上皇，请避入延福宫吧！"一名侍卫走上前来，低声说道。赵佶留恋地看了一眼自己生长的宫城，哽咽无语。

"彻夜西风撼破扉，萧条孤馆一灯微。家山回首三千里，目断山南无雁飞。"

赵佶这辈子也没有想过，自己会做阶下囚。

他本是个九五至尊的皇帝啊！可是现在却经历了九年的囚禁，远在最北边的五国城，苦度余生。

赵佶抬首看向天上的圆月，今日是正月十五上元节。他在位之时，年年的上元节都是正月望日彻夜观灯。整个汴京的灯火点燃一整夜都不会熄灭。从皇宫的正门结彩成山楼，彩灯盈庭，烛光如昼，连绵不绝，异常壮观。哦，对了，还会点燃一车的沉香，还有最后的烟火冲天……

恍惚间，似乎还能嗅到那股迷人的沉香香气，似乎还能看到那灿烂的烟花在夜空中拖拽出绚烂的痕迹……

赵佶裹紧身上唯一一件单薄的秋衣，北上囚禁的九年中，衣食不给是常事，他的儿子中有许多个就是活活饿死的。他闭上双目，苦涩的泪水怆然而下。他不忍去想，可他儿子们面黄肌瘦，痛苦呻吟的模样还是浮现在他眼前。

缓缓展开手中的《踏雪图》，最后，《四季图》只剩下这张画留在他手中，金人抢夺走了他所有的财物，只有这件没有拿走。

可能是因为这上面的画迹已经模糊不清，那些不懂中原文化的金人以为只是一张涂鸦而已。

突然，心中一动。赵佶忽然有所感应，抬起头来，最先看到的就是漫天雪花中，那条栩栩如生的赤色红龙。

"你……你终于来了。"赵佶五味杂陈地看着老板年轻依旧的容颜，他已经老了，两鬓斑白，枯槁如同废人，哪里还有当年意气风发，在皇城之内策马奔走的年少轻狂。可是对方却一如三十多年前初见时，那般年轻。

"是的，我来回收这幅《踏雪图》。"老板淡淡地笑着，像是等待了许久一般。

"为什么会是我？为什么会是我！"赵佶觉得胸口闷气纠结，他在被囚禁的九年中一直想问这个问题，"为什么这《四季图》选的会是我？"

老板的唇角勾起一抹讥讽的笑容，淡淡道："说起来很可笑，这个朝代，是一个很奇特的朝代。它拥有着令人赞叹的繁华和后人都无法企及的文化，但却饱受积贫积弱之苦，反复受到其他民族的压力。虽然朝中的争端不少，但却是前朝少有的清明，连一个士大夫都可以批评现实政治而不受到迫害。而技术上则越发的令人惊叹，活字印刷术、火药、指南针，这三种发明必将会改变未来。"

老板顿了顿，素来淡薄的目光中，竟罕见地出现情绪，是哀叹，是惋惜，也是愤怒。

"可是……可以传播文化的印刷术却用来印刷道教典籍，可以杀伤敌人的火药却被制作取乐之用的烟花，而可以航海探险的指南针则用来看风水……"老板的话宛如利刃，一刀一刀，都砍在赵佶心头。他心痛无比地跪在雪地中，知道是他毁了祖辈留下来的基业，是千古罪人。

他其实知道，为何四季图中单单只有《游春图》没有褪去画迹，是因为在他二十岁之前，都没有偏离自己的本心而活。可是他登基以后，却只做了一年半的好皇帝，就被绝对的权力和财富所腐化了。

如果再给他一次重头再来的机会，他会如何呢? 会努力成为一个明君吗? 如果皇兄不死，如果他还是好端端地当一个闲散王爷，那么大宋是不是就会如日中天?

赵佶感受到雪花落在了脸上，然后化为细小的水滴，慢慢地沿着他的脸颊滑落，最后掉落在雪地之上，成为一个晶莹的冰滴。

多美啊……漫天飘雪，细细密密的雪花，把世界妆点成一片银白，宛如一位冰清玉洁的婷婷女子，端正优雅地端坐着。若手中有画笔，他定要画下这一幕，而并不是想要那无穷无尽的政事和朝中纠葛……

可笑啊可笑，死到临头，他心里……想的竟然还是这些软弱无力的东西，可最可笑的是，这正是他穷尽一生也要追求的，所谓理想。

他从不想成为一位手握重权的皇帝。人之所以痛苦，就在于追求了错误的东西。

老板见到赵佶迷茫的表情，也不再言语。

本心，究竟有多少人能在无穷的权力和财富中，保持自己的本心? 别说赵佶了，就连那个赵令穰，也在时间的磨砺里慢慢地违背了自己的本心。

老板叹了口气，他自己不也一样吗? 他能说他自己的本心没有偏离吗?

"下辈子，你就做个单纯的画师吧……"老板从赵佶的手中抽走了那幅《踏雪图》，赵佶心中极为不舍，他用尽全部力气收紧掌心，却仍旧握不住那画卷，他眼睁睁地看着那画卷如流水般从他手心流走，白花花的画纸如地上的白雪一般洁白。

赵佶慢慢地闭上了眼睛，他知道，这次《四季图》带走的，是他的生命……

故事在漫天的雪花中结束，老板的话音已落下许久，医生仍是觉得不可思议，那个画师居然是宋徽宗赵佶转世？他就知道哑舍的客人都不是什么普通人！但那个拽到死的小子居然是九五至尊的皇帝！

"北宋亡国，其实也不完全是他的错。他皇兄做得很好，是因为宋哲宗不到十岁就登基了，所受到的教育完全是为皇储所安排的。而赵佶生来就注定是闲散王爷，宋朝对宗室的提防非常严重，宗室们最远的距离，也就是只能到京郊的皇陵去祭拜而已，终身不得离开京城，不得参与朝中政事……"老板淡淡地说道，心中回忆着那赵令穰其实也算是个难得的人才，可惜拘泥于宗室的祖训，无法一展宏图，只能寄情于山水书画，饮酒作乐。

医生觉得唏嘘不已，正不知道该说什么时，只见那个画师已经从内间走了出来，后面还跟着拄着拐杖的馆长。

"今天你出来得很早。"老板有些疑惑。

"嗯，画完了，自然就出来得早。"画师撇了撇嘴，他一向倨傲，对老板已经是少有的客气。

医生却是个不会看人脸色的，一听画完了，马上好奇地凑前问道："能不能给我看看？"

对于医生的自来熟，画师的嘴角一抽，虽然满腹的不乐意，但还是看在老板的面上，把画从画筒里拿了出来，小心翼翼地在柜台上展开。

《踏雪图》其实和《游春图》是一样的场景，只是季节不同。画长有八十厘米，尺幅之内描绘了壮丽的山川和踏雪而归的游客。图中展现了水天相接的广阔空间，青山白雪，湖水粼粼，一位旅人策马踏雪，雪花飞舞，一片晶莹洁白，美不胜收。山水重着青白之色，山脚用泥金，山上树枝直接以赭石写干，叶间积雪以水沉靛横点，大树多勾勒而成，松树不细写松针，直以苦绿沉点，人物用粉点成后，加重色于其上，分出衣褶。

医生一向觉得国画的山水画比不过西洋油画写实，可是在仔细看时，却发现这幅画真的能当得起"咫尺有千里趣"的评价，在咫尺画卷中，展现了千里江山的景色。

医生看得连连点头，虽然说不出个所以然来，但还是下意识地顺口问道："这画卖不? 多少钱? "在他的概念里, 只要是画家, 自然都是为了卖画, 否则还画它干吗啊?

馆长在一旁听着都要吹胡子瞪眼了, 他也想出价啊! 但是人家是一天一笔地画出来的, 他觉得有买的这个意思都算是亵渎了对方啊! 那画师又一脸倨傲的, 肯定是个自视甚高的人, 医生这番话只会冒犯了他啊!

可是没曾想, 画师闻言立刻道: "卖。"说罢用手比了一个数。医生闻言咋舌道: "太贵了, 能不能少一点? "对他这个工薪阶层来说, 那实在是个天文数字。

馆长焦急地用手比划着, 意思是这个数目他可以出。可不等他开口, 那边画师就已经淡淡道: "不能少。"而且一边说, 一边把那幅画慢慢地撕掉了。

馆长的眼睛都要凸出来了, 抢救不及, 懊恼得直捶胸口。天啊! 他就算没有心脏病, 也要被他们气出来了啊! 这幅画绝对值他开的那个价啊! 这世上没人知道《四季图》另外三幅是什么样子的, 这个摹本绝对的珍贵啊!

医生惊讶地看着画师一点点地把他画了好几年的画撕毁, 无奈地叹道: "我就随口讲讲价嘛! 你怎么还把它撕了? "

"没什么, 我认为这幅画值这个价格, 但是你讲价, 说明在你心里这幅画还不够好。不够好的东西, 还留着它干吗? 我下一幅继续努力就是了。"画师傲然地一扬下巴, 把撕碎的画卷扔到一旁的火炉中, 拿起画筒洒然离去。

医生无言以对, 还被缓过劲来的馆长臭骂了一顿, 他这才知道, 这世上最不好伺候的是艺术家, 说不定哪句话就把对方得罪了, 根本脑电波不是在一个频率上嘛!

好不容易把馆长送走了以后, 医生颓然瘫在椅子上, 一动都不想动。老板笑道: "不用在意, 这辈子的他, 倒是没有隐藏自己的本心, 随心所欲, 活得自在多了。"

"我才没在意呢! "医生哼道, 那个画师肯定是个完美主义者, 早就想毁掉那幅画了, 只是找个借口而已。"不管他的性格是什么样, 都很古怪。怪不得, 原来那时候我就特看不惯他! "他自然能听得出来, 在故事中那个十二岁就夭折的乐儿, 应是扶苏转世。

"那只是你的其中一个转世, 你没记忆的。"老板笑了笑。

"哼, 谁说的? 也许会有呢? "医生不服。

"哦? 那就是说, 你还记得你和男人谈过恋爱? "老板不咸不淡地扔下一个重磅炸弹。

"什么? "医生闻言如遭雷劈! 差点从椅子上摔下。

"呵呵, 那就是另一个故事了……"

CHAPTER TWO
第二章
锟铻刀
KUNWUDAO

· 一 ·

明朝嘉靖年间。

陆子冈站在囚车里，木然地看着前方。这里是他呆了数年的京城，他知道等囚车转到西四牌楼时，他的生命也将走到尽头。

西市是京城最繁华的街市，他之前也经常在那一带流连，只是没想到，最后一次去，是作为囚犯。

不久之前，他还是极受皇恩的御用工艺师，却不曾想，只因为他在一件玉雕的龙头上刻下了自己的名字，便惹来杀身之祸。世人都说他恃才傲物，目无皇上，可是他并不觉得自己有什么错。

那人总说，伴君如伴虎，果然不假……可惜，那间名为"哑舍"的古董店，他是再也回不去了吧？

也许因为最近处决的犯人比较多，所以一路上行人看到囚车的表情都很平静，连多余的目光都不愿停留，很快地转过脸去。只有几个七八岁的小孩子，嘻嘻哈哈地跟着囚车跑着，口中还唱着清脆童谣："平则门，拉大弓，过去就是朝天宫。朝天宫，写大字，过去就是白塔寺……"

陆子冈看着那些小小的身影，恍惚地想到，他和她初遇的时候，她也就是这么大。

他这一生，雕过无数美玉，什么茶晶梅花花插、青玉山水人物玉盒、青玉婴戏纹执壶……他有自信，他的手艺这世间再也无人能及。可是无人知晓，那些流传世间的精致玩物，都不是他最喜爱的作品。

他艰难地把手掌摊开，在自己布满茧子的手心中，静静地躺着一块晶莹润滑的玉质长命锁。

上好的美玉，质地雪白细腻，色泽如晴朗的秋夜里皎洁的满月，又如记忆中她白皙洁净的肤色。他依依不舍地摩挲着这块长命锁，仿佛就像是在触碰她的脸庞。

陆子冈注意到旁边士兵贪婪的目光，却也无从理会，只是低头静静地注视着上面的纹路。

"长命百岁……果真只是个美好的愿望啊……"陆子冈喃喃自语道。当初他用那么虔诚的心情在这块玉料上刻下这四个字，求的就是希望她能长命百岁。

清晰的记忆浮现在眼前，她的音容笑貌，历历在目，仿若就在昨日。一旁的士兵收回了目光，心想并不急于一时。等午时三刻一过，这块长命锁便不再属于这个人了。

玩耍的孩子们被大人叫住，但清脆的童谣声依然远远传来："……帝王庙，绕葫芦，隔壁就是四牌楼；四牌楼东，四牌楼西，四牌楼底下卖估衣……"

陆子冈紧紧地把手中的长命锁重新握住。

这是他一生最为珍贵之物，也是他此生，最后唯一能抓住的东西。

四牌楼高高的屋檐已经近在眼前……

· 二 ·

二十年前。

陆子冈站在苏州最繁华的观前街上，深吸一口气，紧了紧身上的行囊，踏着长满青苔的青石板路往前走去。

他今年十岁，还是头一次来到如此繁华的街市。看着周围来来往往的人群，陆子冈低头看了看衣衫褴褛的自己，自卑地把自己藏在街道的阴影里溜着边前行。经过一家餐馆门口时，传来浓郁的菜香，他一时忍不住停下了脚步，肚子咕嘟咕嘟直响。

"哪里来的小乞丐？去去去！别挡着爷的路！"

陆子冈窘迫地避到一旁狭窄的小巷里，看看左右无人，便掏出干粮。他先是狠狠地闻了一下空气中飘过的菜香，这才啃了一口手里已经硬了的馍馍。

他岁数不大，却也见遍了世态炎凉。父母五年前在太湖因船难双双溺水而亡后，他就孑然一身。亲戚们谁也不愿意养这个已经半大不小的孩子，最后他被叔父收养，结果也没呆几年，就被婶婶赶了出来。

他原本有个幸福的家庭，爹娘对他溺爱有加，可是那昔日的幸福，恍然就像是这春日里的太阳，明媚不已，可是伸出手却什么都触不到。连残存的温暖都感觉不到。

陆子冈愣愣地收回手，重新握住冰冷的馍馍，低下头掩住眼眸中的失落。

他曾无数次想象，若他爹娘那日没有坐船，或者坐晚一班的渡船，那么他现在肯定不会这样落魄地站在苏州街头。可是命运，不是这么容易就能猜得透的。

他知道叔父也不容易，本来家里就穷，还有三个孩子，在他年纪还小的时候还能分他一口饭，但随着家里的孩子们越来越大，却是真的养不起了。叔父虽然是琢玉师，经手都是精美的玉料，可是地位很低下，玉料的加工费更是经过层层盘剥，到手的工钱所剩无几。

陆子冈珍惜地嚼了嚼口中没有味道的馍馍，仔细地都咬碎了才咽下肚。他年纪还小，田里的活都做不动，所以这几年一直随着叔父学习玉雕。叔父说这次让他到苏州城，是要推荐他到古董店里当学徒。可是这话说不定根本做不了准，毕竟叔父根本就没有亲自带他来，只是给了他古董店的地址和店名，连老板的姓名都没说。

也许，他是被抛弃了。

陆子冈看着手中剩下的半个馍馍，虽然肚子还是饿得慌，但他还是打算把这半个馍馍收起来。说不定，还可以当晚饭。

可是他的这个微小的愿望也没能实现，从巷子的阴影里冲出来一个小孩儿，一下子撞到了陆子冈的后背，他手上的那半个馍馍直接飞了出去，滚出了好远才停住。

陆子冈没去管那个莽撞的罪魁祸首，而是奔了出去，捡起地上的半块馍馍，小心翼翼地拂去上面的沙土。

"喂！那么脏，不能吃了啊！"身后传来清脆的童音，陆子冈置若罔闻。

"我赔你一顿饭好啦！"随着娇憨的声音，那个孩童索性蹲到了他的面前。陆子冈首先看到的是一双虎头鞋，然后慢慢地抬起了头。

一个玉雪可爱的女娃正笑盈盈地看着他，当空的太阳照射在她身上，形成了一层耀眼的金色光晕，美得令人难以直视。

这是他偷偷地珍藏了一生的画面。

他愣愣地看着这个粉妆玉琢的小女娃，看着她头上摇晃的两个小辫子，好想伸手去揪揪，却突然发现自己的手指上沾满了尘土，又自卑地缩了回去。

一只滑腻的小手一把抓住他向后缩的手，那手小得只能握住他的几根手指，清脆如银铃般的笑声响起："走吧！我赔你一顿饭！"

陆子冈迷迷糊糊地站了起来，然后悄然反握住那只柔软的小手。软软的，好像稍微一用力就会捏碎一样。他放松了一些力道，却舍不得放开。

这个小女娃大概才七八岁，个头还不到他的肩膀，从他的角度看去，正好能看到她的发顶，两条小辫子随着她的走动一跳一跳的，晃得他一阵恍惚。

陆子冈被她从后门带进了某家餐馆后院，隐约还能听得到前面嘈杂的说话声。院子里有一条半大的灰色土狗，看到他们进来并没有汪汪大叫，而是摇着尾巴跑了过来，亲热地在他们脚边转悠着。

"你等等啊，我去给你做点吃的。"小女娃放开了他的手，蹦蹦跳跳地跑向一旁的灶台，这里应该是这家餐馆的后厨，上面还摆着几盘剩菜。

陆子冈咽了咽口水，上前拉住小女娃，期期艾艾地说道："不用……不用麻烦，剩菜就可以了……"

小女娃扬起头，如同上好墨玉般的眼瞳闪着笑意，"不行不行，我就要给你做！"

她从他手里抢走了那半个沾满尘土的馍馍，扔给了那条灰狗，然后转身去洗手了。只见灰狗嗅了嗅，一爪拍开那馍馍，嫌弃地趴回原本的地方。

陆子冈没办法，只得跟在她身后。看着她洗过手之后，搬来一张有她半身高的板凳，然后这个没比灶台高多少的小女娃便颤颤巍巍地踩着板凳，危危险险地挥舞着锅铲，陆子冈站在她身后，他总觉得怎么看怎么危险，万一不小心摔下来……

还没等他想完呢，就听见小女娃脆生生地"哎呀"了一声，眼看着就真的快要摔下来了，陆子冈不能多想，在她身后撑了她一把。

"吓死我了，刚才真是谢谢你了！"小女娃惊魂未定地拍拍胸口，回头对他甜甜一笑。陆子冈赶紧摇头，想起刚才触及她软软的身体，脸上又一阵烧红。

小女娃熟练地把冷饭下锅，动作干脆利落地敲了两个鸡蛋，开始炒饭。灶火薰得她白皙的皮肤下透出好看的红色，额头凝结出细密的汗水，她一把抹去，继而又专注于锅中的炒饭。

那一本正经的表情，让陆子冈不由地看得入迷了。

其实小女娃只是做了一盘很简单的蛋炒饭，但是隔着这盘盛得满满冒着热气的蛋炒饭，陆子冈看着那张闪闪发亮的笑脸，一股难以言喻的温暖涌上心头。

"快吃啊！快吃！看看好吃不！我爹总说我做得不好吃！我以后可是要当厨娘的！他偏说我没天赋！"小女娃急吼吼地往他的手里塞了一个勺子，然后期待地等着他试吃的结果。

陆子冈舀了一勺放入口中。饭粒还有些硬，有些咸，甚至鸡蛋还有些不熟，但是……

"很好吃……"他很认真地说道。

小女娃立刻笑得灿烂无比，如当空的太阳般耀眼。

陆子冈眯了一下眼睛，有点不太适应这种热情。

"呐，你叫什么名字？"小女娃捧着脸蛋，兴致勃勃地看着陆子冈一口接一口地吃着饭，心中的得意憋不住地爬上了小小的脸庞。她爹总说她做的饭不好吃，说连小灰都不吃，活脱脱的狗不理。瞎说嘛！看这个人吃得多开心。

陆子冈把嘴里的饭咽下去之后，吐字清晰地说道："陆子冈。"

"炉子钢？这名字怎么这么怪啊？"小女娃皱起了白嫩嫩的脸，就像是包子褶一样，可爱极了。

陆子冈笑了笑，低下头继续吃饭。他也没有问这个小女娃的名字，他虽然不大，但也知道姑娘家的名字是不能随便说给人听的。虽然眼前的小女娃还不算是姑娘家。

小女娃似乎对陆子冈很感兴趣，也顾不得陆子冈还在吃，连声问他是从哪里来的，要到哪里去。若是其他陌生人问，陆子冈恐怕会心怀抗拒，但对着这个小女娃，陆子冈老老实实地把自己的事情都讲了一遍。

"好可怜哦……"小女娃并不善于隐藏自己的感情，心中所想到的，就直接表现在了脸上。

陆子冈已经看出来这个小女娃生长在一个幸福的家庭中，虽然服饰并没有多华贵，但干净整洁，说明她有疼爱她的爹娘。他不愿她因为他的事情而感到悲伤或者同情，笑着说道："其实叔父也是为了我好，我以后想做个琢玉师，但一般人家怎么会有玉料供我练习？也不可能有玉雕任我临摹，所以叔父介绍我到古董店做学徒。"

这番话就是昨晚叔父对他说的，他当时听得似懂非懂，以为叔父只是找个理由把他送走而已，现在心平气和地回想起来，倒也有几分道理。

小女娃眨了眨那双黑白分明的眼睛，用力思考了半天，问道："捉鱼师是什么啊？摸鱼？你日后捉到了鱼，可以来找我，我一定帮你把鱼煮得好吃！"

陆子冈笑着解释道："是琢玉师，就是把玉器从一块玉料里琢磨而出……"他犹豫了起来，向一个只有七八岁大的孩子解释什么叫琢玉师，是很困难的，他身上没有带一块玉件来做例子，他之前打磨的那些，都让叔母收走了。

"玉？哎呀，那我身上也有一个！"小女娃终于听懂了陆子冈说的是"玉"而不是"鱼"，兴奋地从脖子里掏出一根红绳，下面缀着一块婴儿巴掌大小的白玉原石。

陆子冈一看那润如羊脂般的白色，立刻呆住了。他叔父虽穷，但苏州玉雕本就是当世一绝，替人加工的玉料中也常有极品。他曾有幸见过几件，其中还有一件是要进贡皇宫的贡品，都绝然没有眼前的这一块质地上乘。

而且这还是没有经过任何雕琢的玉料原石，若经过精心打磨……陆子冈马上合拢她的手，把那块玉料盖住，严肃地叮嘱道："小妹妹，别在其他人面前把这块玉拿出来。"他虽然年纪小，但还是知道怀璧其罪的道理。

小女娃嘟起嘴，其实这事她爹也跟她说过，但她一时得意忘形嘛！"那你以后要成为一个琢玉师，替我雕刻一个好看的玉件哦！"

"好。"陆子冈笑吟吟地答应了，又不忘叮嘱道："那……在我成为琢玉师之前，你不可以把这块玉交给别人雕琢哦，也不要随随便便拿给别的琢玉师看。"毕竟，如此稀世美玉，但凡有点眼光的琢玉师都能看出其价值不菲，若是万一动了歹心，那这个小女娃就……

"哦！"小女娃似懂非懂地点了点头，"对了，这玉是隔壁古董店老板送给我的哦！"既然是随手送给她的，那么肯定就不是很名贵嘛！小女娃不解地想着。

陆子冈本以为这么名贵的玉料肯定是小女娃家里祖上代代流传下来的，却没想到居然是旁人送的。陆子冈下意识地问道："古董店？叫什么名字？"

小女娃歪头想了想，笑道："名字很奇怪呢！叫哑舍。"

哑舍？陆子冈忙翻出叔父交给他的字条，果不其然！

陆子冈从没想过缘分竟是那么奇妙的字眼。本是以为萍水相逢的一顿饭而已，没想到他要投奔的古董店就在这个女娃家餐馆的隔壁。

也许，这也是命运吧。

出乎他的意料，哑舍的老板看起来非常年轻。他穿着一件绣工精美的长袍，有一双细长的凤眼，表情淡漠。那老板静静地听他说完来意后，淡淡地点了点头，带他去后院收拾了一间厢房给他住。

陆子冈就这么在古董店住了下来，他本就是一个不爱说话的人，老板更是沉默，古董店一天也不见得有几个客人进出，这家阴沉沉的古董店确实配得上哑舍这个名字。陆子冈一开始不大习惯这样的气氛，但日子久了，也就慢慢地静下心来。一开始他有空还往隔壁的餐馆跑，好几次差点要脱口问小女娃的名字，却每次话到嘴边，不知为何就是问不出口。没过多久，小女娃便随着家人去了京城，这一别，恐怕就是一生了吧。

在陆子冈的心中，偶遇那个明朗爱笑的小女娃，是他生命中最美好的时刻。只是这也不过是投入湖水的一颗石子，虽然荡起了涟漪阵阵，湖水终究也会随着时间的推移而慢慢归于平静。

老天爷让他遇见她，已经是他从出生到现在发生过的最好的事了，最好的相遇后是别离，命运真是爱作弄人。那天起，陆子冈就很少出哑舍店门，越发的沉默孤僻下来。

陆子冈每日在哑舍的工作很简单，只是需要打扫店铺的卫生，擦拭摆件上的灰尘而已，剩余的时间他可以对着那些玉器端详，甚至拿在手中任意把玩。

这家古董店里的东西绝对都是珍品。

可是店里的东西固然珍贵，却还远远及不上小女娃脖子上挂着的那块玉料原石。那么贵重的东西老板都能随手送人？陆子冈知道擅自揣摩对方不好，但呆得日子久了，他也知道这家古董店里有着各种奇奇怪怪的东西。

例如西厢房里那根缺了口的蜡烛长明不止，例如柜台底下锦盒中的那把越王剑偶尔发出嗡嗡的剑鸣声，例如老板身上的那条赤色红龙栩栩如生……陆子冈想着想着，就忍不住把视线落到了在柜台里看书的老板身上。老板穿着一身古老的汉服，却意外地没有任何违和的感觉，就像是和这间古董店融为了一体。袖口上的龙头随着他翻书的动作，翻飞游动，宛若活物。

老板把手中的书本合拢，迎上陆子冈的双目，淡淡笑道："子冈，我听说你希望以后做琢玉师？"

陆子冈立刻坐直了身体，恭敬地应了声是。

老板眯起眼睛想了想，起身道："你等一下。"

陆子冈疑惑地看着老板上了二楼。他知道哑舍其实很大，一楼店面里摆出来的东西只是很小的一部分。他虽然可以任意走动，但范围仅仅是一楼而已，二楼他从来没有上去过。过了不久，便听到脚步声传来，老板手中捧着一个落满灰尘的木盒走了下来。陆子冈见状便从水盆里拧了一块抹布，动作麻利地递了过去。

老板随意地擦了一下木盒，然后朝着陆子冈的方向打开，"这是锟铻刀，送给你吧。"

木盒中静静躺着一把小刀，那迫人的寒光迫得他几乎连呼吸都停止。这把刀全身漆黑，只有七寸长，线条流畅，刀面平滑光泽，刀刃锋利平直，精致得几乎像一件工艺品。最令人惊奇的是，这把刀不知道是用什么材质做的，刀身和刀柄浑然天成，通体黑色，刀身上还有着奇特的波浪型纹路。

"我这里只有用来琢玉的铻刀，用来解玉的锟刀还不知道流传到什么人手上了。"老板知道陆子冈的疑惑，淡淡地解释道，拿起那把铻刀给他看。

陆子冈果然在刀柄的底端看到了一个复杂的篆体，他识字还不多，知道那应该就是"铻"字。

《山海经》中的《海内十洲记·凤麟洲》中有言：昔周穆王时，西胡献锟铻割玉刀，刀切玉如切泥。"老板把手中的铻刀向陆子冈递了过去，"你既然立志要当琢玉师，那么这把铻刀你就拿去用吧。"

陆子冈呆呆地接过铻刀，入手沉甸甸的，冰凉刺骨，不似普通的铁刃，更像是石质的。他爱不释手地摩挲着刀身，感受着冰凉的刀身被他的体温所传导，慢慢温热起来，不由得追问道："这不是铁打的吧？"

老板很满意陆子冈毫不掩饰的喜爱，在他看来，这要比铻刀在暗处落灰好得多。"有没有听说过一句话？'他山之石，可以攻玉'，锟铻刀，就是他山石所做成的。"

"他山石？"陆子冈用手指碰触着刀刃。他自小就看着叔父琢玉，用行话来说，制玉根本就不叫雕玉，而称治玉，或是琢玉、碾玉。琢玉的工具，并不是刀器，而是一点点用解玉砂掺水，用圆盘或者圆轮一点点地磨。若这把刀真的可以切玉如泥，那么可就真的是把利器。

"我这里还有一些玉料，你拿去好好练习吧。"老板又拿出一个盒子，因为他的动作，盒子里叮咚一阵脆响，能听得出来都是上好的玉料原石。

陆子冈抿紧了唇，手里握着已经与他体温同样温热的铻刀，艰难地开口道："老板，我……"虽然怀疑老板有时会随意送珍贵的物品出手，但真面对这一刻时，陆子冈却觉得难以接受。在他成长的几年间，他学到的是等价交换，这世间哪有一个人无缘无故地对另一个人好？

老板像是看透了陆子冈心中的隐忧，轻笑出声道："别以为我是白给你练手的，我要你成为这世上最好的琢玉师，然后，替我打磨一块玉石。"

陆子冈怔忡了片刻，坚韧地点了点头道："好，我会努力的！"老板敛去笑容，严肃地叮嘱道："好好用这把锘刀，使用的时候要小心，不要让锘刀沾到人血，更不要用这锘刀杀生。"

陆子冈再次重重地点了点头。

接下来的日子，陆子冈便埋头钻研雕玉技术。这并不轻松，有道是，黄金有价，美玉无价，每一块玉石都有独特的纹路，若稍有不慎，刻坏一刀，那整块玉都算是毁了。

陆子冈不是没有失败过，每当他心灰意冷时，总会想起小女娃第一次给他做炒饭吃时的画面。

虽然只是一件很小的事，但他就是难以忘怀。

老板说，要他替他雕一块玉，那小女娃脖子上也有一块绝世的美玉，等他的技术磨练到能让老板满意的时候，是不是……如果再遇见那个小女娃的时候，他也可以为她雕一块玉呢？

如果命运能让他们再一次相遇，他一定……一定……

他捏紧手中的锘刀，再次专注到磨炼工艺上。

夜深，老板提着灯路过后院，看到陆子冈的厢房里还点着灯。他往里面看去，房内灯光昏暗，陆子冈却浑然不觉，全神贯注地埋首案前，正仔仔细细一刀一刀地雕着一尊人像的眉眼，房间里四处散落着一些玉料，还有好些未曾完成的作品。

什么玉壶、玉杯、玉玩件，虽然都是些半成品，却已让人觉得精绝不已。他雕的马，仿佛马上就要飞奔起来；他雕的鱼，仿佛只要一入水便会灵动地游走；他雕的花，仿佛只要靠上前去，就能闻到诱人的清香……

老板走进陆子冈房里，为他加了点灯油，室内再次亮堂起来，陆子冈却依然一副什么都没发现的样子，像是整个灵魂都扑在了他手中那块玉雕上。

老板看着那有点眼熟的人像面容，悄悄掩门离去。

呵，他终究是没有看错人……这个叫陆子冈的少年，总有一天，会为他打磨出最好的作品。

· 三 ·

十年后，京都皇城。

夏泽兰拢了拢头发，跟着李公公走进御用监的后门。身为尚膳监一员，她也经常来御用监的甜食房走动，但她今天来这里倒并不单单为此。

御用监在西华门外，是明朝四司八局十二监中占地最广的一个内府衙门。御用监和她所在的尚膳监，是油水最多规模最大的。尚膳监的"尚"是尊崇的意思，"膳"是饭食，尚膳监是掌办御膳、宫廷伙食、奉先殿贡品和皇城内各大内府衙门饮食的部门。夏泽兰在尚膳监并不是什么大人物，只是凭着几道家传菜成了一位厨娘。

至于御用监，则是执掌制造皇帝专用物品的内府衙门。虽说是只服务于皇帝一人，但皇宫内各种物事，大到家具龙床，小到笔墨纸砚，哪个不是皇帝专用的？玉玺印章要御用监制造，连装玉玺的盒子都要配套齐全，还不能重样。所以御用监占地极广，外围东面是外库和大库，西面是花房，南面是冰窖，再往内中间是公厅，左右四面分别是四大作坊：佛作、灯作、碾玉作、木漆作。剩下分布的是其余小的作坊，多得让人难以置信。

每次夏泽兰来御用监走路都要走上很长的时间。和她一起的李公公在旁边赔笑道："夏姑娘，您这次帮了咱家这么大的一个忙，真是感激不尽啊！"

夏泽兰甜甜一笑道："李公公言重了，拿钱办事，我们一码算一码。"虽说尚膳监也负责内府衙门的膳食，但那并不都是每日从尚膳监送吃的过来，而是直接派人过来，内府衙门各自都有膳房，轮值而已。但这些轮值的人每日做的食谱都没什么变化，若是想吃小灶，就是要去外面酒楼，或者私下联系尚膳监单请她们这些厨娘。

李公公笑得越发灿烂起来，他就是喜欢夏泽兰这种明事理的，省得以后纠缠不清，倒也麻烦。

"不过李公公，这次怎么想起来请我了？"夏泽兰疑惑不解，她在尚膳监算不上是什么突出的人物，顶多算个打杂混日子的。

李公公叹了口气道："这不是从苏州请来一个琢玉师吗？我们司正想为他接风，便想找个会做他家乡菜的厨娘来。夏姑娘也不用多做，顶多就三四个人，做六个菜一个汤就够了，材料咱家早就让人备好了。"

夏泽兰应了一声，六个菜一个汤，说得轻松，但光决定做什么菜就要下一番心思，还好是晚饭，她还能应付得过来。家乡菜她倒是总做，不会有什么问题。她看到李公公紧张的模样，不禁笑道："公公你还真是幸好请到了我，若是请到其他人恐怕还真不会做得那么全。"

李公公这时才放下心，也丝毫不觉得夏泽兰说得夸张。尚膳监内全才的人很少，光办膳局就细分了汤局、荤局、素局、点心局、干碟局等十多个部门，外加造酒、酿醋、制酱等等配膳局的部门，很多内官和厨娘就只单单会做一种菜。而他现在请的这个夏姑娘，听说在进皇城前是一家餐馆的继承人，置备一桌苏州菜应该不成问题。

放下了心，李公公自然话也就多了起来，两人这样聊着，走起路来倒也快一些，此时正值上午工匠们入皇城当值的时间，御用监的人开始多了起来，李公公的人缘显然不错，官位也不低，时不时有工匠或太监和他打招呼。

夏泽兰在皇城女子中年龄不小了，若不是父母相继因病去世，她早该嫁人了。不过她借着没有父母高堂做主的借口，自己一个人生活倒滋润得很。

两人越往碾玉作走，遇到的工匠就越孤傲，李公公有时候率先上前打招呼，对方都不予理会，更多的时候对方都直接当他们两人是空气。

李公公苦笑道："夏姑娘别介意，琢玉师就是这脾气，若是有什么得罪的地方，咱家在这里先给你赔个不是了。"

夏泽兰讶异地挑了挑眉毛："怎么? 架子这么大啊? "

她也知道有手艺的人往往会自视甚高，但这是在皇城里，聚集的都是世间最顶尖的人才，很难说谁的技艺更高。而且，她总觉得，琢玉师不应该是这样的脾性的，应该更温柔……更老实……

李公公叹气解释道："夏姑娘你有所不知，尚膳监分工很细致，很少有同一样菜由两个人来完成吧? "

夏泽兰点了点头，菜肴多不胜数，很多都是一个人身兼好几种菜式。李公公继续说道："你们尚膳监做菜，是要严格按照菜谱的，多一味配料都要研究许久，生怕对圣体产生什么不良影响，所以其实到底是谁做的根本不是重点，有了菜谱，换一个人也无所谓。但是御用监就不同了，各宫安置的床、柜、膳桌、灯具等等，虽然都有着规制，但大体上还是可以任凭工匠自由发挥的，碾玉作更甚。暂且不说那材料了，你想那玉件做出来都是摆在桌子上供人使用把玩的，和那坐着躺着的桌子椅子能一样吗? "

夏泽兰一听之下便明白了，若是换了她，她也不大会注意桌子椅子有什么稀奇之处，但一个精巧的玉件就不同了，玉料本就没有两件是完全一样的，再加上雕工就更了不得了，琢玉技术精湛一些的，做出来的玉器可说是天下独一无二。菜可以吃过了再吃，总会有吃腻的一天，玉件却越把玩越细腻，越有神韵，而且还可以流传千古。

夏泽兰琢磨透了之后，生出一丝仰慕之情，倒也觉得那些琢玉师孤傲得很有资本，忍不住摸了摸胸口衣服下面的那块玉料原石。记忆中曾经有个人好像说过要成为琢玉师的，不过年月太久远了，回想起来也只是几个零碎的画面，具体也记得不大清楚了。

从回忆中回过神，夏泽兰发现李公公还在低声地埋怨着，不禁顺着他的口气说道："李公公真是操劳了。"

李公公顿时觉得夏泽兰更顺眼了一些，叹气道："其实碾玉作的这些工匠们还算不错了，也就是脾气大了点，今次司正请来的这位是苏州大名鼎鼎的琢玉师，他所作的每个玉件上都留有他独有的款识，咱家在这碾玉界混了这么多年，还头一次看到如此嚣张的人。所以夏姑娘，今日有劳您多费心了，务必别让对方挑出毛病啊！"

夏泽兰表面上点了点头，暗地里撇了撇嘴，这么重要的一顿饭，就请她一个厨娘，怕是李公公担心人请多了会让其他琢玉师挑刺。不过连碾玉作的司正都亲自出来作陪，今日这份外快倒是不下功夫不行了。而且这请厨娘单独做饭接风恐怕是头一遭，那个琢玉师肯定不是普通人。

两人转过一个拐角，进了一个自带小厨房的独立小院。夏泽兰推开厨房门一看，所需的食材都新鲜干净地摆在那里，省去了她洗摘的步骤，倒是准备得很周全。李公公还有事要忙，又交代一番，便匆匆地走了。

夏泽兰先把最耗时的清汤火方所需要的鸡汤炖在火上，这道清汤火方是苏菜名汤，光是第一种骨吊吊汤法，就要熬制鸡骨一个时辰以上，更别提第二道的红吊吊汤和第三道的白吊吊汤法了。她算过时间，正好赶得上晚宴。

用瓦罐把第一道骨吊吊汤炖上调味之后，夏泽兰便开始在一堆食材中挑挑拣拣，选择所需的食材，这顿晚饭其实倒是不难准备，但难就难在这间厨房不比处处都是灶台的尚膳监，这里只有两个灶台，几个菜要在差不多的时间上齐的话，那就要费一番心思了。

夏泽兰从腰间解下了布包，露出了一柄通体黑色的菜刀，刀刃泛着寒光，刀身上有着波浪般的纹路，在光线下仿佛有流动之感。夏泽兰的表情变得柔和起来。这是夏家祖传的菜刀，从她父亲传到她手里，都已经是十五代了。每当做菜的时候拿起这把刀，她都会想起她的父母。

轻叹一口气，夏泽兰的手伸向了刀柄，可是就在她指尖碰到刀柄的那一刻，刀身居然轻微地震动了起来，发出了清越的嗡嗡声。夏泽兰吓了一跳，马上退后一步，惊疑不定地看向菜板上犹自震动的菜刀。

这是什么？这就是传说中的刀鸣声？就在此时，一个黑影闪进了厨房内，也是惊诧不已地看着那把菜刀。

听多了评书中刀鸣护主的传奇小说，夏泽兰第一反应就是这个陌生人是来御用监偷东西的，立刻上前一步握住了菜刀，狠狠地劈向那个不速之客……

陆子冈还是头一次来到京城。

其实他早就有接过御用监的任务，平时都是御用监到苏州采买玉料，等雕琢好了之后才进贡京城。这些年他琢玉的名气越来越大，御用监早就催他到京城来任命了。

陆子冈并不想来京城，御用监虽然拥有无上的权力，但他在苏州一样可以完成御用监布置的任务，玉件的运送与携带很方便——良玉虽集京师，工巧则推苏郡，业内流传的这句话并不是白说的。让他改变主意的，是哑舍的老板突然决定要把店转移到京城。

这十年来，他一直都在哑舍中度过，哑舍搬店铺，他自然要帮忙，这样索性就应了御用监的差事。等哑舍的店面整理好，他才去公厅领了出入皇城的令牌，晚上碾玉作的司正还有事见他，但看时间还早，便索性也不出皇城了。

碾玉作分为南玉和北玉两大派系。北玉就是以北方工匠为主，做工古朴造型大气，而南玉则以苏州工匠为首，做的一般都是小巧玲珑造型精致的小玉件。御用监内的南玉派系匠师，很多都是陆子冈在苏州时的朋友，他想顺便拜访一下。

他谢绝了小太监的带路，可是没曾想这碾玉作大得惊人，所有作坊的编号都是用天干和地支组合而成，但排序却是打乱的。为了防止外人短时间内摸清这里的布置，陆子冈觉得他走入了一个大迷宫，工匠们这时大都上了工，他想问人都问不到。

陆子冈不是没想过敲门问人，但是同样身为琢玉师的他知道，琢玉时最讲究一气呵成，若是在雕琢的时候有人打扰，也许就会毁了人家的琢玉思路，所以陆子冈宁愿自己继续迷路。

正如无头苍蝇般乱转时，陆子冈忽然闻到一股香味。小时候总是饥一顿饱一顿，所以陆子冈对于美食的味道非常敏感，很准确地顺着这股香气来到了一个独立的小院。

　　他刚踏进院门口，忽然感觉到怀中从不离身的锗刀开始振动了起来，甚至发出了轻微的嗡鸣声。陆子冈只是呆愣了片刻，便双目一亮，再也抑制不住心头涌上的狂喜。

　　只拥有锗刀的他，无时无刻不想着另一把锟刀的下落。锗刀精巧，只能用来琢玉，做一些小件的玉器，大点的摆件根本就不适合，所以他一直惦记着锟刀的下落，也缠着老板问了许久，得知在锟刀离锗刀不远的距离时，也许会因为千百年的分离，产生刀鸣声。

　　他小时候把这当成笑话来听，但随着在哑舍的日子呆得久了，也见过了无数件匪夷所思的事情。在他刻意的寻找下，从古籍中翻到了些许线索。传说春秋战国时，楚王命莫邪铸双剑，莫邪留其雄剑，而以雌剑献楚王，独留雌剑在匣中悲鸣。这件事有几本古籍记载，虽然说法各不相同，但终究是大同小异。所以陆子冈抱了很大的希望，也许有一天他可以让锟锗刀重新相聚。

　　只是他没想到这一刻居然来得如此之快。不过转念一想，满心的狂喜又暗淡了几分，这里是什么地方？这里是皇城御用监的碾玉作，几乎全天下最顶尖的琢玉师都聚集在此，也许有琢玉师和他一样，得到了解玉所用的锟刀。

　　不过陆子冈黯然的神色立刻又恢复了过来，锟刀被人所拥有并不是什么坏事，在哑舍这些年，他最不忍的就是看着那些有灵性的古董默默地摆在柜子里落灰了。东西制造出来，就是要使用的，否则还有什么价值？

　　这些念头闪电般在陆子冈脑海中闪过，他在短暂的一愣神后，便加快脚步朝前走去，他非常想结识一下拥有锟刀的琢玉师，交流一下经验。这小院不大，藏不了人，他越往前方走，怀中的锗刀刀鸣声就越大。

　　陆子冈郁闷了。因为再往前走，那就是个厨房啊！

　　厨房就厨房吧，也许那个琢玉师是在吃东西，但带着一把解玉的大刀吃饭么……陆子冈虽然疑惑，却还是加快脚步走进厨房，先是看到厨房里站着一个姑娘，视线扫过，然后难以置信地瞪大了双眼。他没看错的话，菜板上放着的那把和锗刀质地一样通体黑色的刀，应该就是锟刀吧！怎么看起来那么像菜刀呢……

　　这个意外一下子就把陆子冈震撼在当场，直接导致那姑娘抓起锟刀朝他挥来的时候，还在发呆……

别以为会做菜的姑娘们都很贤惠，其实面不改色地挥刀斩肉砍鱼的姑娘们，潜意识里更加的凶残……那可是和在闺阁内绣绣花弄弄针那些大家闺秀们不是一个级别的！以上是陆子冈瞬间领悟到的真理。

陆子冈这辈子还没被人拿刀追杀过，虽然来势突然，但对方毕竟是个女子，他只是略一侧身便闪了过去。只觉得耳边一阵刀气呼啸而过，骇得他连忙说道："误会误会，先别动手！"

夏泽兰停了手，并不是因为对方说的话，而是他的口音。对方情急之下说出的那种熟悉的乡音，立刻让夏泽兰回过神，开始上下打量起对方。

这名年轻的男子大约有二十多岁，眉眼清秀，穿着一袭素雅的蓝衫，气度非凡，一看便知并不是歹人。夏泽兰虽然觉得自己不问青红皂白就挥刀砍人有些脸红，但仍是义正言辞地皱眉问道："这里不是随便乱闯的。"

陆子冈也知道自己行事鲁莽，他也不多费口舌解释，只是从怀中拿出小巧的锟铻刀。

夏泽兰顿时觉得自己手中的菜刀嗡鸣声更甚，不由自主地把刀放在菜板上。她自然能看得出来这两把刀一致的样式，不由得诧异地问道："我爹没和我说过还有一把配套的水果刀啊！"

水果刀？陆子冈顿时觉得眩晕，过了好久才找回自己的声音，慢慢地把锟铻刀的来历说了一遍，可是对方并没多大兴趣，转身拿起锟铻刀开始切起菜来。

虽然那动作熟练得赏心悦目，但在陆子冈看来实在是无比的刺眼，那把可是上古流传下来的锟铻刀！他忍不住到："这刀是用来解玉的，不是用来切菜的啊！"

夏泽兰背对着他，也能感受到那锐利的目光，转身轻笑一声道："这么看着我也没用哦，这把刀是我家祖传下来的，我可不管你说的是什么意思，反正在我眼里，这把就是菜刀。"

陆子冈一怔，心知对方说得也有道理，在她眼中，他手中的锟铻刀还是水果刀呢！不过就算知道这个道理，陆子冈也一时半会儿回不过神，心里只觉得这姑娘怎么如此蛮横，下意识地辩解道："锟铻刀可是琢玉刀啊……"

夏泽兰闻言愣了一下，"你不会就是今晚司正要请的那个琢玉师吧？作品上必留款的那位？"

陆子冈听她的话语间有挑衅之意，不由得沉声反驳道："留款有什么不对？玉器同字画一般，也是艺术品。可为何字画能留款，还会因为名人款而价值倍增，但玉器却不能？我偏要做这个天下第一人！"

这等狂妄的话，陆子冈还是头一次说出口，以前旁人问起，他都是搪塞他们冠冕堂皇的理由，但是今日面对着这名素不相识的女子，陆子冈突然觉得不能草率对待。

这确实是他这些年来的感悟，在哑舍中，收藏着许许多多千古有名的玉器，他经年累月地临摹把玩，却并不知道这些精美的玉器都是何人所琢。他不想自己的作品变成这样的结果，他想要自己的名字随着这些玉器一起，变成历史的印记。

夏泽兰因为陆子冈的话，不禁停下了手中切菜的动作。如此狂妄之语，听起来却没有想象中的刺耳，反而让人心生钦佩之意。她自然知道为何书画能有款，而玉器则没有。那是因为书画的作者大多是书生秀才出身，地位高一点的甚至可能会是王侯将相。但琢玉师就算再出名，也不过是个工匠。这人此举其实是想要提升工匠的地位，实在是很有勇气。

自古民有四等，士农工商。读书的首位，农民次之，工匠再次之，商人最低等。等级森严，无从逾越。夏泽兰自幼便算是商人子女，家里有钱，却不允许穿绫罗绸缎，只能穿粗布麻衣，所以对于陆子冈的做法，虽觉得不妥，但却又不得不佩服。这样想着，便缓和了表情，脸色柔和了起来。

这边陆子冈也冷静了下来，这时才发现这名女子相貌秀美，脂粉未施，白嫩的双颊隐隐透出健康的红晕，长发仍是做未出嫁的姑娘打扮，隐隐觉得眼熟，再往下看时，竟一下子愣住了。

夏泽兰发觉他盯着她的胸口处看，不禁心生怒气，却不想对方上前一步，激动地说道："姑娘，能不能让我看看你戴的那块玉？"

夏泽兰这才发现因为刚刚的动作，她从小佩戴的那块玉料原石露在了衣襟外面，她还是不太确定地问道："你真的是个琢玉师？"

陆子冈深呼吸了几下，略微僵硬地点了点头道："是的，在下……陆子冈。"

他绝对不会认错，这块玉料就是那个小女娃所戴的，他没想到时隔多年，居然还能和她再次相见。陆子冈目不转睛地看着她的脸容，慢慢地和十年前那个小女娃的容颜重合在一起。

在这十年中，他曾经无数次地想象着，当年的那个小女娃现在过得如何。

是不是完成了她当年的梦想，成为了一个厨娘？是不是还会露出那样灿烂明媚如阳光般的笑容？是不是……已经嫁人了……

陆子冈知道自己心底的那一丝梦想有些不合实际，别说在这人海茫茫中找一个连名字都不知道的她有多困难，算起年龄来她今年也该有十八岁了，这样的年纪早应该嫁做人妇，可是现在奇迹明明出现在他眼前。

陆子冈握紧手中的锟刀，又看了看她手里的锟刀，觉得这是上天注定让他们重逢的。却又觉得，隐隐有些不安……

"陆子冈？"夏泽兰歪着头重复了一遍，总觉得这个名字很熟悉，但一时还想不起来。念及之前李公公也说此人玉雕工艺名满天下，便想也许是这人的名气太大了，她什么时候听说过也说不定。

陆子冈一眨不眨地盯着她，期盼着能从她脸上看出些久别重逢后的喜悦。

夏泽兰看着他有些紧张的神情，开玩笑地说道："这玉给你看看也行，不过顺便帮我雕琢个玉件怎么样？"

陆子冈一阵失落，小女娃看来是不记得他了，也难怪，当年她也不过七八岁大，两人相处没多久后便分离了，她不记得他也是情有可原。可是听到小女娃竟然主动要求自己给她雕玉，想到自己一直以来的愿望居然这么简单地就要实现了，又不禁感到一阵欢喜。

她不记得他没关系，现在他们又相遇了，她还没许人家，自己也成了稍有名气的琢玉师，他们以后会有很长、很长、很长的时间……那些被她忘掉的感情，也可以从现在开始，再一点一点培养起来。

对，就从……为她雕一枚最好的玉佩开始吧。

其实夏泽兰真的只是开玩笑地说说，这话只是顺口一说，却没曾想对方一愣后，竟点了点头，表情无比认真。这玉料她足有十多年没有摘下来过，虽然也曾想找个琢玉师磨一个样式，但一直都没有机会，而且不知为何，每次自己一动这个心思，心里总是有个温柔的声音在阻止她。

"我没钱付你哦……"夏泽兰说得有些心虚，其实她还是有点银两的，只是这人能让碾玉作的司正亲自接风，那天价的加工费岂是她这小小的厨娘能付得起的？

"这是我欠你的饭钱。"陆子冈的唇勾了起来，他说的自然是两人初遇时，她做给他的那盘蛋炒饭。

夏泽兰则以为他说的是这顿接风宴，挑了挑眉，也不再多托辞，大大方方地把脖子上的玉石摘了下来，递了过去。"样式我没有什么要求，你随意。"

陆子冈把那块仍带有对方体温的玉石握在手中，心底升起一股暖意，笑道："姑娘以后可以去西市找我，我在一家叫哑舍的古董店里。"说罢竟就那么转身而去。

哑舍？夏泽兰听到这个更加熟悉的名字，心中的疑惑更甚。呆在那里半晌都没回过神，到底是在哪里听过呢？

正怔忡间，夏泽兰看到李公公走了进来，一脸抱歉地对她说道："夏姑娘，刚刚陆师傅说今晚有事，取消了今晚的接风宴。今天真是麻烦你了，辛劳费咱家还是照之前说的给。"

真是够大牌，连司正的面子都可以不给。难道是因为想要雕琢她的玉石才匆匆走了？

夏泽兰暗中吐了吐舌头，笑着说道："公公费心了，那我就先走了。"皇宫内的各个宫苑中，都有着小厨房，尚膳监的人也轮流去小厨房内帮忙，她可是和别人换的班，现在这个点回去，说不定都不用麻烦旁人，按照原来的安排去端妃娘娘那里轮值。

至于哑舍嘛……罢了，等她轮值完了再去吧……

夏泽兰把手中的琨铻刀洗干净，重新用布包了起来。

陆子冈摩挲着手中细腻润泽的玉料，反复观看着玉石的形状，在心中勾勒着各种挂件的样式。

雕什么好呢？佛像？玉如意？佛手？可是陆子冈总是想着想着便走了神，脑海中全是那张娇美如花的面容，怎么也集中不了精神。

他其实愿望真的不大，从小父母双亡的他，只是想拥有一个完整的家庭，可是这么多年过去了，无论他吃过多美味的山珍海味，却都抵不过十年前的那盘没有炒熟的蛋炒饭。

她……还没有嫁人呢……想起她的发式仍是未出嫁的姑娘头，陆子冈就从心底里泛起笑意。

对了，他还不知道她的名字。难得两人再遇，他激动之下，居然又忘了问她的名字。

"子冈，你手中的玉料是哪里来的？"老板略带惊讶的声音传来，陆子冈这才发现他已经对着这块玉料思考了半日，外面的天色已经暗了下来。

一边起身把桌上的油灯点燃，陆子冈一边兴奋地说着今天的重逢，可是当他讲完，却发现老板脸上的表情并没有那种诡异，更多的是凝重。陆子冈的心中升起了一种莫名的不安，在跳动的灯光下，老板的容貌和十年前收留他的时候一模一样，依然那样年轻。

"你是说，锟刀在那个姑娘的手中？是菜刀？"老板伸手拿起桌上的那块玉料，若有所思地低头端详着。

"是的。"陆子冈忽然想起一事，色变道："那锟刀肯定免不了沾血，这……"他依然记得老板交给他锯刀时的叮嘱，不能沾血，不能杀生，难怪他一直有种挥之不去的不安。

沾了血气的锟刀，乃是凶器，会对持有之人产生反噬……老板睐起了双目，看着一脸难掩紧张的陆子冈，到了嘴边的话又咽了下去。这玉料原石都已离身，恐怕就算再送回去，也来不及了。

最终，老板只是淡淡地对他说道："这玉料，不如……刻个长命锁吧。"

陆子冈定睛一看，发觉玉料的形状扁圆，确实适合刻一个小巧精致的长命锁，连连点头。

"记得这次别在上面落你的款了，人家姑娘的东西，写你的名字成何体统？"老板最后叮嘱了一句，挥袖出屋。

他当然要落款，怎么可能不落款？想着她会贴身戴着刻着他名字的长命锁，陆子冈握紧了手中的玉料，唇边漾起一抹笑意。

下次见面的时候，定要问问她叫什么名字……虽然女子的闺名只有父母和夫君才能知道。

但是这一次，他会问出口的。可是，后来……为什么会变成这样了呢？

陆子冈看着四牌楼那高高的屋檐，一阵恍惚。他废寝忘食，在最短的时间内把那长命锁雕琢出来，一直在等她来哑舍，可是等来的却是她的死讯。

那些人说，那一晚，端妃宫中的宫女意图谋反，刺杀皇上。那些人说，皇帝侥幸未死，那晚乾清宫中伺候的所有宫女，不管有没有责任，都被锦衣卫捉拿，严刑拷问，最终没有一人能够活命。那些人说，这是一场早有蓄谋的政变……

命运变得太快，像解玉的大刀一刀劈下，一块美玉就此尽碎。

他还没从再次重逢的喜悦中抽离，便马上要面对第二次的离别。这次，是死别……

他不知道真相如何，他只知道，在皇城门口张贴着的行刑名单上，那一个个名字都陌生得紧。可是老板却告诉他，那其中有她。

他握着刚刚雕琢好的长命锁，足足在那张黄纸前看了三天三夜，还是无法把她和那个陌生的名字联系起来。

十年的思念，就换来这样一个结局？他真的不信。可是他在哑舍又等了十年，拿着那枚早已刻好的长命锁，但她真的没有再出现过。一次都没有。

十年生死两茫茫，不思量，自难忘……

说起来也奇怪，他和她也不过匆匆见过几面而已，她甚至早已不记得他了，只有他一直苦苦地守着那稀少的回忆，始终不能忘怀，也许……这也是命运吧。

他又看了眼自己手心，那块他倾尽一生心血和思念雕好的长命锁，最终还是无法送出。他以为已经握住了幸福，可是一转眼却发现手心中还是空无一物。

他无数次地想着，若是那天他没有迷路，没有随身带着铻刀，没有遇见她，没有提前走掉，会不会她和他的命运就会有所不同？若是二十年前他们根本没有相识，他没有躲到小巷中吃东西，她没有撞到他，她没有请他吃那盘蛋炒饭，会不会就更不会有今天？

会不会两人相见不相识，像两个陌生人一样擦肩而过。她还是做她的厨娘，他还是做他的琢玉师。可是命运向来都不是选择题。

锟刀的下落不明，也许是被当成凶器束之高阁，也许会被当成垃圾弃之不用。

铻刀他在入狱前重新交还给了老板，他终究不配做铻刀的主人。

行刑前一晚，哑舍的老板神出鬼没地出现在守卫森严的死牢里，问他要不要跟他一起离开京城。他摇了摇头，拒绝了老板的提议。早在十年前，他与她重逢又离别的那一天，他就与死了没什么两样。

他对老板说，抱歉，你说要我帮你雕一块玉，看来，我要失信了。老板深深地看着他，淡淡道，你答应的，早已帮我做到了。

他看着老板的身影渐渐融入黑暗之中，再也不见。

他忍不住想，他和她，就像是锟铻刀一般，失散，重逢，然后又再次永远地分离。

看着远处那可以看得到的刑场，陆子冈笑了起来。只是为了一个御制茶壶上的落款，就可以下令斩杀工匠的皇帝，怪不得十年前会有宫女受不了想要刺杀他。

陆子冈被刽子手从囚车里扯了出来，按在地上跪着。他低头看着被阳光照射下自己的影子，忽然一阵心慌。他并不是怕死，而是怕下辈子，再也认不出她来。不过老板答应过他，会找到她每一世的轮回，给她长命锁。说如果他的来世还有记忆，可以用这块长命锁来辨认对方。

他不甘心就这样结束。

握紧手中的长命锁，陆子冈慢慢地闭上了眼睛。

刀起，刀落。由生到死，往往就是这么简单一瞬间。

士兵从血泊中捡起那块润泽的长命锁，用袖口擦掉上面的血渍，随手揣入怀中。

围观的民众渐渐散开，一个身上绣着赤色红龙的年轻男子走了过去，淡淡道："我想，你最好把那块长命锁交给我……"

· 五 ·

四百年后，秦陵地宫。

一阵地动山摇后，地宫重归一片黑暗。

胡亥独自静静立在黑暗中，许久许久，看着自己皇兄扶苏公子转生后的年轻男子，和那个从两千年前就一直和自己作对的男人一起离开了地宫。

他推开扶苏的棺椁，静静地看着在棺底碎成两块的长命锁许久，像是在思考着什么，最终还是弯下了腰，把那长命锁，拿在了手中……

几日后，西安咸阳机场。

一个身穿休闲服的男子快步从机场冲了出来，跳上出租车。"师傅，往骊山秦始皇陵开吧！"

"好嘞！那挺远的，听说前几天还地震过一次，兄弟你还真要去啊？"出租车司机好奇地问。

"是的，就是因为那次地震，才要去勘测一下。唉，没办法，课题需要啊！"那名男子半真半假地抱怨道。

"课题？"

"是啊，我学的是考古。"那名男子摘下头上的帽子，露出一张俊秀的面孔，他手中的机票还上印着他的名字。

简单的三个汉字——陆子冈。

CHAPTER THREE
第三章
无字碑
WUZIBEI

· 一 ·

陆子冈站在哑舍的店门口，对着头顶上的那块古朴牌匾发了一会呆，迟疑了半晌才推开那扇沉重的雕花大门。

其实他也是两年前在杭州游玩时，偶然间发现这家古董店的。只看了一眼，他便觉得这里似曾相识，但他却可以发誓他以前绝对没有来过这里。

可是他每次遇到难以解决的古物疑惑时，都会想到这里。这次也是，从西安出差后，回到北京无人可以解答疑惑，便在第一时间坐上飞机来到这个城市。

雕花大门应声而开，陆子冈对着店内的摆设愣了愣神，每次来这里，都觉得店内的摆设有些许问题。例如那个宋朝的青白釉盘子不应该摆放在那里，应该放在别处。长信宫灯也不应该只有两盏，他记得不光店门口，店铺里面应该还有两盏才对。喏，还有那尊鎏金翔龙博山香炉怎么开裂了一道缝隙？还有门口矗立的那尊神似秦始皇兵马俑，但又明明完全不同的人俑是什么时候多出来的？

乱七八糟的念头在陆子冈脑中炸开，让他不由恍惚了一下，一句话不禁冲口而出道："这店面怎么变得这么小了？"说完他就后悔了，这古董店明明没有搬迁过，他为何总是觉得这里太过于窄小了呢？

"房价太贵啊……"一个清淡的笑声传来。

"也是，这年头的房价，简直让人崩溃！一个月工资不吃不喝连一平方米都买不到！"陆子冈仇富的愤青思想立刻占据脑海，颇有同感地点了点头，却又突然僵在那里。这老板骗谁啊？以他国家博物馆实习研究员的眼光，这店里随便拿出一件古董，都能在杭州最好的地方买一个最豪华的店面。所以让这个古董店蜗居在小小商业街毫不起眼的原因只有一个，就是这老板根本不想卖古董。

陆子冈循声扭头看去，发现老板并没有穿着以往那件古旧的中山装，而是换了一件非常时尚的黑衬衫。这件黑衬衫在袖口和衣摆处都绣着深赤色的滚云边，融合了古典和现代的时尚，倒也非常别致。而且和原来的中山装一样，也是绣有一条栩栩如生的赤龙，龙头趴在老板的右肩上，龙身蜿蜒在后背处，令整个衬衫都透着一股奢华的质感。

"为什么换了风格？原来那件中山装很好看啊！"陆子冈皱了皱眉，没经过思考的话便冲口而出，"中山装融合了现代和古代元素，还有各种意义呢！例如前面的四个口袋就代表着礼、义、廉、耻……喏，对了，记得你原来那件好像没有口袋。不过不要紧，门襟五粒纽扣区别于西方的三权分立的五权分立，代表着行政、立法、司法、考试和监察。袖口三粒纽扣表示三民主义的民族、民权、民生。后背不破缝，表示国家和平统一之大义……多传统多有含义啊！中山装可比现在那些所谓汉服唐装好多了！要我说，那汉服虽然华美，但终究是长袖，行动不便。唐装虽说是挂了个唐字，但却是从清朝的马褂演变而来，不能代表我泱泱华夏……"陆子冈的声音突然戛然而止，因为他发现自己又犯毛病了，讪讪地抓头道，"不好意思，我这人一见到现代的东西，就忍不住和以前的东西做比较。可能是职业病吧。"

老板宽容地笑了笑，从柜台里拿出两个哥窑粉青盖碗，烧了一壶开水，沏了两杯茶。

"陆先生好像来过几次，去年的考试考过了吗？"

陆子冈见老板竟然记得他，不由得高兴起来，笑着说道："过了，现在进了国家博物馆当实习研究员。"他拿起那粉青盖碗，忍不住端详了一下，确认这盖碗确实是宋末哥窑的古董后，倒也没多说什么。陆子冈先是用左手托着茶托，轻拈起盖碗的盖子，闻了闻浓郁的茶香，然后轻呷一口清茶，享受地眯起了双目道："一芽一叶初展，扁平光滑，竟是特级的明前龙井，我今天真是有口福。"

老板含笑地陪饮了一口。其实这些人当中，还是陆子冈最对他的胃口。也许是上上上辈子，此人在哑舍中长大的缘故，和他特别投缘。现在他身边的人都不会有陆子冈现在这种惬意享受的模样。医生自是不懂这些，牛饮而已。馆长倒是懂茶，可惜对待古物却特别小心，让他拿着宋末哥窑的盖碗喝茶，恐怕要比掐着脖子喝茶还难受。至于画师那小子根本就是一门心思画画而已，其余一概都没有兴趣。大师那人估计对这盖碗能卖多少钱更感兴趣……

两人各自捧着一碗茶徐徐地喝着，哑舍中流淌着一股静谧的味道，熏人欲醉。

陆子冈品味着唇齿间的茶香，感到不可思议的平静，就像是这样的场景在自己的生命中已经重复了成百上千次一般，熟悉得让人恍惚。眼前这个人，陆子冈完全看不出深浅，第一眼看上去是相貌平凡的年轻男子，可是越看就越像那尘封在地底的古物，只要拂去了灰尘，洗去了铅华，就会呈现出别样的风采。这么想了之后，再去看眼前这人，就会发现在缥缈的茶香热气之后，无论那眼睛还是眉宇，都透着一股浸染岁月的味道，真真让人移不开眼。

直到这一碗茶喝完，老板给他续水的时候，陆子冈才回过神，想起他的来意，连忙把后背的背包打开。

"老板，我前阵子去了趟西安，从一人手中收到了此物，你见多识广，看看此物是何来历？"陆子冈边说着，边把手中一块巴掌大的石料递了过去。

这是一块通体泛着油脂黄色的石料，肌里隐约可见萝卜纹状细纹，颜色外浓而向内逐渐变淡。石料雕刻成一个缩小的碑刻模样，碑额未题碑名，只有碑首雕刻了八条螭龙，巧妙地缠绕在一起，鳞甲分明，筋骨裸露，栩栩如生。碑的两侧有升龙图，各有一条腾空飞舞的巨龙，雕工巧妙至极，龙腾若翔。可惜这只是碑刻的上半部分，中间被利刃拦腰砍断，露出石料的断面。

"这应该是'一两田黄三两金'的田黄石，但所谓'黄金易得，田黄难求'，照现在的市场价格，应该是一两田黄三斤金，无可置疑的天价。"陆子冈顿了顿，续道，"可是这块碑刻特别的并不在材质上，而是这个雕刻款式……"

老板抬起头来，和陆子冈对视了一眼，两人均在彼此眼中看到了对方的答案，异口同声地说道："无字碑。"

无字碑在中国的历史上，有过许多座，但最著名的，就要数骊山乾陵的那一座。那是历史上唯一一个女皇帝武则天陵前矗立的无字碑，这别具一格的碑首装饰和空无一字的碑面，立刻就让人一目了然。

老板也没有过问陆子冈究竟从何人手中得到此物，而是把手中的碑刻交还给陆子冈，转身走进了内室。

陆子冈这回品着极品的明前龙井，食不知味。

也就是一盏茶的时间，老板走了出来，手中拿着一个巴掌大的锦盒。"这是多年前我收来的一个石刻，一直不知道来历。"

陆子冈的心脏猛跳了两下，期待地往锦盒之内看去。只见和他手中一样质地的石刻静静地躺在那里，旁边的飞龙雕刻正是如出一辙。

"看来正是照着乾陵的无字碑所刻，可是这物事看上去并不是新的刀工，年代看起来也很久远了。"寿山石刻是最难鉴定年代的，因为碳十四只能测定有机物，所以只能从雕刻风格上判断。相对而言，玉器的断代要简单一些，不光是雕刻风格，玉器还会有特殊物质沁入玉器之中形成各种各样的玉沁，寿山石却很少有这种特殊的变化。所以陆子冈带着这半截碑刻回到北京后，请很多人看过，却都一致认为料是好料，但刀工是近代的。

这其实也是可以理解的，寿山石也是宋朝之后才风靡起来的，收藏也在更久远之后，明清时期才到达顶峰。但陆子冈却总觉得有点不对劲，谁无聊地用田黄石这么好的料子，去雕一块无字碑啊！所以才特意来哑舍走一趟。

老板闭目思考了一阵之后，睁开双眼，淡淡地说了一句道："寿山石雕品最早始见于南朝的石俑，但雕技粗糙，之后除了作殉葬外，不见有收藏的例子。"

陆子冈的眼皮一跳，追问道："老板你的意思，是说这块无字碑，其实是殉葬品？"

老板轻叹一声道："我当年得到这下半截石刻后，一直觉得这很像个牌位……"

陆子冈的背脊一凉，凡是刻有文字的石头，皆可成为碑。其实无字碑本就是个逆天的存在，倒也很配武则天这个中国历史上独一份的女皇。

只是他手中这个田黄石无字碑就有意思了，若真是殉葬的牌位，那就是说这是从乾陵里偷盗出来的明器……可是从历史记载和各种勘探上来判断，乾陵明明没有被盗过啊……陆子冈百思不得其解，忍不住把锦盒里的半截石刻拿在了左手上，把两只手上的半截无字碑对在了一起，断面严丝合缝，竟像从来没有裂开过一般。

陆子冈凑近了仔细看去，竟发现自己的目光怎么也移不开，视线里的那一片黄光瞬间扩大了数倍，但他身体却连移动半分都做不到，竟生生地被那一片润泽的黄光吞没……

"知聪！知聪！知聪你别死啊……"

陆子冈是从黑暗中被一阵女子的哭喊声吵醒的。他迷茫地睁开双眼，就看到一名伏在他身上、梨花带雨的小姑娘。这小姑娘看起来十三四岁年纪，眉清目秀，肤如凝脂，虽然年纪不大，但已经能看出来是个标致的美人胚子。但是令陆子冈感到震撼的，并不是这个女孩儿的容貌，而是她的服饰。

窄袖小衣，正是隋末唐初时流行的服饰。隋唐时期盛行的窄袖小衣，并不是因为其节俭衣料而被大加倡导，而是因着胡服窄袖小衣便于骑马游乐，便成了女子竞相喜爱的穿着。陆子冈对古代的物事知之甚详，所以只从对方的衣着上，便能判断出端倪，他扫过这个小姑娘身上佩戴的各种首饰和面妆，便在心中啧啧称奇。

这个小姑娘面上所画，并不似现在影视剧中千篇一律的面妆，而是唐初时很流行的蛾翅眉。两条眉毛画得阔而短，形如蛾翅，是用铜黛所描画。铜黛就是现代人所说的铜绿，从铜器上刮下来的铜黛，是普通人家用来画眉的辅料，所以这个小姑娘的眉毛是很突兀的墨绿色，照现代人的眼光来看奇怪得不得了，可确确实实是唐初时流行的面妆。陆子冈甚至可以只从这对眉毛，便能分析出这个小姑娘的出身并不是特别好，但身上所穿的衣物却有些华贵，并不是普通人家可以负担得起的，端的是奇怪非常。

这是哪家的影视剧？置备行头很严谨嘛！连化妆都很到位，虽然衣服过于华贵了些，和朴素的面妆有些不对路，但这已是相当难得了。

不过这个念头也就在陆子冈的脑海中闪过了一下，便被他自己给掐灭了。因为他现在并不是在看戏，而是在演戏。可他根本不记得自己怎么会出现在这里，他不是好好地和老板在哑舍喝茶吗？然后好像他们确认，那块田黄石的石刻，是缩小版的无字碑……

陆子冈正在晕头转向的时候，却骇然发现自己的身体根本动不了了，不光是动不了，甚至连任何感觉都没有了，只能惶急地睁着眼睛，听着那个小姑娘哭哭啼啼地说道："知聪，我知道你想要娶我，可是我爹两年前走了之后，家里的两个异母哥哥，对我们母女四人更是冷嘲热讽。虽然我可以嫁给你，离开那个囚笼，可是我母亲怎么办？我只能进宫碰碰运气……"

陆子冈从这个小姑娘的哭泣声中，拼凑出一个故事——一家之长去世，因为家产而暴露的世态炎凉。这简直就是灰姑娘的翻版，但是这里并没有仙女和南瓜马车，也没有水晶鞋和魔法，这个小姑娘却依然一意孤行地想要进宫完成自己的梦想。原来，这衣服和这面妆，是真实的。小姑娘早年还有父亲宠爱，自然会有几件华美的衣服穿，但江南名贵的胭脂水粉现今却已经买不起了，只有学普通人家的女子，刀刮铜镜背后的铜黛随意描描。

太真实了，简直从任何细节中都找不到漏洞。

陆子冈看着"自己"的手颤颤巍巍地抬了起来，那瘦小的手掌沾满了血迹。这根本不是自己的身体。

陆子冈抽筋的大脑终于镇定下来，推断自己应是遇到了某种无法解释的现象，看到了一千多年前发生的事情。

海市蜃楼不就是这样吗？但他遇到的显然比海市蜃楼还要奇特，不仅看到了清晰的图像，还能听到清晰的对话。他听见"自己"的身体断断续续地说了什么，才了解这种局面是如何造成的。

原来这个知聪在山中约这个小姑娘见面，想要打消她进宫服侍皇上的念头。可两人却起了争执，也不知道是小姑娘失手把他推下山崖，还是他自己失足掉落而下，反正在这种地方，求救也没人能听得见，指望这个只有初中生大小的小姑娘背他出去，简直就是不可能发生的事情。

陆子冈默默地想着，还是现代科技好啊，这时候掏出手机打110或者120，移动联通全球覆盖，绝对不会有这种叫天天不应叫地地不灵的情况存在。

陆子冈只是能看到这个知聪所看到的，听到这个知聪所听到的，除此之外什么都做不了。所以当他感觉着视线中的画面越来越模糊，便知道这个知聪状态不好，恐怕已经是弥留之际了。

在脑中琢磨着历史上可有什么叫知聪的人，一无所获之后，陆子冈不由得自嘲一笑。这男孩也不过是十五六岁大小，身份只是普通的商人之子，而且马上就要死了，又怎么可能在历史上留下什么痕迹呢？

视线越发地迷离，恍惚中，陆子冈忽然听到那姑娘说的最后一句话。

"见天子庸知非福……"

陆子冈心下一震，这句名言，这小姑娘的身世，这般年纪……难不成，他刚刚看到的这个小姑娘，竟是没进宫之前的武则天吗？

只是时间不容他多想，意识再次被明黄色的漩涡所吞没，最后看到的画面，就是那未成年的武则天朝他伸过手来，慢慢地盖上了这位名唤知聪的男孩的双眼……

· 三 ·

这回黑暗持续的时间并不是太久，陆子冈再次睁开眼睛时，发觉自己并不在之前的荒郊野外，而是身处一间无比低调奢华的居室之中。

何为低调奢华，就是表面上看过去，东西貌似都不起眼，但再留意时，就会觉得精细非凡，每件摆设都费尽心思，处处透着别致雅趣。

陆子冈一睁眼，第一反应还是自己在某个电影片场，但他随后看到了一个熟悉的面孔。

陆子冈此时已经猜到此女便是武则天，便着意打量起来。只见此女容貌秀丽迷人，那双眼睛长而透着妩媚，玉肌胜雪，身穿鞠衣，头梳飞天髻，插着玳瑁钗，妆容精致。画眉所用的材料已不是寒酸的铜黛，而是西域传过来的深青色的青雀头黛，画着极有气质的涵烟眉。她看上去已有二十多岁的模样，不复之前青葱少女的感觉，像是脱胎换骨变了一个人一般，浑身充满着自信和骄傲，像是一朵带刺的玫瑰。

中国古代的绘画重神似而不重形似，没有人能通过抽象的古画重新勾勒出这些历史人物的真实相貌，所以陆子冈连眼睛都不敢眨一下，努力想把这幅画面印在脑海里。

人人都知道燕瘦环肥，"燕"指的是汉成帝时的赵飞燕，"环"指的是唐玄宗时的杨贵妃，汉以瘦为美，盛唐以胖为美，都是比较极致夸张的审美观。幸好此时乃初唐时节，还没有胖美人的概念，武则天看起来确确实实美丽逼人，绝对不逊于陆子冈在电视上见过的任何偶像明星。

不愧是一代女皇武则天，看她的年纪，现在也就是二十五六岁，应该还是唐太宗李世民的才人。陆子冈记得清楚，武则天十四岁初入宫时便被封为才人，赐名"媚娘"。因为自幼博览群书，诗词歌赋样样精通，擅长书法，所以一直在御书房伺候文墨。这一伺候，便伺候了十二年，职位相当于唐太宗的机要秘书。她日日接触到的是奏折和公文，看的读的是皇帝专享的书籍典章。可以说，唐太宗是武则天的政治启蒙老师，如果没有这十二年的学习与积淀，就没有后来的女皇武则天。

可是，现在又是什么个状况呢？

陆子冈发现未来的武则天，现在的武才人，正在他的几步远外靠墙而立，而他现在的这具身体正酸软无力地靠在椅背里。和上次一样，还是没有办法控制这具身体，只能看只能听。陆子冈也是在视线里看到了一只染着蔻丹指甲的玉手，才知道这次自己竟然附身到了一名女子身上。

看着这只手像是强忍着痛苦，死抓着身上的罗裙，陆子冈正疑惑间，就听对面的武则天冷冷开口道："淑莲，你我虽然情同姐妹，你对我一直也很好，不过你不应该用那件事要挟我。"

"嗬——嗬——"被称为淑莲的女子，也就是被陆子冈附在身上的女子，从喉咙里发出了微弱的挣扎声，明显是被人用什么药物毒哑了。发不出声音，也无法站起身逃跑。

眼见着武则天一步一步地朝他走过来，陆子冈从心底升起寒意，想到之前那个名叫知聪的倒霉蛋，好像也是临死前几分钟被他附身，难道这个淑莲也是命不久矣了？

武则天根本不知道这具身体已经换了一个灵魂。她伸出手，温柔地抚摸着淑莲的脸颊，弧度优美的唇瓣中却吐出令人胆寒的话语："这宫中想要一个人悄无声息地死去，实在是太容易了。我不想莫名其妙地消失，也不想这样毫无未来地等下去，所以，只好委屈淑莲你了……"

陆子冈近距离看着武则天，更觉得她美得令人惊心动魄。

究竟这个淑莲知道了什么隐秘的事情？居然能让武则天不死不休地亲手下毒药害死她？

陆子冈突然想到一事，贞观二十年时，唐太宗已然病重，国事便交予太子李治处理。而此后太子隔日听政，早朝之后入侍药膳。而负责朝廷文书往来的武则天便开始与太子李治接触，两人同在太宗身边侍疾。这两人年纪相仿，又日日接触，李治倾慕于武则天的政治见地，武则天想把后半生压在太子李治身上，这郎有情妾有意，发生点什么事也不会太奇怪。

想来这个淑莲应该也是御书房的宫女，偶然间撞破了李治与武则天之间的奸情，惹得武则天先下毒手。

陆子冈转瞬间便想明白了这些事情，不由得感叹起来。《全唐诗》中，收有武则天所写的《如意娘》。"看朱成碧思纷纷，憔悴支离为忆君。不信比来长下泪，开箱验取石榴裙。"

这样看朱成碧的恍惚情思，自然不会是写给已经流连病榻的唐太宗李世民，只能是写给现在的太子，以后的唐高宗李治的。如此才华，如此手段的女人，如何不可爱，不可怕？她在御书房蛰伏了十二年，才抓住了一线生机，自然不会让任何人挡在她的面前。

武则天注视着淑莲濒死的双目，居然在一瞬间仿佛看到了些许清澈的目光，正一惊想要细看时，淑莲的眼瞳已经涣散，失去了焦距，很快就变得空洞起来。

应该是她的错觉吧。

武则天确定淑莲已经没有了呼吸，才松了口气。想若无其事地转身离去时，又觉得那双直勾勾盯着她的双眼刺目得很，忍不住伸出手去，用手合上了她的眼睑。

陆子冈很兴奋，因为他再次醒来时，发现自己正躺在一个摇篮里。从依依呀呀的发声到举到嘴边啃咬的小胖手，还有周围的摆设布置，他确定他这次附身到的，应该是武则天传说中的那个在襁褓之中就夭折的小女儿身上。

他发觉他一共附身了三个人，前两个史书上都没有记载过，但他现在附身的这个主，史书上可是有过明确记载，而且野史上还大书特书过。《旧唐书》和《新唐书》中虽然都没有记载小公主夭折的事情，但在司马光的《资治通鉴》中却明确地指出，武则天是亲手杀死了自己的女儿，然后嫁祸给王皇后的。

虎毒尚且不食子，母亲杀死女儿这件事虽然骇人听闻，但武则天日后所做的不仅仅如此。兄长、儿子、女婿、外甥女、外甥、孙子……她都间接或者直接下令残杀过。所以在武则天的概念里，用一个刚出生的女儿，来换取皇后的宝座，应该是相当的划算。

陆子冈想通了自己的处境，兴奋感渐渐地沉淀下来。

武则天在唐太宗死后，去感业寺做了尼姑，是王皇后为了对抗萧淑妃而找的一个傀儡。结果没想到这个看似无害的女子，却能在后宫掀起滔天巨浪，甚至动摇了她的后位。陆子冈甚至能确定，这时王皇后已经来看过小公主了，过不久武则天就会来到这里，做一件天地不容的事情。

算起来，武则天应该已经有三十二岁了，这样年纪的女子，还能在美女如云的后宫中得到李治的专宠，说明用的只能是旁人难及的高明手段。

陆子冈想着，武则天这三十多年里，害死的人恐怕不会太少，但他只附身在了这三人身上，说明由于那个小型的无字碑石刻，他的灵魂不知道怎么就重现了古代唐初时期的景象。而每人只能附身大概五分钟左右，而这三个人都是武则天亲手杀死的，其余间接死亡的都不在范围内。

老板曾经说过，田黄石在唐朝时期仍没有掀起收藏热，从南北朝起便多用于殉葬。难道是那座无字碑，承载了被武则天害死的灵魂咒怨，而他恰逢其会，只能看到画面听到声音，像看电影一般体会一番吗？

尽管这样的经历在这世界上恐怕除了他之外没有人享受过，但陆子冈还是忍不住有些难受。虽然他附身的前两个人跟他没有任何关系，都已经死了一千多年了，可是他仍是眼睁睁地看着他们死去，附身在濒死之人的身体之上，他没办法无动于衷。

尤其，他现在正在一个连翻身坐起来都做不到的小婴儿身上。这样脆弱的孩子，武则天怎么能下得去手呢？

陆子冈其实很佩服武则天的，也许这种崇敬的心理，在很多人的内心深处都有。纵观中国历史五千年，武则天是唯一一个登基在位的正统女皇。虽然先有吕后，后有慈禧那种一手遮天的女子，可是那都是为一己之私惑乱朝政。而武则天是一个成功的政治家，稳定边疆、发展经济、打击世族大阀……盛唐的崛起，其中也有她的一份功劳，若不是她继承了唐太宗的政治观念与手段，光凭软弱的唐高宗，是绝对无法开创这种基业的。哪怕是后来的唐玄宗，也延续了武则天的政绩，就算是再苛刻的史学家，也不过是在史书上评价武则天淫乱宫廷、酷吏横行等等这种无足轻重的罪行。

可是，为了美好的目标，就可以允许手段的卑劣吗？

陆子冈知道自己很天真，下围棋的人都知道，弃子是一种很必要的战术手段，不光在弈棋中如此，在战争中，宫廷中，朝野之中，都是如此。

没有人想成为弃子。

那位知聪，若是没被武则天失手推下山崖，说不定已成为成功的商人，有着自己的事业和家庭，过着幸福的日子。那个淑莲，若是不被武则天毒死，说不定已到了年纪，脱离了这座吃人的皇宫，寻着一个好人家嫁掉安心过日子。而他现在附身的这个小公主，若是能安然成长，说不定又会是一个太平公主，或者是不逊于她母亲的奇女子。

陆子冈越想越觉得难受，被禁锢在一具陌生身体里的感觉越发古怪起来，忍不住想要挣脱而出。此时，他已经隐约听到殿外传来模模糊糊的说话声，知道武则天恐怕是已经回来了。

想要挣扎着离开这里，陆子冈却惊异地发现自己附身的小婴儿正随着自己的意愿，扬着手挥舞着。这和前两次只能看只能听不一样，也许是这具幼小身体内的灵魂还没有多少自己的意志，所以很容易地就被陆子冈所控制。

可是陆子冈还是无能为力，毕竟这个小婴儿连翻身都困难，他还能逃到哪里去？

只听见一串环佩清脆的响动，一名雍容华贵的女子出现在陆子冈面前。她身披浅黄银泥飞云帔，上有五彩翟纹，身穿朱色罗缘袖边的深青色阙翟礼服，梳着望仙髻，头插九玉簪，描着拂烟眉，用的是波斯传过来的螺子黛，已经是这个年代里顶级的描眉材料。

武则天要比上次的她更富态了一些，表情却很凝重，陆子冈接触到武则天复杂的目光，就知道她正在做激烈的思想斗争，要不要用女儿来换她的前程。

但是显然给武则天犹豫的时间并不是太多，陆子冈眼看着那涂着红色蔻丹的手朝他的脖颈伸了过来，那画面就像是刻意放慢动作的恐怖电影，让他反射性地惊叫出声。当然，他一开口，也不过是婴儿的呜哇声，在冲出喉咙之前，却被武则天先一步捂住。

陆子冈头一次有了正在被谋杀的感觉，虽然某种意义上他已经死过两次了，但前两次醒过来时都是濒死状态，这次却是实实在在地目击"自己"被谋杀的现场。

可是无论他如何挣扎，都无法改变这个事实，渐渐地视线越来越模糊，陆子冈深深地看着近在咫尺的武则天，想要把这一刻的她印在脑海里。包括那颗从她眼中滑落的泪滴。

武则天看着自己眼中的泪滴掉落而下，砸在了小婴儿已经停止转动的眼瞳中，一股深刻的悲伤从心底涌起，她抬手合上那孩子的双眼，失声痛哭起来。

"来人啊！快传御医！"

陆子冈好半晌都没回过神，那种感觉实在太真实了，真实到他几乎怀疑现在是不是真的被武则天谋杀了。可是当他再睁开眼睛时，视线迷离，好一会儿才发觉自己正低头吃一张肉饼，一滴滴的水珠砸在盘子里。他盯着看了片刻，才发觉自己附身的这个女子在一边吃一边哭。

抬起头，陆子冈看到墙边梳妆台的铜镜里模糊地映出一个影子，这个女孩只有十几岁，长相很似年轻时候的武则天，尤其那股眉宇间的气质尤其相像。

陆子冈猜出了这位姑娘的身份，是武则天的外甥女，贺兰姑娘。因为唐高宗李治的特别关注，被武则天认为是潜在的后宫威胁，所以在一次宴会中，用一张有毒的肉饼结束了她花朵一般的生命。而显然，这张肉饼应该是武则天亲手递给她的，所以他现在就附身到了这姑娘身上。

陆子冈想不着痕迹地在这个隐蔽的房间内找寻武则天的身影，却毫无所获。

难道武则天不在? 陆子冈很失望。

贺兰姑娘只吃了两口肉饼，便放了下来，显然以这位姑娘的冰雪聪明，自然知道自己今日已没有活路。武则天已经是当朝的皇后，不光在后宫一手遮天，在朝政上也有一定的影响力，可以说她想要谁死，谁就要死，连挣扎的权利都没有。

"最后贺兰有几句话，不知道小姨你肯不肯听。"贺兰姑娘低头抹掉脸上的泪水，淡淡地开口说道。

"孩子，你说吧。"熟悉的声音响起，竟是在贺兰姑娘的身后，陆子冈才知武则天竟一直都在，不知道是不是因为愧疚，并没有站在自己外甥女的面前。

"为什么……"贺兰姑娘的话说到一半，却不知道为什么并没有继续下去。陆子冈却忽然感觉到自己可以控制这姑娘的手指，有了上次附身小婴儿的经验，陆子冈尝试着接着贺兰姑娘的话头开口道："为什么……杀我?"

武则天并没有注意到中间这段可疑的停顿，对于将死之人，她一向都有最好的耐心。"孩子，你是无辜的。要怨，就怨你为什么长得这么漂亮，漂亮到你姨父都想要你。你可能认为小姨太过于心狠手辣，但你不懂。男人都是喜新厌旧的，越得不到的东西就越要得到。虽然本宫已经贵为国母，可是却全部依附于你姨父，他一句话就可以置本宫于万劫不复之地。所以本宫只好将你送到西天佛祖那里，早登极乐。"

陆子冈沉默了下来，他知道武则天说的没错，当年王皇后是何等风光，外戚势力如何庞大，不也被武则天取而代之? 陆子冈心惊肉跳地等了片刻，发觉这具身体里的贺兰姑娘已经失去了意识，并没有再说话后，便大着胆子借着贺兰姑娘的口，将自己的疑问问出来："你所求的，是什么呢? 连自己最亲的人都亲手杀死。"

武则天察觉到贺兰姑娘对她的称呼都省去了，但也没有多计较什么。她在贺兰姑娘的身后，看着这名少女娉婷的背影，忍不住惆怅起来。她的那个孩子，如果当年活下来的话，恐怕也有她这么大了……

"本宫所求的……年少的时候，是为了能让本宫的母亲不再受欺负。年纪再大一些的时候，是为了能不在这座宫殿里寂寞地死去。再后来，是想要当他的妻他的后。可是现在，本宫年华已老，他却正当盛年。古人云：'妻者，齐也。'本宫可以拥有无上的权力，代替皇上打理后宫，甚至处理朝政。看似风光，可只不过是皇上手中的工具而已。

看不顺眼了，便可以轻易抛去。本宫只能拥有更多的权力，来保证自己的后位牢固。"

陆子冈能感受到武则天的手抚上了贺兰姑娘的发髻，像是在缅怀着什么。他微妙地能感觉到，武则天其实是在怀念当初自己亲手杀死的那个小婴儿。

还是不一样的，尽管武则天后来会逼死自己的亲生儿子，但那也是因为后者成为了她登基道路上的障碍。再加之年长的李弘政见与其不合，母子之情越发淡薄，最终武则天已经不能把他看成自己的儿子，而是一个对手。

可是当年在摇篮里的那个小婴儿是无辜的，也怪不得武则天对后来出生的太平公主无限宠爱，某种程度上也是怀着对那个小婴儿赎罪补偿的心理。

"值得吗？"陆子冈听见贺兰姑娘的声音幽幽地传来，这是他一直想问出口的问题。

"没有侍奉父母膝下，本宫不是个好女儿。没有保护好自己的孩子，本宫不是个好母亲。没有遵从夫纲替夫君纳妾，本宫不是个好妻子……本宫……当真是孤家寡人啊……"武则天抚在发髻上的手一顿，接着便是一声长长的慨叹，在幽深的宫殿里越发显得寂寥，"不过，只有站在最高的位置上的那个人，才能被称之为孤家寡人。"

陆子冈大惊，没想到此时的武则天，已经有了篡位为皇的念头。

武则天收敛心神，眯起了双目，开始发觉有些不对劲起来。她这个外甥女一向柔弱，绝对不会问这些弯弯道道的问题，但凡这姑娘有一点主见，她也不可能如此轻易地逼她吃下毒饼。这些年间一直缭绕心头的疑惑让她越发不安，武则天的手向下而去，按住了贺兰姑娘的肩膀，一使劲地把她的身体转了过来，厉声问道："你是谁？"

声音却在看到贺兰姑娘的脸孔时戛然而止，软倒在她怀里的少女唇边溢出黑血，已经赫然故去，只是那双被泪水冲刷过的眼眸清澈无比，透着一股令人心悸的亮光。

武则天呆愣了片刻，纵使有一肚子的疑问，却不知道该向谁去询问，只好茫然地伸出手，缓缓地替贺兰姑娘合上那双不甘心的眼睛。

早就有人说过，历史是个小姑娘，在不同人的眼里有着不同的打扮。

记载历史的文字中，早就渗透了权力的改造。纵然中国的文字最讲究横平竖直，但历史却早就在这看似规整的文字中扭曲变形。

但是有些东西是不会变的。

陆子冈依然记得，前几年他曾经去过一次洛阳奉先寺，那尊卢舍那大佛便是依据着武则天的形象塑造的。这尊被誉为光明普照的慈悲之佛，没有了武则天的妩媚与威严，全部化为了庄严与慈悲，而今日睁开眼睛时，他竟几乎与那日的自己一般，有股想要顶礼膜拜的冲动。

可这并不是看到十七米高的佛像时的感受，而是面前武则天身上所具有的女皇威严与气势。

她身上再华贵的首饰与礼服，都再也入不了陆子冈的眼，在他的视线中，虽然已经头发花白的武则天，却正是处在她人生的最顶峰。

陆子冈的大脑疯狂地运转着，这次他又穿到谁身上了？他本以为这次再睁开眼睛，也许就是倒霉的李弘那小子。但看武则天已这般年纪，恐怕是她爱惜羽毛，并没有亲手送自己的大儿子上路。而这些年间，也一直没有亲手杀死过谁。

这其实很正常，她现在已经是天下间最有权势的那个人，古往今来中国历史上第一个女皇帝。她想要谁死，自然会有无数人响应代劳，她又何必脏了自己的手呢？

那么，他现在又附身在哪个倒霉蛋身上呢？

视线里除了武则天外，还是没有其他人，黑沉沉的宫殿就像是某种吃人怪兽的内部，散发着一股令人作呕的血腥味道，跳动的烛火映着武则天的脸容忽明忽暗，根本看不清楚她脸上的表情。

陆子冈这时感觉到手中的稠腻触感，才发觉自己附身的这个人腹中被人刺了一刀，血流不止，整个宫殿内弥漫着的血腥味正是从他身上散出来的。究竟是谁惹的这一代女皇如此暴躁？正绞尽脑汁地思考时，陆子冈忽然听到武则天率先开了口。

"薛怀义，不要以为朕真的需要你。朕今年已经七十二岁，难道还需要有人侍寝吗？你不过就是个男宠，还以为自己真的是什么大总管大将军吗？"武则天的声音已经苍老，但却透着一股不容人质疑的威压。

陆子冈这才搞清楚自己附身的这个人是谁。薛怀义，也就是武则天登基后的第一个男宠，不过很多历史学家都认为，当时的武则天已经年逾花甲，根本不可能有那方面的需求。她只不过是想向天下人证明，男人当了皇帝可以三宫六院七十二妃，那么女人当了皇帝也可以。

这是某种意义上的形象工程，但薛怀义显然是会错意了。

后妃再受宠，也不过是在金银珠宝绫罗绸缎上多加赏赐，最多便是福及家族。而男人受了宠，便从官职上体现出来。薛怀义被荣华富贵迷花了眼，亏空国库，火烧天明堂，最终连一直纵容他的武则天都无法再忍下去了。

不同于前四次的经历，陆子冈头一次，觉得自己附身的这个人该死。所以他忍不住扬起了唇角，轻笑了起来。

武则天却双目锐利起来，死死地盯着他，从薄唇间挤出一句话道："你……是谁？"

陆子冈一怔，他没想到武则天能看出来。他一时也不知道自己该如何回答，说自己是一个错乱时空的旅行者？这话说出来他自己都不信啊！

"朕……以前见过你。"武则天闭上了眼睛，像是陷入了悠久的回忆当中，"贺兰死之前，你是不是也在？"

陆子冈低头看着胸腹间的血，心想幸好他感受不到疼痛，否则他又怎么可能心平气和地陪这位女皇聊天呢？"更早以前，我也在的。那个婴儿被你掐死之前，那个淑莲被你毒死之前……那个知聪被你摔死之前……"

武则天的双手一阵抽搐，她这辈子亲手杀的就这么几个人而已，只有她自己才知道的内情今日却被此人一一道来，这让已经没有敬畏无所恐惧的她感到无比的恐慌。

如果不是神灵，又怎么会知道得如此清楚？

"你是来审判朕的吗？"武则天重新睁开双目，已经微垂的眼角却透着一股精芒，"那么你说，朕究竟是个好人，还是坏人呢？"

陆子冈苦笑，如果单纯能用"好人"，或者"坏人"这样简单的词语来评价一个人就好了。

"没有人能审判朕，"武则天从软榻上站了起来，走到陆子冈的身前，居高临下地垂目而视，"就算是神灵都不可以，就连我自己也不可以！"

所以，在她死后，乾陵之前才会立上无字碑吗？

是因为，女皇自认为这个世上，没有人有资格为她盖棺定论吗？

陆子冈感觉薛怀义的身体缓缓地向后软倒，他尽可能睁大眼睛，想要把女皇最后的身姿印在脑海里。

他知道，这次之后，恐怕就再也不会见到她了。

在逐渐模糊的视线中，女皇巍峨挺立的身影，和奉先寺那尊普渡众生的卢舍那大佛，慢慢地重合在了一起……

· 四 ·

再次睁开双眼，陆子冈失神地看着手中被拼成一体的田黄石无字碑石刻，久久都回不过神。

这是他的手，他的身体。但他的灵魂好像还流连在一千多年前的那个世界中，就像做了一场大梦，不愿醒来。

柜台旁的茶香依旧，茶杯上甚至还飘荡着热气，在旁人来说不过是一眨眼的时间，他却已经在女皇的生命中转了一个来回。

陆子冈抬起头，看到柜台里的老板依旧浅浅地笑着。那双深邃狭长的黑瞳中，像是看穿了什么，但却并未点透。

"陆先生，这田黄石无字碑，应是在乾陵地宫内，供奉在武则天牌位前的明器。"老板捧着茶杯淡淡道，"虽然官方说乾陵从未被盗，但古往今来能人辈出，恐怕这乾陵也遭人毒手了。"

陆子冈艰难地点了点头，若没有刚刚的神奇境遇，也许他还会反对老板的这种说法。

"既然是明器，那么放在陆先生手中，恐怕也会遭来祸患。不如将这半截转让给我吧，让这无字碑能重新完整。"老板诚恳地建议道。

陆子冈犹豫了一下，对于他来说，这无字碑刻的意义当真不一样，可是老板的提议却让他无从反驳。两截无字碑刻合成一体，才是最好的归宿，他很想开口买下老板手里的另外半截，不过不用问也知道那肯定是天价，只是实习研究员的他根本承担不起。

老板像是看穿了他的心思般，放下手中的茶杯，适时从柜台里拿出一个锦盒。"谈价钱的话，就太伤感情了，我用其他古物跟你交换。"

陆子冈并不为所动地朝锦盒之内看去，却在这一眼之后，视线再也收不回来了。在锦盒之内，静静地躺着一柄细长的黑色小刀，刀身上还有着奇特的波浪型纹路。

陆子冈的心底涌起一股难以言喻的熟悉感，但他却发誓这辈子绝对没有见过这种刀。

"呃……这是水果刀？"

"……"

在哑舍的店门外，有名穿着连帽衫的男子正靠在巷子里的阴影处而立，他肩头站着一只巴掌大小的赤色小鸟，正用尖喙仔细地梳理着自己的羽毛。

那名男子正一瞬不瞬地盯着哑舍，透过不甚透明的雕花窗户，可以模糊地看到两个人影。

不久之后，陆子冈推开哑舍的雕花大门走了出来，站在阳光之下深呼吸了许久，才捧着那个锦盒离去。

穿着连帽衫的男子立刻在阴影中跟了上去，动作急促地让那只赤色小鸟被甩了出去。

扑腾了几下翅膀，赤色小鸟用爪子抓住了那名男子从连帽衫下飘动出来的几缕长发，险象环生地重新落在了他的肩膀上。歪着头看了下主人露在外面的银色发丝，赤色小鸟努力地把这几缕长发一点点塞回连帽衫中，这才满意地啾啾轻叫了几声。

主人！求夸奖！

可惜它的主人没有同往日一样爱抚它。

主人从那个有银光闪闪的大墓里出来之后，好像就变了好多。赤色小鸟耷拉着脑袋，觉得自己已经不受宠了。

CHAPTER FOUR
第四章
黄金面
HUANGJINMIAN

· 一 ·

公元 560 年。

高长恭骑着一匹白色骏马，站在一处山丘之上，遥望远处起伏连绵不绝的山峦。

耳中听到身后有马蹄声接近，但他知道此时能来找他的也只有他的贴身侍卫韩烨，所以并没有回头。

"王爷。"韩烨在高长恭的身后勒住了马匹，落后了半步，不敢与王爷并肩而立。

"时间到了吗？"高长恭叹了口气。

"是。"韩烨虽然不忍，但也不得不如此回答道。王爷身为北齐的四皇子，先帝所封的兰陵王，乃是当今圣上的皇兄。如此尊贵的身份，本应在京城享受荣华富贵，可现如今却被派遣至军营。

这看起来好像是匪夷所思的事情，但韩烨却知道皇帝是恨不得自家王爷惨死沙场。北齐自建国以来，短短十年间，就换了五代皇帝，叔侄兄弟之间相互残杀，皇权之争可谓是骇人听闻。所以某种程度上来讲，韩烨还是希望自家王爷能逃离那个吃人的皇城，就算是在战场之上，他也会拼命护得他周全，也好过在京城不明不白地死去。

高长恭不是不知道韩烨的心思，但他手无缚鸡之力，兵书也没有读过多少，上了战场，先不说士兵们会不会听他指挥，恐怕对方随便一个小兵，就能把他斩落马下。

高长恭扯着缰绳，不甚熟练地驱使着胯下骏马转了一个方向，苦笑道："既然时间到了，那便回去吧。"再过几日，便会到达函谷关，到时恐怕连这么悠闲看风景的时间都会没有了。

韩烨看着高长恭俊美的面容时，不禁愣了愣神。尽管已经在王爷身边服侍了六年，但韩烨每次看到对方那不似凡人般的清丽脸容时，都会忍不住呆上一呆。就连他都会如此，更何况是其他人？

韩烨踌躇了半晌，终于下了决心，咬牙从怀中掏出一件物事递了过去。"王爷，此去边关，在下认为此物能助王爷一臂之力。"

高长恭低头看着那面狰狞的黄金面具，眯起了那双好看的桃花眼，声音不禁冷上了几分："韩烨，你哪里来的钱？"

韩烨心中一喜，因为王爷不是在怪罪他奉上面具这一事，而是恼怒这面具的价值，当下连忙解释道："王爷，这是一名不肯透露姓名的隐士赠予王爷的。据称是可以保佑王爷战无不克，百战百胜。"

高长恭闻言摇头叹气，若是一个面具便可以做到如此地步，那还要军队保家卫国做什么？

不过自家的侍卫一片好心，倒也不好驳了他的面子。一向温柔心软的高长恭，尽管心中一百个不信，还是把那黄金面具接了过来。

入手一片沉重冰冷，高长恭稳住心神，随手把面具放入怀中，扯起缰绳率先朝山丘下驰去。

公元 2011 年。

肖黎手中抱着一个盒子，也不顾母亲在一旁唠叨，迫不及待地奔向自己的屋子。她还记得很久以前随便填了一个网游的内测申请，这次的这个快递，应该就是申请成功了吧？这么一个不大不小的盒子哩！

她知道自己快要期末考试了，但人生得意须尽欢嘛！玩玩游戏有什么不可以？肖黎赶紧关上门，对追上来的母亲隔着门敷衍了几句，随后搓了搓手，小心翼翼地把封好的快递盒子打开。

最上面是一张海报，肖黎漫不经心地展开，却一下子看呆了。

海报上并没有时下流行的那种硕大的标题或者耸动的宣传语，上面一个字都没有，有的只是一幅 CG 图。图上画着一名俊美无双的男子，身穿黑沉的铠甲，骑着一匹白色骏马，正在一座山丘之上极目远眺。他的手中拿着一面狰狞的黄金鬼面具，更是衬得他面如冠玉，如下凡的仙人般令人难以直视。

"啧，现在这电脑合成技术真不错，PS 当道啊！哪有人会长成这样？"肖黎摸着下巴感慨了两句，但也不由得对这个游戏产生了更大的兴趣。

用手举着海报实在是太累，肖黎索性把这张海报贴在了墙上，又盯着看了许久，才强迫自己把目光从"虚拟"美男的身上扯回来，继续往盒子里看去。

里面还有一个包装得很好的木盒，肖黎打开木盒的锁扣，惊艳地看着木盒中静静躺着的一张黄金鬼面具。这张黄金面具是一张鬼脸，和海报上那名男子手中所拿着的一般模样。那鬼面具双目怒睁，额头凸出，牙利耳尖，若是在黑暗中冷不丁地一看，十有八九会被吓得半死。但此时在灯光的映照下，黄金色的光泽莹莹而起，线条流畅，简直就是一个做工精致的艺术品。

肖黎没想到内测名额居然还能赠送如此精美的周边，她先不急着把玩，而是在盒子里找寻内测光盘或者是内测卡。但她翻遍了盒子内外，都找不到其他任何东西，连半张写字的纸片都没有。

难道说她还是没得到内测名额？这周边只是安慰奖？肖黎不甘心地翻来看去，却连游戏的名字都没看到。包装盒最外面的快递地址也不过是写着她家，寄件地址是空白的。居然做得这么神秘吗？连游戏名字都没有，她连搜都搜不到啊！

肖黎无比懊恼，但也不得不承认这游戏的制作方已经勾起了她强大的好奇心。

可是她真的忘记了当时填的内测申请是什么游戏了……肖黎抓心挠肝地在屋里转悠了几圈，最终还是把装着黄金面具的木盒扣好，塞进抽屉中，来个眼不见为净。

高长恭坐在营帐中，就着摇曳不定的烛火，看着手中的书卷。

兵营中比他想象的还要清苦，比起京都邺城的繁华富贵，真的是天差地别。他被派驻守函谷关，此关因在谷中，深险如函而得名。

虽然听韩烨说，函谷关东自崤山，西至潼津，通名函谷，号称天险。关隘地处深险谷地，地势险要，窄处只能容一辆马车通行，所谓车不方轨，马不并辔，真真是一夫当关万夫莫开，守在这里不会有什么危险，但高长恭还是不敢掉以轻心。他放下手中的书卷，按了按微痛的额角。这种险地，历来都是兵家必争之地。北周的宇文邕即位，虎视眈眈地看着北齐，最近几日派兵骚扰日趋频繁，想也知道对方在打洛阳的主意。

若是函谷关被破，洛阳便日趋危急，洛阳离京都邺城如此之近，若被北周逼迫到如此地步，那么北齐灭亡倒也指日可待了。

高长恭长叹一口气，他皇弟暴虐的性子真不适合做皇帝，但他也不认为自己有那能力去抢夺那个宝座。他的心不够狠，还记得多年以前，父皇就曾这样评价过他，这句话至今对他依然适用。

所以他根本不知道自己到兵营之中，还能做些什么。这几日士兵们或鄙视或轻视的目光，他已经看得厌烦了，他容貌如此，也不是他甘愿，不习武艺，是因为他自幼被养于深宫别院。若是知道有一天会被派到战场上来，他自然会早做准备。

高长恭伸手探入怀中，指尖摸到一片冰凉。韩烨给他的那面黄金鬼面具，他一直没有离身，但却也没有戴上过。

战无不克，百战百胜吗? 高长恭苦笑了一下，他堂堂兰陵王，何时也会把希望寄托于一介死物之上了?

刚想把手中的面具放到一旁的柜子里，高长恭就听到外面骤然响起一片马嘶声和喊杀声，就如同一双巨人的手，无情地撕开了整个寂静的长夜。兵营中也随即沸腾了起来，喧哗声此起彼伏。透过营帐的帘布，可以看得到四处奔走的人影。

"王爷! 北周派兵袭营了! "韩烨冲进了高长恭的营帐，一向沉着的脸上也不免带着几分惶急。

高长恭见他如此模样，便知道今夜的袭营与往日不同，北周应是动了真格的了。

"王爷，请不要在兵营中乱走，在下定会护得王爷周全。"韩烨稳了稳心神，勉强找回了一些神智。他虽然是侍卫出身，但入兵营还是首次，战场上那些血雨腥风是一概不曾接触过，此时能保持镇定，已属不易。

高长恭想起前几日诸位将士冷嘲热讽的面孔，便坐立难安。他霍然起身，朝着营帐一角的盔甲走去。

"王爷! "韩烨见状一震。

"帮本王穿盔甲。"高长恭淡淡说道。他也是北齐的大好男儿，别人能上得战场保家卫国，他又为何不可?

韩烨跟随高长恭多年，知道自家王爷说一不二，虽然性情温和，但只要下定的决心，不管是谁规劝都不会改变主意。当下只好走过去，帮他穿好沉重的盔甲。

盔甲沉重地压在身上，高长恭从没体验过这样的滋味，但这种沉重感坠在心头，升起的却是一股难以磨灭的责任感。他拿起一旁颇为沉重的钢刀，走到桌边时，看到烛光下反射着金色光芒的黄金鬼面具，一时鬼使神差地，竟用手拿过，戴在了脸上。

战无不克，百战百胜吗？

· 二 ·

肖黎好不容易做完今天的作业，溜去厨房拿了杯蜂蜜奶茶，然后开始暴躁地在屋子里转圈。

由于被老妈发现她因前几日上网游戏，而砸了期末考试考，所以在放暑假之后，下狠心把电脑彻底从家里搬走。一起没收的包括PSP、Wii、MP3、手机等一众电子设备，连电子词典都不允许她用了，丢给她一个砖头大的牛津英汉词典来代替。

有没有搞错啊？现在谁还用字典来查单词？看来她老妈是铁了心地想让她好好学习，可是她无聊到连作业都老老实实地做完了，难道还要自觉地再做一套卷子吗？

这个也太折磨人了。

肖黎咬着吸管，走累了，半躺在椅子上看着墙上的美男图发起呆来。这游戏到底是什么名字啊？在前几天有电脑的时候，她几乎问遍了网上所有的朋友，没有一个人知道这是什么网游。倒是有个人猜出，这拿着黄金鬼面具的俊美男人，应该就是历史上赫赫有名的兰陵王。

兰陵王？不认识。肖黎对这人没兴趣，只对这游戏有兴趣啊！

实在是无聊得发疯，肖黎想起前几日和这张海报一起邮来的，好像有张面具实物。肖黎从椅子上跳起来，把奶茶丢到一边，把黄金鬼面具从木盒中拿了出来。

出乎她意料的沉重，倒像是真的金子做成的一般。不过这肯定是镀金的便宜货啦，否则怎么可能当成周边来赠送？

肖黎把玩着手中的黄金鬼面具，鬼使神差地凑近再凑近，等她反应过来时，脸颊已经碰到了一片冰凉，竟然已经把这个黄金鬼面具戴在了脸上。

正想找个镜子来看看佩戴效果时，肖黎忽然觉得眼前视线一暗，出现的竟然不是她熟悉至极的房间，而是战火纷飞的古战场！

什么？难道这黄金鬼面具竟是传说中的全息游戏头盔吗？肖黎激动得不能自已。

高长恭步出营帐，看着兵荒马乱的军营，呼喝着士兵们冷静下来，可是声音却消散在冷冽的风中，没有一个人听从他的指令。

"王爷，还是先去帅帐吧！"韩烨在旁建议道。他看着自家王爷俊美的脸庞被那黄金鬼面具所覆，总觉得有一丝诡异。

高长恭也被当前炸营的景象所惊，正在束手无策时，忽然听到耳畔出现一个年轻的女子声音。

【咦？这游戏怎么没有操作画面啊？这怎么玩啊？】

高长恭一怔，这在军营之中，怎么会有女子的声音出现？他奇怪地四处查看了一番，并没有发现可疑之人，离他最近的就是韩烨。

【喷，这也难不倒我，难不成是和 Wii 一样的模拟器系统？】

高长恭还未反应过来究竟这女子的声音从何处传来，就发觉自己的身体已经不受控制，转身走向营帐前所系的白马。

"王爷？"韩烨也被高长恭的举动吓了一跳，眼睁睁地看着自家王爷用一个无比潇洒的姿势翻上马背，一刀斩断系着白马的缰绳，仅凭双腿屈夹，便驱使着白马奔向远处喊杀声最大的地方。

韩烨被吓出了一身冷汗，连忙抢过一旁的马匹，紧追了上去。

高长恭心底的骇然不比自家侍卫的小，尤其当他发觉自己的身体已经完全不听使唤，眼睁睁地看着自己冲向战场时。待看清战场形势后，他才发觉北周士兵竟已经趁乱攻破了函谷关，马上就要占据这个易守难攻的关卡。

"不能输……"高长恭不禁咬牙自言自语道，"如果函谷关丢了，那么洛阳便危在旦夕了。"

【哦，明白了，这一关的任务便是守关呗。】那名年轻女子的声音轻快，显然没把面前这惨烈的战事放在眼内。

高长恭还未等查看到底是谁在说话，迎面就有北周士兵发现了他的存在，转身挥刀向他砍来。从未经历过如此凶险之事的高长恭只觉得浑身僵硬，骇得连魂魄都几乎离体。

"王爷——"

身后韩烨的惨呼声更是令那名北周士兵心下狂喜，如果能杀了北齐的王爷，他定能官升两级。

吾命休矣。

这个念头刚起，本想闭目等死的高长恭便看到自己的右手随随便便地一挥，明晃晃的刀锋反射着一旁的火把，带出一道绚丽的弧线，干净利落地把那北周士兵当胸斩落马下，血渍如雨般散落，星星点点地溅在了他的头脸之上，尽管有黄金鬼面具在，没有污到皮肤，但一股浓重的血腥味扑面而来，令人作呕。

身后韩烨的那句拉长声的"王爷——"戛然而止，显然难以置信这轻松挥刀杀敌的人是他那个温文尔雅的王爷。

【特效不怎么样嘛，但场景太真实了！算了，居然连数据血条都没有，看来果真是内测版本。】女子的声音带着一丝轻蔑和不屑，但更多的是兴奋和跃跃欲试。

"你……你是谁？"高长恭就算再迟钝，也察觉到不妥。自从他戴上面具之后，事情就开始往诡异的方向发展。

【我吗？咦？这游戏还要和NPC做自我介绍？咦，也对，这游戏没有操作页面，没法输入玩家姓名。】

高长恭听着女子唠唠叨叨地说着一连串他根本听不懂的话语，不知道该如何插嘴。

【咦，那个，等我玩完这一关的再闲聊吧。】女子扔下这句话，便开始闭口不言。

高长恭头皮发麻地看着自己的身体被人所控制，所向披靡地冲入敌我厮杀的重地，挥舞着钢刀收割着一个又一个鲜活的生命。

身体里像是拥有了无穷的力量，高长恭活了将近二十年，还不知道自己拿刀砍人能像切菜一样轻松。

自己一定是被魔鬼附体了。高长恭想起了南朝传过来的那些话本小说里所描述的故事，不禁浑身发冷。

但是周围北齐的战士们，因为他的勇猛冲锋，变得士气大振，竟然抵抗住了北周的这一轮进攻，渐渐地把敌军逼退回了函谷关的关卡外。

这一仗一直打到天明时分才偃旗息鼓，高长恭坐在马背上，低头看着北周的旗帜被践踏在地，周围一地尸骸。而他身上的盔甲已经被鲜血染得通红，未凝住的血液顺着钢刀的刀尖一滴滴掉落在地，渗进沙土之中，留下一个又一个深色的印记。

东方的天空亮了起来，高长恭迷茫地看着自己周身如同修罗地狱般的场景。这都是他一手造成的？不！是那个魔鬼通过他的手造成的！

"为什么如此……草菅人命？"高长恭不禁把自己心内所想说了出来。

哑舍⑪
YA SHE

【嗯? 这不就是游戏吗?】女子如此回答道。

高长恭狠狠地打了一个冷战,把杀人看成是游戏?

在这黄金鬼面具里的,果然是个魔鬼!

肖黎转了转手中的笔,视线不受控制地投向自己放在一边的黄金鬼面具上。

昨天的发现简直让她欣喜若狂,没想到这个面具居然会是全息游戏的终端。只是这大概还是一个单机版游戏,里面应该只有她一个玩家,而且应该是试玩阶段,打完昨天的那一个守关任务之后,那个NPC莫名其妙地说了一句话,就伸手摘掉了面具,她眼前的画面也恢复了正常,入目所及的就是自己熟悉的房间。之后无论她再怎么戴面具,摸遍了面具上所有地方的凸起,也没找到重新开启游戏的按钮。

这果然只是试玩阶段吧,只有一关可以打。肖黎想到这里,无比懊悔,若是知道只有一关就游戏结束了,那她就故意输掉,多玩几次了。

不过这个游戏倒是挺有意思的呢,一般来说玩家扮演的角色都是完全受到玩家控制,她控制的那个NPC,好像还有自己的意识,最后居然来了句那样的台词。

又或者,难道说她当时的应答不妥当,才导致游戏的中止?

肖黎今天特意去图书馆查了一些兰陵王的资料。这位貌美而且又骁勇善战的北齐王爷,只是在中华浩瀚的历史长河中掀起了一小朵浪花,随即又被滔天的巨浪所泯灭。南北朝本就是无比混乱的年代,虽说乱世出英雄,但在这一段民族大融合的历史中,显然兰陵王并不是主角。

史书上所记载,兰陵王的父亲是北齐高祖神武皇帝高欢的长子文襄皇帝高澄,但母亲却连姓氏都没有留下。史官揣测他的母亲可能是一名卑贱的宫女,魏晋南北朝时期,是非常讲究血统门第的士族时代,所以兰陵王虽然贵为帝胄皇孙,可是处境却十分尴尬。

这也就解释了为何兰陵王会被下放到军队去,他的皇弟肯定不会主动想着让自己的皇兄掌握兵权,更多的可能是想让这个碍眼的皇兄悄无声息地死在战场上。

而兰陵王据说因为面相太柔美不足威赫敌人,每每打仗都要戴上狰狞的面具,战无不胜,在战场上享有威名。

肖黎摸了摸桌上的黄金鬼面具,又抬头看了看海报上英俊非凡的男子,觉得若对着这张脸,就算砍惯BOSS的她恐怕也会心软。可惜了,在游戏中因为好像这个兰陵王是主角，她不能用她的视角看到这名美男子，而且游戏还在试玩阶段，居然连CG特效都没有。

可是即便是这样，她也好想继续玩下去啊！肖黎心痒无比，也知道自己这样的状态根本没办法继续写考卷，干脆扯过那黄金鬼面具戴在脸上，然后低头继续做作业。

高长恭知道自己昨日的态度有些偏颇，但作为一个养在深宫不知民间疾苦的小王爷，一下子就面对那修罗地狱般的血腥战场，其中还有许多人命都是他亲手杀死的，当时还能在马背上坐直身体，他都极度佩服自己多年以来的修养及定力。

当他近乎指责般地说完那句话，听到那个女魔鬼把杀人当游戏之后，他便当场摘下了脸上的黄金鬼面具，不顾会有什么后果，不过幸好再也听不到那个女子的声音，身体也没有被人控制的感觉了。

不过，这样便结束了吗？

高长恭的眼角看到那张他随手放置在桌上的黄金鬼面具，韩烨不敢乱动，那上面的鲜血凝固其上，更是给鬼面增添了几分狰狞凶恶之意。

"王爷，感觉好些了？"一旁韩烨的声音传来，打断了高长恭的沉思。

高长恭接过韩烨递过来的热水喝了几口，忍受着身体各处的酸痛。昨日他回到营帐就一头栽倒，从小到大都没有做过如此激烈拼斗的他，每一处筋骨都在无声地向他抗议着，足足睡了一整天，也没有缓过劲来。

韩烨服侍高长恭多年，只要后者一皱眉便能猜到原因，当下拿来药酒开始给自家王爷揉腿。他给王爷卸下盔甲换衣服的时候已经查看过了，昨夜那么凶险的拼杀，王爷身上竟然只有几处淤青，连一个破皮的伤口都没有，不能不说是个奇迹。

现下就连平日里最看不起自家王爷的将军，都几次前来探视，尽管被他恶声恶气地挡在帐外，也丝毫没有动怒，反而还亲自送来上好的药酒和伤药。

包括韩烨在内，所有亲眼看到那惨烈一夜的士兵们，都不会相信那个戴着黄金鬼面具，当真如同从地狱里爬出的恶鬼般收割人命的人，就是那个一向温柔无害的高长恭。

可是在那日清晨，他们眼睁睁地看着那面浸染了鲜血的恶鬼面具被摘下，在黎明破晓晨光的映照下，缓缓露出那俊逸非凡的容颜，强烈的对比令在场的所有人都目眩神驰，许久都不曾回过神。

这个画面，相信会让许多人永生难忘。

韩烨不同于其他盲目崇拜自家王爷的士兵，他是知道真相的。自家王爷如此勇猛，肯定和那个黄金鬼面具有关。韩烨此时担忧的，就是自家王爷有什么其他的后遗症，不禁低声询问。

高长恭早就把韩烨当成了心腹手足，对着他要比对着自己真正的家人还要坦然，再加上这黄金鬼面具本就是韩烨所赠，当下便把昨夜发生的事情一一道来。韩烨闻言大惊失色，没想到这号称战无不胜的黄金鬼面具，其中竟然附着一个恶鬼，而且还是一个女鬼！

"王爷……这鬼面具……我之前怕其中有何不妥，也曾戴过，可是并没有……"韩烨悔不当初，若是那个恶鬼万一侵占了王爷的身体夺舍重生，那他岂不是害了王爷？

"不怪你。"高长恭苦笑地摇了摇头，"是本王矫情了，在战场上不是你死就是我亡，对敌人心软就是对自己的残忍。昨夜要是没有这个黄金鬼面具，恐怕我们都要死在这里。"

韩烨垂下头，知道事情到了这种地步，他也没办法再说什么了。他服侍的人是个王爷，有自己的位置和坚持，是他这种小人物无法参与进去的世界。

高长恭也没有再说话，在韩烨为他按摩完四肢酸痛的肌肉退下之后，定定地看着那黄金鬼面具。却突然发觉那本来沾满鲜血的面具，现在已经是光洁如新，一点血迹都看不到了。

应该是韩烨出去前擦干净了吧。

高长恭并没有多想，踌躇了许久，最终朝那面具伸出了手。

· 三 ·

肖黎最近过得非常开心。

她本来的生活就很单纯，除了学习就是游戏。而新入手的这款游戏简直太符合她的野望了。

虽然游戏的时间很不固定，几乎是随机开启游戏画面，但这已经让她很满足了。游戏的内容也不仅仅是战场厮杀，还有军队管理、粮草分配、军事会议非常详尽的游戏情节。而且决策权也并不在她的手中，她还必须要说服兰陵王。如果说服不成功，便会按照兰陵王的坚持进行，这种挑战性让肖黎斗志大起，从图书馆借回来许多这方面的书籍，废寝忘食地扑在上面。她老妈以为她终于改邪归正，倒是天天给她做好吃的补身体，弄得肖黎非常不好意思。

不过有这么强大的全息游戏在前，肖黎无暇旁顾，从各种军事书籍中，提炼出来各种精辟的理论，甚至还建议兰陵王从军营中选拔五百近卫，用训练特种兵的形势特训出来。用最好的盔甲和最好的马匹全副武装，在几经磨合之后，已经成为了北齐军队中最尖锐的一把利刃。

肖黎整合好几点需要改进的地方，默记在心，这才戴上黄金鬼面具进入游戏，却发觉此时的游戏画面已经变成了冬天，她记得昨天上线的时候还是夏天来着。果然是游戏，这时间进度就是快。

"呦！这是哪儿啊？"肖黎仔细观察了一下游戏画面，发觉四周并不是自己已经熟悉至极的军营。

"你终于在了！"高长恭的声音传来，掩不住其中的惊喜，"北周攻不下函谷关，已经绕道洛阳背面的邙山，围困洛阳多日了。"

肖黎并没有觉得自己错过了太久，因为她玩游戏的这一个多月中，游戏里的时间已经度过了四年。情节间隔并没有规律，她也觉得合情合理，毕竟游戏只会挑有趣的情节来进行嘛！而围困洛阳这一关，应该就是历史上的邙山大捷了。一想到这里，肖黎便自信满满地说道："放心，交给我，保证解除洛阳之危。"

高长恭已经快有半年没有听到面具里传来的声音了，虽然以前这种情况也有，但正是两国交战之时，他承受着士兵们的崇拜与信任，压力实在是让他喘不过气来。索性日日夜夜都戴着这黄金鬼面具，既能掩去脸上忐忑不安的表情，又能及时知道肖黎的讯息。

肖黎从高长恭那里得知了这些天发生的事情，获得了源源不断的情报，剥茧抽丝地分析着。

北周虽然号称十万大军围攻洛阳，但实际上洛阳北靠地势险要的北邙山脉和黄河南岸，山脉和大河成为北面天然的屏障。城墙坚厚，是一座不亚于古都长安的城市，要像真正围城般把洛阳城围个水泄不通，北周的军队根本不可能做到。所以北周只可能是在洛阳周围的城镇布下重兵，封锁洛阳而已。

而一场大型战役，尤其是要动用十万大军围攻洛阳的大场面，绝对不是轻而易举便能成功的。集结士兵、训练军队、武器制造、粮草囤积一直到沿线城镇的补给支持，环环相扣，若是有一环没有做好，那么就是残局。更何况现在正是冰天雪地的冬季，大河冰冻，水军相当于废了，那么只要提防北面邙山的周军即可。

肖黎这么简单一分析，高长恭的心就定了下来。

邙山大捷如同历史上所记载一般展现在肖黎面前，带着面具的高长恭只带着五百士兵，如同一把利刃般破开北周的防线，在千军万马之中如入无人之境，一直冲到洛阳城下。洛阳守卫不敢贸然开启城门，见高长恭戴着面具，要他摘下面具确认身份。

高长恭在万众瞩目之下，手指碰到了脸上的面具，犹豫了那么一小下。

"噗，不用在意我，接下来应该也不会有什么状况了，洛阳城内的守兵只是缺少外面的援助才闭门不出，只要你亮出身份，他们自会破城而出助你一臂之力。"肖黎打了个哈欠，为了这场闪电行动，她已经通宵了一晚上没睡了，所以急需休息。

"不……本王……"高长恭想问下次能听到她声音是何时，一别半年，他才知道，自己要比他想象中更要依赖她。不过他迟疑了一下，嘴边的话转了两圈，还是没说出口。

"王爷？"一旁的韩烨擦去脸上的血渍，疑惑地催促着。正是敏感时刻，战场上每个小细节都可以决定成败，他们可不能功亏一篑啊！

高长恭暗叹了一声，伸手摘去脸上浸满鲜血的黄金鬼面具，仰头望向天空中高悬的太阳。

万籁无声，成千上万双眼睛都齐齐注视着在白马之上那张俊美无双的脸容，带着几分无奈和几分悲悯，却浑身都沾染着猩红的鲜血。既像是骁勇善战的阿修罗，又像极了布道的天庭使者。

"是兰陵王！"

在一阵令人窒息的肃静之后，洛阳城的守卫爆发出震天的呐喊声，兰陵王在近几年如日中天，仅凭一面旗帜就可以震慑北周士兵，更遑论这个人现在只带领五百亲卫就破开了北周重围攻到了洛阳城下，这是何等的天降神迹！

高长恭微微勾起唇角，知道自己这一仗，又是胜了。

战无不克，百战百胜。

这八个字虽然说起来简单，但一将功成万骨枯。高长恭不由得抚摸着手中的黄金鬼面具，心忖这鬼面上所依附的冤魂，恐怕连他头顶上的太阳都能遮挡住吧……

这么多年以来，高长恭没有让这个黄金鬼面具离过一次身，就连睡觉之时也放在手边，可以说是对这副面具再熟悉不过的了。虽然早先的时候他认定在面具之中的必定是个恶鬼，可是随着日后的接触，他发觉对方每说出的一个建议或者计策都让人叹为观止，而且对待战场上的杀戮根本就是游戏人间的态度。

可不是么，若是对于一个神祇来说，人命不就是相当于蝼蚁一般卑贱？

高长恭在这些年间经历了大大小小无数战役，虽然许多战役只要他戴着面具骑在马上压阵，士兵们士气就很足了，但每次关键时刻，都必须借用面具中这名女子的力量。面具上沾染的鲜血已经一层又一层，可是高长恭却知道面具上的血渍根本不用擦拭，就会自然地消失不见。

就像……就像这个鬼面具在吸血一般……

高长恭一直对这个黄金鬼面具抱着复杂的心思，既恐惧它的存在，又舍不下它所带来的胜利。

当真是……战无不克，百战百胜……

肖黎躺在床上美美地睡了一觉，睁开眼睛时，就看到那面黄金鬼面具静静地躺在她的枕头边上。

她应该算是等于过了邙山大捷那一关了吧？史书都记载了北周军队惨败的样子："丢营弃寨，自邙山至谷水，三十里中，军资器械，弥满川泽。"

想着想着，肖黎竟想立刻看看这是什么样的场景，翻手又把鬼面具戴在了脸上。在接触到面部的那一刹那，耳边传来了激昂的鼓声。

并不是作战时所敲起的战鼓，她听到的这个鼓声更有震慑力，充满了金戈铁马之音。

鼓声翻滚在耳边，仿佛是暴风雨前的阵阵惊雷，一声强过一声，声声都让她的心脏随之一震，然后心跳就会不自觉地随着鼓声忽上忽下，忽快忽慢，被生生地压迫着，下意识地想要挣脱，却又偏偏所有心神完全地被鼓声所掌控，浑身热血沸腾。

肖黎的眼前仿佛看到了沙场上千军万马对峙，杀气横生的惊人情景。然后鼓点急骤了起来，就像是两军开始短兵相接，激烈地厮杀在一起，难解难分。鼓声忽然一变，能听出来其中一方军队有一员大将破阵而出，直杀敌军，冲入对方胸腹之地，万军之中取对方敌将首级如探囊取物。

鼓声戛然而止，肖黎此时才发现自己面对的正是一面巨大的战鼓，而鼓手最后的那一锤，在空中划过一道弧线，就像是挥刀斩下一般，鼓面嗡嗡而振了许久，才平静下来。

周围爆发出了热烈的叫好声和掌声，肖黎看着依然有着残雪的地面，猜测着这应该是洛阳解围之后的庆功宴。

"真是好听的鼓乐。"肖黎真心地赞叹道，她早就不把兰陵王当成一个普通的NPC 对待了，对方也有喜怒哀乐，会因为她的言语而产生不同的情绪。这游戏的真实程度实在是让她非常佩服。

"你听到了？"高长恭本就是带着一线希望，在演奏鼓乐的时候戴着面具，没想到对方真能听见。他把手中的鼓槌交给了一旁的韩烨，而后者已经早就习惯了自家王爷时不时地"自言自语"，见怪不怪地转身离开。

"是《兰陵王入阵曲》吧？很震撼人心。"自从知道自己玩的这个游戏主角是兰陵王后，肖黎就一直惦记着这首相传已久的名曲，果然没有让她失望，只是单纯的鼓声就能如此有感染力，这游戏的制作真下工夫。

高长恭本就是一时随兴所至，没想到对方还为他的鼓乐起了个名字。在心中默念了几遍后，心情无端端地飞扬起来。不过这也只是片刻而已，高长恭想到心中一直不安的问题，淡淡问道："肖黎，究竟……你需要本王做什么？"

肖黎一怔，她虽然早就和高长恭说过自己的名字，可是对方却极少唤她。如今乍然间听到，竟有几分不适应。

不过，和一个游戏中的角色，怎么说自己其实是在玩游戏？就算说出来，对方也不会相信的吧？而且就算她说出来，兰陵王的设定是古代人，要怎么跟古代人解释电子游戏？她压力很大啊有木有！！

肖黎一下子就在脑内暴走了，好半天都没回过神。

高长恭也知道自己问了一个很不妥当的问题，但整整四年了，对方毫无怨言地帮着他打仗，处理军队琐事，理应有所求才对。

他怕，对方最终所求的东西，他给不起。

两人就这样陷入了沉默之中，肖黎混乱了半晌，终于想起这恐怕是游戏的分叉点。史书上记载，兰陵王邙山大捷之后，就被自家皇弟也就是北齐的皇帝召回了京都邺城，剥夺了军权，没过多久便随便寻了个原因，被皇帝赐了杯毒酒而亡。

所以说，功高盖主也不是什么好事。

可是这既然都做成了游戏，不可能给玩家一个必输的结局吧？难道之后的走向就变成了政变逼宫的戏码？

肖黎立刻兴致勃勃地开始游说，她早就对兰陵王的背景资料烂熟于胸，几乎没一会儿就想出了好几种篡夺皇位的方法。

高长恭并没有插嘴，只是静静地听着，最后的最后才长叹了一口气，轻轻地按着面具疲惫地说道："本王记得，与你初识时，你挂在嘴边的是游戏二字。"

肖黎一惊，没想到当初的一时嘴快，竟被对方牢牢记在心里。下意识地在心底升起了慌乱，她知道自己一定是说错了什么，但还未等找出缘由，就听高长恭淡淡地说了下去。

"也许在你的眼中，本王甚或其他人等都只不过是你的一场游戏，但本王的人生，只掌控在自己手里。"

肖黎张嘴想要说点什么，但视线内已经一片空白。她愣愣地看着头顶上白花花一片的天花板，心里也空落落的，好久都没回过神。她知道是高长恭摘掉了黄金鬼面具，而且她有种预感，对方是不会再戴了。

可是为什么会这样想？这明明就只是个游戏，不是吗？

出乎肖黎意料的，虽然高长恭并没有再戴上黄金鬼面具，但她却可以通过面具的视角看到高长恭的身影。

他把面具挂在了墙上，肖黎就像是看一场冗长的电视剧片段一般，看着他回京的生活。

看着他散尽五百亲卫，只留韩烨在身边，闭门谢客。看着他称病不出，故意染疾不治，整日浑浑噩噩。看着他经常面对着她发呆，准确地说应该是盯着这黄金鬼面具，缅怀在战场上厮杀的岁月……

肖黎以前也曾抱怨过，自己不能看得到兰陵王那张俊美的容颜，可是现在日日得见，却完全沟通不良，她宁愿像之前那样和他调侃几句，然后郑重地道歉。

她不该把别人的人生，当成自己的一场游戏。

终于有一天，宫中的禁军封锁了王府，一杯来自于皇帝所赐的毒酒，送到了高长恭的面前。

韩烨拼死把黄金鬼面具送到了高长恭手中，却因为抵抗皇命，生生地被侍卫刺死当场。

肖黎惊愕而且无力地看着面前这一幕，韩烨一生保家卫国，没有死在沙场上，反而死在了自己人的刀下。

多讽刺的一个结局！肖黎火冒三丈，恨不得立刻拽着高长恭的手让他把面具戴上，有她在，他肯定能突围而出，就算是一生躲躲藏藏，但也总比不明不白地死在这里要好。

可是高长恭最终也没有戴上他手中的黄金鬼面具，肖黎在他的眼中看到了一片死寂的目光。

"当时……当时真该听你的话啊……"高长恭抚摸着那狰狞的鬼面具，微薄的唇勾起一抹无奈的笑容。

其实，不过只是人生的一个决策失误了，为什么……为什么不能回头呢？

肖黎震惊地看着高长恭举起那杯毒酒一饮而尽，墨黑的毒血溢出唇边，滴答在手中的鬼面具之上，蒙住了她的视线，最终变为一片黑暗……

· 四 ·

人人都说肖黎像是变了一个人，学习认真无比，考试成绩突飞猛进。

好朋友实在忍不住追问，肖黎只是淡淡地说，只是不想多年以后的自己回想起来，会后悔而已。

原来，人生并不是一场游戏，GAME OVER 了之后，还可以重启。人生却没有外挂，也没有存档，她有的只能是坚定不移地向前行进。

她的黄金鬼面具已经随着兰陵王的身死，完全归于宁静，无论她再如何佩戴，再也不会出现那战火纷飞的沙场，和那古香古色的庭院。

肖黎已经有所感悟，知道自己手中这个黄金鬼面具恐怕并不是她所想象的什么全息游戏终端。

可是事到如今追查事实又有何意义呢？她不想自己的人生，也变成一场可以任意挥霍的游戏。

开学过后不久，肖黎收到了一封信，信上写着请将黄金鬼面具邮回一个地址。

肖黎犹豫了一个晚上，决定按照那封信上所写，把面具邮走。既然这面具已经不能联系到那个人，那么她留着也没有什么用。

幸好她还有那张海报。

医生拎着快餐盒走进哑舍，正好和一个人擦身而过。他看到那人身上的公司衬衫，不由得失笑道："老板，你居然也用快递啊？真时髦！"

"没写寄信人地址，我也不知道是谁寄的。"老板一边说一边小心翼翼地拆开包装，露出里面那张既狰狞又震撼的黄金鬼面具。

"呦，这又是什么古物？"医生咬着方便筷子，好奇地凑过去。

"这……应该是兰陵王的黄金面……"老板犹豫地说道。

"咦？还有你确定不了的古物？真是出奇啊！"医生挑了挑眉。

"不是确定不了这是什么东西，而是确定不了究竟是谁寄的。"老板垂下眼帘，努力地思索着。

医生在旁边看着，终究忍不住那漂亮金色的诱惑，伸手碰触了一下那黄金鬼面具。和指尖的冰凉一同传来的，仿佛是一声来自遥远的呼唤。

【皇兄……】

医生如触电般收回手，惊疑不定。

"怎么了？"老板注意到他的异常。

"没……没什么。"医生笑了笑，认为自己是听错了。夜班熬了通宵，精神真是差啊！

老板盯着木盒里那个鬼面具许久，终于推到一边，抬头笑道："先吃饭吧。"

医生从善如流地递过去一盒快餐，然后迅速进入唠叨抱怨模式。老板习以为常地听着，时不时点点头表示赞同。

两人谁也没有看到，在长信宫灯的摇曳下，那黄金鬼面具狰狞的表面，隐隐掠过一层血腥的怨气，瞬而消失不见……

在一处昏暗的墓室里，只有东北角的一盏油灯散发着微弱的光芒，一只赤色的云雀呼啦啦地从墓道里飞进来，翅膀带动的气流让那盏油灯越发地摇晃起来。

赤色的小鸟落在棺材的边缘上，低头看着躺在其中的男子。这人戴着一副黄金鬼面具，竟和刚刚寄到哑舍的那面一模一样。这张黄金鬼面具遮住了他的脸容，只有银白色的长发露在了外面，金色与银色交相辉映，竟是比任何稀世珍宝还要好看。

赤色小鸟歪着头着迷地看了一会儿，终于忍不住跳进棺材之内，用自己的嘴喙梳理着那银白色的长发。

主人，别睡了，天黑了，可以出去玩喽！

躺在棺材中的那名男子，像是听到了赤色小鸟的心声，在黄金鬼面具那深黑的凹洞眼窝之后，缓缓睁开的，竟是一双赤色的眼瞳……

CHAPTER FIVE
第五章
九龙杯
JIULONGBEI

· 一 ·

医生疲惫地从手术室出来，一边走一边在病历上写着手术报告简要。刚做了一个八小时的手术，在手术台旁站了一天的他，现在走路都觉得脚发软。

他现在急需吃顿大餐来补充能量，看着自己手中的病历本，医生觉着自己的字也开始朝鬼画符的方向发展。算了，大家都一样，能互相看懂就可以了。幸亏和家属们接触有主刀的主任在前面挡着，现在还是助手的他只需要负责完成书面文件即可。

现在已经是晚上，除了急诊楼那里依旧人满为患外，医院其他地方的走廊里基本都人迹罕至。医生再次庆幸着自己今年从急诊部调离。他笑着同值班的护士打过招呼，交完病历表，准备回休息室换过衣服回家。嗯，顺便再去趟哑舍看看，老板若是没吃饭，就拽他出去一起吃大餐。

想着美味的水煮鱼片，医生的心情立刻舒畅起来，步伐也加快了许多。在他走过拐角就要走下楼梯的时候，没料到一个人正贴着墙走上来，正好和他撞了个面对面。医生暗叫不好，他已经收不回迈出去的脚了，楼梯的扶手在远远的另一边，他根本够不着。幸好医院靠墙的一面也有扶手，是为了方便上下楼不便的病人，医生左手抓住扶手，却止不住自己向前的身形，眼角的余光还发现对方的手里正小心地捧着一个杯子，不用想肯定盛着的是热水，如果照他这种趋势撞过去，肯定会洒他一身。

在被热水淋身或者是滚下楼梯中选择一个，医生的大脑还没做出最终选择，他的身体就已经给出了反应，左手在扶手上一撑，向右侧倒去。

若换成普通人，这一下肯定会跳到楼梯的右侧，用手抓住另一边的扶手便可以止住下跌的情况。但医生最宝贝的就是双手，平时就连洗碗做家务都要戴胶皮手套保护，生怕会有什么意外伤到双手，这样的情况之下，医生根本不可能冒着手腕受伤的危险去抓扶手，甚至克制着自己想要用手撑地的欲望，把双手收在胸前，反射性地闭上了双眼，打算用背部迎接撞击。

预期中的疼痛并没有出现，医生感到一只手臂环住了自己的腰，把他从跌落的边缘硬生生地捞了回来。

医生诧异地睁开双眼，才发觉自己鼻梁上的眼镜竟然早就因为这一连串的意外事故不知道掉到哪里去了。在模模糊糊的视线中，医生发现自己竟是被那位差点迎面相撞的仁兄所救，而对方另一只手中的杯子依然拿得很稳，显然救他是游刃有余，顺手而为。

医生只能模糊地看清对方穿的是一身连帽衫，遮住了头脸，重度近视的他更看不见对方的长相。但医生下意识地觉得，这人并不是他们医院里的职员。

尴尬地在对方的帮助下重新站好，医生边低头寻找掉落的眼镜，边清了清嗓子说道："已经很晚了，亲友探视的时间已过，若是看病的话请去急诊楼。"

"皇兄……"对方呢喃的声音隐隐约约地传来，医生的身体一僵，几乎怀疑自己的耳朵出现了幻听。可是下一秒医生就被自己左手上的微痛转移了注意力，咦? 什么时候划破了手? 他怎么这么不小心? 不过幸好是左手，伤口也不深……

"你的眼镜。"那人的声音清冷地响起，这次是在医生的耳边说的。

医生看到从自己的左手边递过来一个东西，反射性地用左手接在手里。

在指尖碰到冰凉物体的那一刹那，医生便知这根本就不是他自己的眼镜，可是还未等看清楚是什么，意识就像被抽离了身体一般，什么都不知道了。

胡亥一手重新把软倒的医生搂进自己怀里，另一手在那玉杯掉在地上之前接在手中。

他看着那玉杯上刺目的一道血痕，满意地勾起了唇角，然后那双赤瞳充满期待地看向自己臂弯中沉睡的男子。

"皇兄，我知道你还在这具躯体之中，只要我封印了这个灵魂，你就会重新醒过来了吧……"

"就是这样个情况，等医院的保安发现不对劲赶过去时，他已经昏迷不醒了，那个人留下这个玉杯逃走了。"淳戈站在哑舍内，皱着眉闻着店里面对他来说很怪异的熏香，"他还在睡，我怀疑这个杯子是从老板你这里拿来的，怕老板你担心，所以先送过来了。"他一边说，一边小心翼翼地从怀里拿出一个白玉杯子，轻手轻脚地放在柜台上。

老板并没有伸手去拿这个白玉杯，只是盯着那上面刺眼的血痕看了半晌，淡淡道："这个九龙杯不是店里的东西。"

这个白玉杯叫九龙杯？淳戈扫了一眼，果然杯身上浮雕着八条姿态各异的神龙，再加上把手是整个一条龙雕琢而成，一共正好九条龙。就算是不知道这东西的来历，淳戈也能看出来这九龙杯价值不菲。他知道医生总是在这家古董店里呆着，所以生怕这个九龙杯也是什么名贵的古董，若是摔坏了他可赔不起。"那就先寄放在老板你这里吧，我怕医院里人来人往的，丢了或者摔了都不好。那我先回去了哈！"淳戈总觉得这古董店里阴森森的，多待一会儿都觉得浑身不舒服。

"他……还好吗？"老板在淳戈转身要离开的时候，忽然开口问道。

"哦，还睡着呢，已经给他检查了身体，没问题。就是连续高强度的手术太疲劳了，等他醒了再说。走了哈！"淳戈也是急着回去上班，随口说完之后就离开了。

老板什么都没说，只是进了里间，找了一个差不多大小的锦盒，把九龙杯装了起来。

"……老板，你刚刚装了什么东西进去？我可看到了哦！快拿来给我瞧瞧！"医生一恢复意识，最先听到的就是馆长熟悉的唠叨声。

咦？他现在是在哑舍里吗？他怎么记得自己刚刚是在医院里来着？医生努力地睁开双眼，却发现自己看到的是一片黑暗，而且身体各处都无法动弹。

出了什么状况？难道他是被梦魇住了？还是其实他当时根本就是跌下楼梯，全身骨折了？可是根本没有痛感啊！

医生正胡思乱想时，忽然眼前大放光芒，馆长放大了数倍的脸出现在他面前，把他吓得一愣。

但馆长显然比他更受惊吓，倒抽了一口凉气道："我的天！九条龙！白玉薄杯！这玉质！这款型！难道是那康熙帝最爱的九龙杯？"

"九龙杯？"一个清淡的声音随着雕花大门的吱呀声传来，医生很轻易地就认出这个声音的主人应该就是经常出入哑舍的那位画师，除了他，别人的说话声调中绝对没有这样平淡中带着浓浓倨傲的语气。

"巧了，你也在啊？"馆长向旁边看了一眼，随后视线又粘过来，"这九龙杯是用来盛酒的酒器，如果盛满玉酒，便可以看到杯中有九条翻腾的蛟龙。传说中当年江湖上著名的江洋大盗杨香武，曾经因为此杯三次潜入皇宫，但均未得手，而使九龙杯在世间名声大噪。康熙驾崩之后，九龙杯作为康熙心爱之物随葬景陵。直到抗战时期，一伙土匪趁乱盗掘了景陵，这只九龙杯便不知所终。老板，这杯子是不是就是传说中的那个九龙杯？"

老板并没有回答，而那个画师却凑过来看了一眼，之后便毫不在意地朝哑舍的里间走去。

医生并没有在意画师轻视的态度，因为他好像发现了一件令他感到恐怖的事情。怎么那馆长口中说着九龙杯，眼睛却一直盯着他看啊？他没有什么奇怪的嗜好吧！

医生眼睁睁地看着那馆长仔细地掏出手绢，擦干了手，两眼放绿光地朝他伸出罪恶之手，骇得他都想惊叫出声了。幸好老板及时出声解救了他："相信我，你不会想碰这个九龙杯的。"

馆长的手停在了半空中，"为什么？这还有什么说道吗？"

"传说九龙杯只有真龙天子才能碰触，其余人碰触的话……"老板意味深长地停顿了一下。

"会怎样？"馆长急切地追问道。

"谁知道呢？你可以试试看。"老板微笑。

"……"馆长乖乖地收回了手。

医生闻言想笑，老板这不明摆着是骗人吗？馆长居然还信了！正窃笑时，医生却发现自己的身体被调转了个方向，正对上了老板深幽的目光，看得他一怔，然后大骇。因为在老板幽黑的瞳孔中，他看到了自己的倒影，竟是一个雕琢精巧的玉杯！

他一定是在做梦。对，就像上次那个古怪的黄粱枕一样，一定是这样的！

医生这样想着，便淡定了下来，反正自己是在做梦嘛！不过，老板你刚刚不是对馆长说这九龙杯不能碰吗？怎么馆长走了，你就自己拿起来了？医生边吐槽，边感觉着自己被一双冰凉的手掌拿在手中。

这个梦做得实在是太邪门了！

他被放在了百宝阁的第三层，从他这个角度，可以把哑舍店内的情况看得一清二楚。医生新奇地看着老板拿着抹布一件一件古董地擦拭过去，这才知道原来老板平时也需要打扫卫生的啊，他本以为对方是真的十指不沾阳春水，用什么古怪的方法来维持哑舍店内的一尘不染呢！

"新来的家伙。"就在医生胡思乱想的时候，突然听到一个苍老的声音。

医生四下张望，却并没有看到有哪个客人走进店门，而且奇怪的是老板也像是没有听到一样，依旧在埋头干活。

应该是他在幻听吧……医生刚如此想着，就发现在柜台上的那尊鎏金翔龙博山香炉冒出的烟，像是有了自主意识一般，无风自动地朝他卷了过来。"新来的家伙，汝从何而来？"

医生在烟雾卷过来的时候，下意识地想要闭气，但下一秒才想起来自己现在是在做梦，而且他又极其荒诞地变成了一个玉杯，所以吸点二手烟也应该没什么问题。

"你……在跟我说话？"医生试着开口，但是说出的声音并不像以前听到自己说话声的感觉，就像是不在一个层面，他发出的声音就像是玉杯嗡嗡震动的感觉，但偏偏能听得懂。

"这店里除了你小子，还有谁是新来的？"博山炉很有耐心，冒出来的烟又恢复了之前的舒卷，就像是一个慵懒的老人，重新躺回了躺椅上。他说话半古半今的，医生听得直头晕。

"博山兄，你忘了？还有一个新来的，那个一直挂在墙壁上的黄金鬼面具，上个礼拜才来。"一个娇俏的女声凭空出现，医生这回顺着声音寻了过去，发现门口左边的那盏长信宫灯的烛火在女子说话的时候跳动了几下。

"那个鬼面具，怨气太重。"博山炉的烟抖动了几下，像是在表达着他强烈的不满，"真不知道老板为什么要留下那个鬼面具，总让我感觉有人在窥视，有违哑舍店内的和谐，不好不好。"

"嘻，那个黄金鬼面具里，可是封着一个美男子的灵魂呢！可惜那人还在封印中，不能出来陪我们聊天。"长信宫灯的烛火跳动得欢快，可以想象着这是一名性格活泼的女子。

不对不对，医生赶紧抹掉这个念头。他怎么能这么想？再怎么离谱，那也只是一盏灯啊!

"博山炉……长信宫灯……居然能说话?"医生忍不住开始吐槽,就算这是他的梦境,也有些离谱了吧?古董总动员?

"喷,你不也能说话吗?九龙杯了不起啊?"长信宫灯用着非常鄙视的语气,"还有,我叫玲珑,旁边的是我的小妹琳琅,她不怎么爱说话。自从我们的姐妹琅琊和瑾瑜都嫁人了之后,就更不爱说话了。"

"嫁……嫁人?"医生受到了惊吓,长信宫灯还能嫁人?嫁给谁啊?电灯泡吗?而且长信宫灯不都是青铜制造的吗?干吗取的都是美玉的名字啊?

"怎么?看不起我们还没嫁出去吗?哼!本小姐的眼光高!"像是刺到了玲珑的痛处,长信宫灯的烛火快速闪动了起来,可以看得出她的心情激荡。而旁边的那盏长信宫灯却一直很平静地燃烧着,两盏灯一静一动,形成了鲜明的对比。

"是是……"医生彻底没语言了。

"博山爷爷,这位新来的小兄弟,有点奇怪。"一个明朗的正太音忽然插嘴,"爷爷你不是说,只有千年以上的古物才能凝成精魄,这九龙杯不过是三四百年的小东西,有古怪。"

去他的有古怪!最古怪的明明是这家店好不好!什么哑舍啊!分明这里面的古董都能说话的好不好!还三四百年的小东西!医生压抑着咆哮的冲动循声看去,直觉发出声音的应该是对面百宝阁上放着的那个青白釉瓷盘,记得馆长曾说过应该是宋朝年间的古物。

宋朝的东西还是个正太音,有没有搞错啊?

"只要有执念,一切皆有可能。"博山炉还拽了句很流行的广告词。

医生无力地为自己分辩道:"我不是九龙杯,在今天之前,我还是人来着。"他一定是做梦做糊涂了,其实醒过来就好了嘛,何必和这些有问题的古董计较。

可是他话音刚落,就发现店内的气氛不大对,在短暂的肃静之后,忽然响起了一阵阵窃窃私语声。

医生虽然听不大清它们在说什么,可是这却让他毛骨悚然。在他触目所及之处,明明店内只有老板一个人,可是感觉整个店就像是活过来一样,人声鼎沸,只闻其声不见其人。医生在惊悚了片刻之后,也不禁无语。他早就知道老板店里的东西价值不菲,却没想到居然很多古董年代都那么久远。照那个破盘子的说法,这里能说话的都是至少上千年的古物啊！居然有这么多！

这还只是店面，还有那外人难得一进的里间……医生忽然觉得，那破盘子说的那句"三四百年的小东西"也不算过分。

"小兄弟，你说的话可是真的？"不知道过了多久以后，店内回归了平静，博山炉代表发问。

"是真的，我昨天还给你填过香……"医生忽然觉得这个梦未免做得有些太过于诡异。一定是他起床的方式不对……

"啊！就是汝在吾肚子里点的那什么劳什子廉价印度香！熏死本炉子了啊有木有！"博山炉忽然激动了起来，那烟喷得像是火山爆发。

"还好吧……正好路过香氛专卖店人家赠送的……我还特意看了一眼，也是檀香的一种啊。"医生小心翼翼地解释道。他还特意询问过老板，点的时候他也没说不可以啊！

"汝知道老板平时都点什么香吗？是奇楠香啊！沉香之中的顶级啊！只有皇帝才能用得起的奇楠香啊！在汉代的时候甚至传说它有还魂的功效啊！在宋代的时候，占城奇楠香就已经是'一片万金'了啊！你那种廉价香也能入得了本炉的眼？真是熏死吾了！"博山炉化身为咆哮帝，一时间店内回声缭绕，医生被吼得晕头转向。

"博山兄，现在的重点不是这个。"咆哮帝一出，谁都受不了，玲珑赶紧插话，"你就是那个最近总来店里的医生？扶苏的这一代转世？"

"嗯，好像你说的那个人正是我。"听到自己是某个人的转世，这让医生心里不舒服了一下。不过他也不能否认什么，毕竟这些古董们陪着老板这么多年，看到听到的绝对不少。

"这就糟了，之前送九龙杯来的那个人说了，你的身体陷入了昏迷之中。看来应该是这个杯子有问题。"玲珑的语气越来越凝重。

"有问题？"医生一惊，想起之前出现在医院里的那个古怪的人，他手里拿着的不就正好是一个杯子？难道他不是在做梦？而是真的变成了一个杯子？

"就如同人有好坏一样，器物也有好坏之分。"博山炉的脾气好了一些，喷出的烟雾平缓了许多。好像在这里，他和玲珑的辈分最高，所以在他们说话的时候，基本上没人插嘴。"有些器物天生就是为了祈求上苍而制造出来的，例如祭天的礼器。所以这种器物凝聚了工匠的虔诚心血，从被制造出来的那一刻就充满了灵性，也是极易凝聚成精魄的。许多古时的志怪小说之中，都以为现身的是山野精怪，但也有很大一部分是器物精魄。还有一种器物也容易凝成精魄，它们天生就是为了咒怨而被制造出来。喏，例如陈阿娇的那个巫蛊偶。唉……厌胜他还是想不透啊……"

博山炉之上缥缈的烟袅袅而升，在空气中寂寞地打了个转，显得相当惆怅。

"提起那个不争气的家伙做什么？居然自闭了两千多年还没想开，活该他为了一个女人舍去精魄。"玲珑一副恨铁不成钢的架势。

医生想起他们所提及的那个巫蛊偶，算起来那个偶人和博山炉与长信宫灯都是汉代的古董，共同度过了漫长的历史岁月，肯定有着不浅的情谊。"那个巫蛊偶，不是被送到博物馆了吗？应该会得到很好的照顾吧！"

"哼！博物馆？那里是我们的坟墓。谁愿意去啊？一般收着的古董都是失去精魄的真正死物，更可怜一些的，还有意识的时候就被关了起来，可真真就是活生生的坐牢。"那个正太音又嚷嚷了起来，青白釉在灯光的映照下，散发着刺眼的白光，"听说前儿个还弄碎了一个哥窑青釉葵瓣口盘，那可是我宋朝的兄弟啊！真可怜，就这么去了，连完好的身体都保存不下来。嘤嘤嘤嘤……"

医生说不出话来，那件事的确闹得沸沸扬扬，就连两耳不闻窗外事的他都听说过，自然唏嘘不已。

"咳，言归正传。"博山炉见话题拐得有些远，不由得咳嗽了两声，"这九龙杯是极好的和田玉雕成的玉杯，玉有趋吉避凶的功效，你既然是扶苏转世，想必也是自生下来就佩戴了那长命锁吧？"

"嗯，是。"医生不知道博山炉提起这一点做什么，他已经把那破碎成两半的长命锁放在秦陵地宫的棺椁里了。

"上古玉器有吸人魂魄的功效，那长命锁曾保存了扶苏死前残破的魂魄，你失手打碎之后才解脱而出……"博山炉点到而止，拉长了声音并未把话说完。

医生一怔，反问道："你是说，我的魂魄反而被吸收到这九龙杯里了？"

"正是，不知道为何会发生这样的情况，一般在人临死前的执念会比较强烈，附在玉器上的可能比较大。你这是生魂，身体也好好的……难道是谁做了什么手脚不成？"博山炉百思不得其解。

"那就是说这杯子必须碎掉我才能解脱？"医生开始烦恼了，在哑舍里，老板能失手打碎东西吗？这根本不可能啊！

"不止这样，上古玉器才能持久地保持魂魄，这九龙杯也不过是三四百年的玉器，我看顶多只能保你生魂七日不散而已。"一旁的玲珑颇为惋惜地说道。

惋惜？惋惜你个头啊！他还没死呢好不好！

医生开始暴躁了，七天之内要让这杯子碎掉，还在他一动不能动的情况下，这简直就是天方夜谭！

· 三 ·

被困在这个九龙杯中不能动弹已经四天四夜了，医生从惶恐不安也已经变成了麻木不仁，因为他试过无数种方法，也不能引起老板的注意，也不能让这个九龙杯挪动半分。

也许他命该如此，其实他早就应该死掉了不是吗？

医生彻底沉默了下来，听着店里古董们的说话声颇然不语。古董们都历经了千年以上的时光，见惯了人的生死，所以也并未将医生困在九龙杯的这件事看得很重。

"小兄弟，没事，这人啊，眼睛一睁，一闭，这一生就过去了。简单！"博山炉升着缥缈的烟雾，说着不知道从哪听来的流行句。

"你挂了也没事，我们也该换地方搬家了。啧，不过以后扶苏转世就不会夭折了，就不知道老板会不会继续找寻下去喽！"玲珑跳跃着烛火，说的话直来直往，根本没考虑到医生的心情。

医生也知道这些古董们不会人们之间的那些弯弯道道，被玲珑这么不客气地说着，他只是心头一阵不舒服而已。他不想谈自己的事情，遂转移话题道："老板总是搬家吗？"

"是啊，长期在一个地方呆着，老板的容貌又不变，会引起人怀疑的好不好？"玲珑轻哼道，"不过还是以前的日子好过，只要换个地方就不会有人再认出来。现在什么网络发达了，就算是躲到深山里，也容易被人肉出来。"

"小隐隐于山，大隐隐于市。"博山炉轻笑，"老板现在做的就很好。"

确实，在这片商业街上，弄了这么一个不起眼的店面，倒还真不会引起旁人注意。医生知道哑舍的客人一向少得可怜，不过他想到老板是三年前才搬到这里来的，可以推断出最近若干年来他搬家的频率越来越频繁，可见处境也是不妙。

想到这里，医生叹了口气，他现在都自身难保呢，怎么又担心起别人来了？

内间的三青鸟照例在早上八点钟的时候飞了出来，落在了紫檀木制的架子上，喝了几口老板清早特意为它收集的露水，吃着新鲜的竹笋。

医生看着有些歉疚，一开始说要养着三青的是他，结果也就是一开始几个月他还能记得给它准备吃喝，后来过完年医院开始忙碌了之后，就顾不上它了。幸好有老板照看着。医生紧盯着三青鸟，看着它欢快地吃着竹笋，清脆的声音在店内回荡着，不知道为什么觉得有些馋。

他都已经好几天不眠不休，也没有吃喝任何东西了。虽没有饥渴的感觉，但他做人做了二十五年，早已经习惯了不时吃点东西喝点水，这四日以来连地方都没挪动过一下，这让他有些难以忍受。

"三青……三青？"医生忍不住开始呼唤三青鸟的名字，也不知道是他的错觉，还是真的在期待中看到了奇迹出现，三青鸟竟然在他话音刚落的时候，停止了吃东西的动作，歪着头朝四周看了看。

医生立刻如同黑暗中看到了一丝光明般激动，一连串地呼喊着三青鸟的名字。三青鸟也像是真听到了什么，弃掉口中吃到一半的竹笋，展开翅膀，开始在店里面飞舞起来。

当然，随着被翅膀舞动起来的灰尘，还有一连串古董们的大呼小叫。

"呀！这只破鸟发什么疯啊！老板刚帮我擦完身体啊！"正太音的青白釉瓷盘气急败坏，"小心啊小心！别碰我！我很柔弱的啊！"

"三青你小心点，老板不是严令你不许乱飞吗？当心被赶出去啊！"这种略带关心的语气说话的，是一旁百宝阁上的百鸟朝凤描金漆盒。

"三青这货听不见我们的声音的，新来的那个九龙杯你就别瞎嚷嚷了！"竹筒笔架上的湖州狼毫笔毫不留情地戳破医生残存的希望。

哑舍的店面很小，三青鸟虽然身体不算大，但翅膀张开之后外加长长的尾羽，在哑舍店内根本转不开身。老板很快被惊动，从里间走了出来，把三青鸟唤回，带进了内间。

医生很失望，他还期待着三青鸟来解救他呢！要是不小心把他碰碎在地，那他就解脱了。不过他也没料到三青鸟会弄出这么大的动静，险些连累到店里的古董们，连连道歉。

古董们也就是叫得夸张了些，谁让他们的生活实在是太沉闷了呢？况且他们哪个不是经历了千百年的岁月洗礼，见惯了大风大浪，这点小插曲算个毛啊！所以谁都没当回事，转眼继续做自己的事情。

医生早就听烦了喜欢唉声叹气的越王金印唠叨他当年的往事，听厌了湖州狼毫笔的酸儒掉书袋，听腻了百鸟朝凤描金漆盒的各种女儿家心事的八卦。放过他吧……他真的不适应这样的生活啊！

而且在给过他希望之后又无情地打破，医生觉得他的心脏经不起这种折腾了，虽然他现在严格说起来，并没有心脏这个器官。

"啊！皇上！皇上来了啊！"正百无聊赖的时候，一旁的青白釉瓷盘忽然像打了鸡血一样兴奋起来。医生知道这个固定的时间，应该是那个傲娇画师来哑舍临摹画卷来了，他天天来报道，几乎风雨无阻。

医生也知道这画师的前世就是宋徽宗赵佶，而这个青白釉瓷盘每天看到画师来的时候，都这样一副兴奋莫名的样子。今天他终于忍不住发问道："影青，你是怎么认出来他是你的皇上的啊？"影青是这个正太瓷盘的名字，青白釉又称影青釉，所以大家都唤他影青。

影青一直看着那画师走进内间，直到看不见了才恋恋不舍地收回目光，"自然是认识的，他的容貌还是和当年一样，只是我当初只是一个普通的盘子，只是远远地见过他一次而已。那是个宫廷祭典啊！皇上真是无敌霹雳威武啊！"

威武？医生黑线了一下，总觉得画师那小身板跟威武这两个字是挂不上钩的，别是认错人了吧？可是，影青也是宋朝的，还真是和宋徽宗一个年代的。不过医生忽然想到一个问题，惊讶地问道："你是说，宋徽宗转世，居然和以前的他一模一样？"

"这有什么的？其实不是什么人都能转世的，只有死前执念深重的灵魂，才能略带着上一世的执念转世，而转世之后的相貌一般都会和原来一样。"影青知道医生并不是真正的古物修炼的精魄，对于这些常识性的东西根本一窍不通。

医生一听之下恍然，原来书里写的那些什么前世仿佛见过的话，是有根据的。不过他想了想还是觉得有些不对劲，"那扶苏的转世，怎么不会这样？我还记得老板有说过，扶苏还转世过女人啊！"医生永远也忘不了听到这个消息时内心狂奔而过的草泥马。不过他后来把扶苏和他分割成为两个人，倒也没那么别扭了。毕竟转世成男人或者女人，都是有百分之五十的概率，对于搞医学的他来说这是正常现象。但以前在哑舍听说过的故事之中，可没听说过项羽那种西楚霸王转世成娇滴滴的女生啊！

"那是因为扶苏……你的灵魂有一部分被禁锢在长命锁之中，一直都不完全导致的。"影青耐心地解释道，因为他在哑舍里也算是年纪轻的了，很少有人向他请教，所以一高兴说得就多了些，也不管医生想听还是不想听，开始说起一些八卦来。

医生也正无聊着，权当听单口相声了，况且影青正太的声音软绵绵的也挺好听的。他一边听着，一边看到老板从内间走出来，重新擦了一遍店内的古董之后，拉开柜台的柜门，挑出了一套紫砂茶具泡茶。

医生知道老板每天喝的茶都不固定，相应用的茶具也不一样。但是……他还是不能适应，那堆名贵的瓷器陶器就如同妃子一般，一边打得头破血流一边跪求老板宠幸……

虽然知道老板听不到，但医生还是对这个混乱的世界绝望了……

这尼玛哪里是哑舍啊！这里的古董个个都会说话的有木有！！！

· 四 ·

时间已经到了第六日的晚上，医生已经认命了。

三青鸟可能是因为上次闹出的乱子，被老板关在了里间，每天都由老板送清水和竹笋过去给它吃，再也没有出来过。

古董们在千年的岁月中早就习惯了生命的逝去，除了和医生已经聊出感情的影青显得有些怅然外，其余都各做各的事情。医生虽然还没有活够，但他在医院之中也见惯了生死，他现在的情况也好比被告知患了重病，被判了死刑。

一开始也有怨恨，但也麻木了。谁叫他这么苦逼啊！

不过在内心的最深处，也有着一丝的期待。老板一定会救他的，他莫名地如此信任着。

"咦咦？老板居然拿出一罐酒来？真少见啊！今天不喝茶改喝酒了？"哑舍店内一阵骚动，医生也看了过去，果然见老板抱着一个小坛子，朝他这个方向走了过来。

"哦哦！喝酒是需要用九龙杯的，老板你确定你不是故意的？"周围的古董唯恐天下不乱地起哄着，医生发誓他看到了老板唇边一闪而现的笑容。

不是说他听不见的吗！

还没等医生反应过来，便发现自己已经被一只冰凉的手擎了起来。周围的哄笑声越发响亮，医生万分适应不良，虽然知道这些古董是寂寞得长毛了，但他也没意愿让他们围观吧！

好吧，在这种情况下，不想让他们围观也不行……

医生感觉到自己被老板拿在手中，细致地用软布擦拭着，那种力道不轻不重，恰到好处地拂去了他身上的灰尘。他这才醒悟过来，这六天当中，老板每天都要擦拭店内的古董，可是独独漏过了他！

就是说，其实老板是真的知道些什么！

医生觉得整个人又有了活下去的希望，紧紧地盯着老板近在咫尺的容颜，希望能从他的脸上看到一丝端倪。可是老板依旧是那种平日里挂在脸上的淡淡笑容，别无二致。

透明如琥珀般的酒液倒入了九龙杯中，哑舍店内立刻弥漫了一层香醇的酒香。

"啊！这是保存了千年以上的杭城秋白露啊！好想喝啊！"玲珑的烛火跳动了起来。

医生在内心腹诽，就她那样还能喝酒？这种纯度的酒浇上去，她直接就自焚了吧！

听着周围古董的聒噪声，医生只觉得整个身体都被泡在纯度极高的酒液中，就像是喝醉了酒一样，意识渐渐飘离。

眼看着老板拿起了九龙杯，俊秀的脸容越靠越近……喂喂！这样把他当杯子使，真的可以吗？

医生没挺到最后一刻，便陷入了一片黑暗。

夜晚中的住院处，和平日里一样宁静。

老板拿着九龙杯，避过了值班护士，像是早就认识路一般，直直地朝一间病房走去。

病房的门一推即开，一眼就可以看到病床上正在沉睡的医生。病房之中只亮着一盏床头小灯，幽幽地映照在沉睡不醒的医生身上，更加增添一股诡异气氛。

老板却只在对方身上停留了一眼，便朝病房的角落看去，淡淡地说道："已经给了你七天时间，这下你该死心了吧。"

在黑暗的角落阴影之中，走出一个穿着连衣帽衫的男子，脸容被遮挡在帽子之中，只有些许银白色的长发随着他的动作流泻而下。"他是我皇兄，你把我皇兄藏在哪里了？"胡亥的声音透着一股化不开的疲惫。他本来计划得好好的，只要封印了属于现代这个男子的灵魂记忆，那么属于他皇兄部分的魂魄就应该占据这具身体。可是他等了七天，却什么都没有等来。

唯一的解释就是这个人不是他皇兄，可是，不是的话，老板怎么能对他如此亲近？

不，他不相信。

老板笑了起来，这次的笑容却带着一股化不开的温柔，"他不是你皇兄，他不是扶苏。"

胡亥愣住了，因为老板话语中的坚定。难道真的是他认错人了？可是老板不会忍不住不接近他皇兄转世的！难道一直是老板在用障眼法？可是经常出入哑舍的人……还被老板特殊照顾……难道是之前那个送无字碑的人？

胡亥想到这里，便觉得留在此处已经没有意义，举步朝病房门走去，在和老板擦肩而过的时候，他停滞了一下身形，想要说些什么，却并没有说出口，反而加快了脚步离去。

老板听着走廊里的脚步声渐渐远去，这才朝病床走了过去。医生已经睡了七天，脸上的气色灰败到了极点，老板扶着他的上身起来，把九龙杯凑到了他的唇边。

九龙杯之中的秋自露被慢慢地渡入医生的口中，老板看着九龙杯上的那道血痕随之消逝，满意地笑了笑。只是那笑容随即敛去，他转头朝胡亥刚刚停留的那个阴暗角落冷冷看去。

一只赤色的小鸟歪歪扭扭地从暗处走了出来，忐忑地和老板对视了一眼，惊吓地展翅从窗户飞了出去。

呜！主人好坏啊！走了也不叫醒它！这个人这么凶干吗？它什么都没看到啊！呜！

医生再次醒过来时，发现自己躺在医院里。

医院的领导和同事都来了，给他做了一次全方位的身体检查，最后还是没有查出他为什么昏迷了七天。医院方面以为是繁重的医疗任务造成的，特意批了他七天带薪假期。

医生当然知道他昏迷的原因，但他不能说啊！说出来的话，可能不止工作要丢了，他自己肯定也会被丢到精神病院去了。

"老板，你说你听不见这些古董的话，不会是糊弄我呢吧？"医生开始享受七天假期，但他决定哪里都不去。赖在哑舍里就挺好的，何必去挤火车坐飞机出去玩？他其实很宅啊！好吧，老板比他更宅。

老板用哥窑茶壶沏了一壶铁观音，闻言微笑道："古董还能说话？你肯定是做梦呢。"

医生撇了撇嘴，他分不清老板是在敷衍他还是说实话。他醒过来之后，自然就听不到那些古董们的聒噪声了，可是即使听不见，他身处哑舍之中，也能察觉到一些异样的感觉。"喏，我和你说哦！这博山炉还挑剔我给他用的是低等香料，那两盏长信宫灯是姐妹，左边的那个活泼，右边的那个不爱说话。你看你看！左边那个烛火跳动得多厉害！"

"那是因为那个位置是门缝，有风吹过，烛火自然跳动得厉害。"老板无奈地笑笑。

医生无语，难道那一切真的都是梦境？可是未免太真实了一些吧？他的想象力什么时候那么丰富了？

习惯性地拿起杯子就要喝茶，但医生忽然想到那些跪求老板宠幸的没节操的杯子，好像自己手中的也是其中一个……

"怎么？不喜欢喝铁观音？"老板看到医生拿着杯子一脸古怪的相面，疑惑地问道。

医生放下杯子，勉强地笑笑道："怕手滑把这古董摔坏了，我还是去超市买一次性纸杯吧。"虽然不能确定自己究竟是不是在做梦，但心里已经有了疙瘩，不能用平常的眼光来看待这一屋子的古董了……

老板失笑道："用不惯这个的话，你可以用那个九龙杯。"

医生顺着他的目光看去，只见那个九龙杯，就放在百宝阁之上，还是在那七天里放置的地方。

CHAPTER SIX
第六章
六博棋
LIUBOQI

胡亥站在一个宽广的厅堂之中，这个厅堂装潢得古香古色，但并没有太多摆设，让人一眼看去就觉得空旷。而胡亥面前的一面墙上，挂满了各种各样出了鞘的古刀，有的锈迹斑斑，有的却依然锋芒毕露，寒气逼人。

胡亥满意地看着这些古刀，他小时候其实一点都不喜欢刀这种兵器，总觉得刀刃之上沾惹了鲜血太过凌厉，杀气太盛。自己究竟是从什么时候喜欢上收集古刀的呢？

"刀剑虽利，但并非凶器，端看握在谁人手里。汝可以用其杀人，也可以用其保护所爱之人。"

是了，在皇兄对他说过这句话之后，他就深深地爱上了收集刀。可是纵使收集了如此之多的古刀，却还是不能保护自己真正想保护的人。甚至……甚至皇兄最后也惨死在锋利的刀剑之下……

赤色的小鸟站在胡亥肩上，一边用尖尖的嘴喙梳理着翎毛，一边不屑地看着墙上那些冷冰冰的同类。它才是主人最喜欢的一把刀，这些货色还差得远呢！

胡亥却由这满屋的利刃想起了他一直想要得到的那一把。本来知道那琢玉所用的锘刀应在哑舍之中，可是没曾想那人能把那珍贵的锘刀随手送人。

难道对方一直是在玩障眼法吗？否则为何九龙杯吸取了那个医生的灵魂，皇兄却并没有醒过来？那个医生其实并不是皇兄转世？另外的那个人才是？

算算年纪，还当真符合……

"胡少爷，这次的棋会还照例吗？"苍老的声音在厅堂之外忽然响起，话语间还夹杂着几声撕心裂肺的咳嗽声。

胡亥从回忆中惊醒，看着满墙的古刀，眯起了那双赤色的双瞳，淡淡道："照常举行，我记得你也到了需要棋会的时间了。"

"多谢胡少爷垂怜。"苍老的声音立刻激动起来，咳嗽声越发控制不住，连忙告罪要离开。

胡亥皱了皱眉，加了一句道："对了，这次棋会记得请一个人。"

"胡少爷请吩咐。"苍老的声音带着一丝讶异，这么多年来，还是头一次见这位少爷点名要求某位人士到场。

"那人的名字叫……"胡亥翘起了淡色的薄唇，微笑道，"陆子冈。"

·二·

陆子冈从马车上下来，他舟车劳顿，从北京坐飞机到了西安，又坐了数小时的汽车，到最后连路都没有了，只好雇了一辆马车才能继续前行。在山里颠了三个多小时之后，才到达目的地。

起因是他家里的一个表叔，通过他的母亲让他来一趟。其实也就是一表八百里的表叔，据他母亲说，小时候他还见过。可是陆子冈搜遍了自己的记忆，也无法想起这位表叔究竟长什么模样。

不过好歹亲戚一场，人家既然开了口，他自然不好回绝。让他大老远地来一趟，自然是看中了他的身份，让他看什么古物。陆子冈虽然疲倦欲死，但也强打起精神来。他伸手入怀，取出一把黑色的小刀握在手中。说来也奇怪，他本是困倦不已，但这刀一入手，便精神了许多。

此时已是黄昏时分，太阳在山林外慢慢隐去了光亮，入夜之后的山林更增添了几分萧索的意境，陆子冈感到马车已经停下，这才收好铻刀抬头看去。

只见一片山林的掩映下，一间古朴的宅院赫然出现在面前，院门口的灯笼在黑暗中幽幽地亮着红光，照亮了宅院门前静默矗立的两只石狮子。惊鸿一瞥间，几乎让陆子冈有了穿越时空的感觉。只是再一眼看去，陆子冈才发现站在院门口的一个男人穿着西服打着领带，这里根本就是一个富人建造的仿古别墅而已。

陆子冈下了马车，那个人便上前帮他拿了行李，并且付清了马车的钱。陆子冈掏出手机想要给表叔打个电话，这才发现此处居然信号全无。

移动不是号称全球覆盖吗？

陆子冈也没太在意，把手机干脆放进裤兜里，跟着那人走进了宅院。一进院门，陆子冈便吃了一惊，因为他看到的亭台楼阁都是仿秦汉朝的木质建筑结构。

一般来说，今人仿古建筑通常都会选择明清时期，这种仿秦汉朝的宅院相当少见。但这些建筑运用了抬梁式、穿斗式甚至连井干式的结构方法，绝对是秦汉朝的建筑风格没错。而且还有更明显的秦砖汉瓦，若不是天色太暗，说不定还能看得到那砖瓦上面的特色花纹。

这户人家的手笔真大，陆子冈由衷地佩服，从这院中耸立的古树来看，就能看得出这宅院年代久远。但陆子冈并不认为这座宅院是秦汉时期所建，毕竟在经历两千多年风雨吹打战火洗礼之后，还屹立不倒的建筑，在中国大概只有长城了。而且那其中还有各朝代不断修缮加砌，否则多半也会化为尘土和砾石。

陆子冈环顾片刻，隐隐发觉这间宅院的布局有些蹊跷，可他还没来得及细看，就被带到了主屋的厅堂之中。这里灯火通明，已经来了十几位客人，正围着一张八仙桌喝茶聊天，正谈到气氛浓烈之处，见陆子冈推门而入，便纷纷抬头朝他看了过去。陆子冈骤然间见了这么多陌生的面孔，一时愣住了。

"小冈！你可算来了！大家都在等你咧！"一位五十多岁的中年人从席中站了起来，一开口就是一口浓重的陕西腔。

陆子冈虽然在北京长大，但母亲的老家是在陕西，所以即便是不认识这个中年人，也猜得出来是自家表叔，连忙问好。表叔也不和他客气，自来熟地把他拽到自己身边的空位，然后也不管他能不能记得住，开始从主位顺时针地介绍在座的各位。陆子冈挨个见过，让他印象最深的，就是一个老人和一名少年。那个老人就是这个宅院的主人，大家都管他叫余老，年纪看上去有七八十岁了，身体不怎么好，时不时还咳嗽连连。而坐在他左手边的少年，白发赤瞳，端的是俊美无双，世间少见。因为那发色和瞳色异于常人，虽然知道这肯定是因为白化病使然，但很少见有男人留那么长的头发，陆子冈还是忍不住多看了两眼。

　　想来也是因为他迟到，所以这些人早就知道了他的身份，其中一个二十多岁的年轻女子举着茶杯笑吟吟地问道："李叔你这侄子的名字很奇怪嘛！居然叫陆子冈，和史上那位琢玉圣手的名字一模一样。就是不知道可有锟铻刀傍身否？"

　　陆子冈听到锟铻刀这三个字，虽然知道对方在开玩笑，但还是下意识地摸了下腰间口袋，他身上还真有铻刀。因为刚介绍过，陆子冈还记得这名女子叫夏浅，是报社记者，这次是和她的丈夫魏卓然一起来的。这位夏浅女士长得很漂亮，卷烫挑染的短发亮丽惹眼，妆容精致，穿着时尚，很有都市 OL 的感觉。她的丈夫魏卓然坐在她的身边，也是相貌出众年轻有为，据说是一家外资公司的高层经理，两人坐在一起，男才女貌倒是一对璧人。只是那魏卓然显然是被妻子强拉过来作陪的，俊逸的脸上虽然挂着笑容，但眼神却透着疏离和淡漠。

　　陆子冈从小到大因为这名字，不知道被多少人取笑过，此时自然也不在意，随口解释。谁叫他有个学考古学得痴迷的老爹，据说在他出生的时候，他爹正好迷上研究子冈款的玉器，遂大笔一挥把他取名为陆子冈。

　　这么一说笑，众人间初识的隔阂便一笑而散，陆子冈也察觉到在座的虽然各种年龄层次都有，可应当都是行内人，否则一般人并会不知道"陆子冈"是何许人也。

　　"要说我们今天相聚就是有缘啊！这席间除了陆兄之外，还有胡亥弟弟啊！哈哈！"一个和陆子冈年纪差不多的男子笑嘻嘻地说道，他叫林砚，是一所名牌大学历史专业的学生，坐在他旁边的是他的双胞胎哥哥林墨，他们两人一动一静，林砚穿着一身耐克的运动服，而林墨则穿着条纹衬衫和牛仔裤。两人相貌清秀，一见便知定是学校的风云人物。此时林砚古灵精怪地挤着眼睛，一边说一边看向余老身边的那名少年。

　　陆子冈刚才在表叔介绍的时候，就听闻这名白发赤瞳的英俊少年叫胡亥，还以为是恰巧同音而已，没想到真是"胡亥"那两个字。见对方并没有接话，一脸的冷意，陆子冈也不知道如何回答，只是说了几句"好巧好巧"，便带过了话题。

　　这一桌十二个人，陆子冈到了之后人便齐了，厅堂外的下人们撤下了茶水，呈上精致的酒菜。陆子冈颠簸了一天，早就饿得难受，便不再说什么，专心填饱肚子。这宅院气派非凡，置备的酒菜也大有来历，每道菜都是色香味十足，饱含寓意。陆子冈对美食倒没有什么研究，一边吃一边听林砚在讲那盘桂花琉璃藕的传奇，胃口大开。

　　酒过三巡，气氛便热络了起来，陆子冈吃了个八分饱，便放下了筷子，无聊地四处打量起来。这间主屋的布局很奇怪，抬梁式的建筑是在立柱上架梁，梁上又抬梁，也称叠梁式。这种布局一般都在宫殿或者庙宇等大型建筑中使用，倒也不稀奇。可是这间主屋居然是少见的正方形建筑，而且宽广得吓人，但四周都被一人高的双面苏绣屏风所挡，所以看起来倒并没有太突兀。此时天色已经完全暗了下来，厅堂内只有屏风之间的四盏宫灯盈盈闪烁，增添了几抹古韵，但陆子冈看着屏风被宫灯映在地上的影子，起起伏伏地摇曳着，心里有种说不出来的不安。

在吃喝间，表叔也顺便和陆子冈讲了下这次叫他来的目的。这座宅院的主人余老在这个圈子里的名声很响，曾经在国家博物馆筹建的时候，捐献出了很多古董。陆子冈这才把印象中的余老和眼前风烛残年的老人挂上了钩。在这个圈子里面，余老的聚会享有盛名，余老喜欢每隔一段时间叫上一些人来聚一聚，再拿出几样收藏的古董让大家品评。陆子冈只知道表叔前几年发了一笔横财，不知道怎么就和余老认识了，便好不容易有了这次的机会。估计他表叔是知道自己学识不够，正好余老的聚会是可以带家属的，就想起来他这个在国家博物馆工作的远房表侄。最起码还可以撑撑场面不是？

陆子冈一听这和他之前猜测的原因差不多，便镇定了下来。其实他倒是很喜欢这里，除了交通不方便之外，这座宅院就像是远离世外的桃源，他从进来到现在，都没有看到半点有现代化气息的东西，一切都是那么的复古，仿佛离开了钢筋铁骨的城市森林，让他这种崇拜复古文化的人赞叹不已。

一顿饭很快就吃完了，下人们安静地走上来撤掉酒席，又端上沏好的上好碧螺春茶。已经酒酣耳热的众人也就少了之前的那份生疏，其中一个四十多岁的中年人迫不及待地催促道："余老，今天拿什么宝贝出来给我们开开眼界啊？"

这个中年人叫严傲，身材枯瘦，肤色暗黑，额头上有着深深的抬头纹，鼻梁上戴着一副金丝边眼镜，身上穿着松松垮垮的西服，手上戴着鸽子蛋大小的蜜蜡手串。据说他是一家拍卖行的负责人，和余老的关系很好，所以说话也不是那么讲究。

余老还在不时小声地咳嗽，让人不由得担忧他的身体是否还能承受得住，这时坐在他右手边的女子笑盈盈地开口道："严哥请少安毋躁，今天只有一件古董出场亮相，不过大家肯定不会失望就是了。"

这位女子也只有二十出头的模样，区别于在座另一位女士夏浅的浓妆艳抹，这位名叫安诺的女子如清水出芙蓉般，天然去雕饰，黑色的长直发柔顺地披在肩后，羊脂玉般的脸容上带着淡淡的笑容，让人一看便觉得舒服。

陆子冈之前已经在表叔的介绍下，知道这个安诺便是余老的助理，在饭桌上伺候得余老无微不至，说话妙语连珠，很能调节气氛镇住场子。再加之长相出挑，气质温柔，在座的男人基本一半时间都把目光流连在她的身上。

严傲一听之下越发好奇起来，虽然他和余老认识的时间不长，但据说余老的每次聚会都至少有三件古董让大家品评。今晚只有一件，那就是说，这一件顶得了三件古董的价值。

陆子冈环视一圈，发现不光是严傲一人好奇，在座的各位或多或少都露出了感兴趣的目光，当然除了那名叫胡亥的白发少年和强被拉过来充数的魏卓然。前者八成是已经知道是什么，而后者大概是不以为然吧。

余老低声吩咐了安诺几句，后者便站起身，转过屏风走向一旁的偏厅。不多时便在大家的期待中回转，手里捧着一个扁扁的方木盒，小心地放在了桌子的中央将其打开。

一股木头腐朽的味道扑面而来，陆子冈略一皱眉，他没有闻到防腐材料的气味，难道余老并没有做好古董的保存吗？他定睛看去，霎时瞪大双目。

"六博棋！"比陆子冈还要先一步惊呼出声的，是一位三十多岁的学者吴语，据说他在写一部古物集锦，正四处收集资料中。他此时已激动得站了起来，胖胖的身体浑身直颤，露出想要碰触却不敢擅自动手的表情。

"六博棋？"夏浅已经拿出了数码相机，在安诺的允许下，不断地拍摄桌上的木盒。闪光灯非常刺眼，却没有人舍得闭眼，就算是不怎么感兴趣的魏卓然，也露出了好奇的神色。

木盒之中只有三种物品，一个正方形的木质棋盘，十二枚玉质矩形棋子和六根竹子制成箸。棋盘的正面中央阴刻了一个正方形的区域，并用红漆绘有四个圆点，两端各绘出三个区域，除此之外还有若干曲道。棋子也有不同，其中五枚矩形棋子是和田玉质，五枚乃和田黑玉，另有两枚翡色的玉质棋子要比其余十枚大上一圈。箸有六根，由小竹管劈成两半，成弧形断面。

"这棋子，倒很像是麻将牌……"夏浅边拍着照，边小声地嘟囔着。

看着面前貌似真品的六博棋，陆子冈在咔嚓咔嚓的闪光灯下，也忍不住激动起来。他身旁的表叔并没有看出门道，在桌下用膝盖撞着陆子冈的腿，示意他提点几句。

陆子冈定了定神，他此时最想做的就是把面前的六博棋拿在手上鉴定，看看究竟是什么年代的，至于表叔的疑问，他正要组织语言回答时，已经有人先一步开口了。

在座的年轻人没有几个能知道什么叫六博棋的，所以在表叔的另一边，一个五十多岁的中年男子轻咳了几下解释道："六博棋是古代的一种棋戏，在春秋战国和秦汉时期比较流行，已经有几千年的历史了。经棋史学家研究，这种古老的六博棋实际上是世界上一切有兵种盘局棋戏的鼻祖，诸如象棋、国际象棋、日本将棋等等有兵种的棋戏，都是由六博棋逐渐演变改革而成的。"

这名很有儒雅气质的中年男子名叫陈淼，据说是一家私人图书馆的馆长，收藏着无数珍本孤本，经常被各大院校邀去做讲座，说起话来抑扬顿挫，好听得紧。

"这六博棋有这么厉害？"双胞胎之一的林砚有些不信，他可是学历史的，虽然研究的是人文方面，但林砚自认为脑中的知识要比旁人多出几十倍，不禁有点怀疑陈淼的说法，"陈教授，六博棋要是有你说得那么厉害，怎么可能我都没听说过啊？"

一直激动得撑着桌边站立的吴语闻言冷哼了一声，撇嘴倨傲地说道："小娃子还是学识浅，六博棋你都没听说过，那么'博弈'这个词你听说过吧？这'博弈'一词之中的弈，是围棋的弈……"

"啊！那个博字，难道就是六博棋的博？"夏浅停止了拍照，掩唇惊呼，打断了连吴语的话。

被打断的吴语皱了皱眉，虽然厌恶别人在他讲话的时候插嘴，但对方是个年轻貌美的女子，他也不好多说什么，手按着桌边慢慢坐了下来。

儒雅的陈教授微微一笑，接过话题道："《论语·阳货》中有言，'饱食终日，无所用心，难矣哉！不有博弈者乎？为之，犹贤乎已。'大约就是博弈一词最早的出处。宋代的学者朱熹曾经于此处批注道：'博，局戏；弈，围棋也。'夏小姐猜得没错，这博弈两字，最开始指的就是六博棋和围棋。"

"而且端看博弈二字，博尚且在弈的前面，依照古人的习惯，那就是六博棋最开始的流行程度，要比棋更加广泛。"枯瘦的严傲一双小眼睛散发着精光，恨不得像X光一样仔仔细细地扫描着面前的六博棋。

"这么强悍啊！"林砚听得一愣一愣的，虽然还是不懂六博棋，但他却知道围棋在中国历史上的重要性。得知在历史上六博棋比围棋还要牛叉后，他看向木盒的目光也从不以为然到愈发狂热了。

夏浅的丈夫魏卓然区别于其他人的头脑发热，一针见血地问道："可是现在六博棋并没有像围棋那么人尽皆知，是有什么原因吧？"

"六博的发明很早，据研究，最迟不会晚于商代，之后盛行于春秋战国至秦汉时期，是当时人们日常生活中不可或缺的内容，比起围棋的晦涩深奥，带有一些赌博性质的六博棋在各种层次的人群中传播得很广泛。秦汉时期甚至上到皇帝，下到贩夫走卒都痴迷不已。精通六博棋者，甚至可以在宫中享有官职，受人敬仰。"严傲喝了口已经凉透的碧螺春，轻叹一声续道，"但在东汉以后，六博棋开始衰落，玩法逐渐失传，现存的有关史料零云散星，语焉不详，如何投箸，如何行棋，已不能详知。至于六博棋玩法失传的原因，可能与人们对它的改造有关。后来出现了分工更加精细的象棋，六博棋便渐渐被时代淘汰了。"

严傲的声音略带嘶哑，在空旷的厅堂内听起来有些萧索，众人仿佛随着他的话语，回到了几千年前六博棋盛行的时代，一时怅然无语。

"那余老的这盘六博棋，大概是什么年代的呢？"表叔倒是没怎么体会到众人的感慨，他的目的就是想要一门心思地讨好余老。

陆子冈回过神，知道自家表叔的意思，便开口介绍道："六博棋从春秋战国一直到西汉，形制都没有什么区别。但在东汉时期曾经有过一次革新，革新之后的六博棋就叫小博，革新以前的六博棋改称为大博。两者的主要区别在于箸的数量。大博有六箸，小博有二茕。茕和箸的作用一样，是掷采用具。喏，茕的形状大概和现在的骰子差不多，只不过不是六面体，而是多面体的球形。"

"哦哦！那就是说这盘六博棋，很有可能是西汉以前的古董了？"表叔显得很兴奋，就像面前这六博棋是他的东西一样。

没有多大可能。陆子冈把这句话吞回了肚子里，"西汉以前"这四个字写起来很容易，但几千年的东西又怎么可能如此简单地就保存下来了？尤其这还是木质的，多半是后人仿制的六博棋，但看起来也能有个几百年的历史了。陆子冈此时不敢多说，在座的虽然大部分都是年轻人，但行内人颇多，识货的肯定不止他一个。

夏浅对这盘六博棋的年代没有什么兴趣，她翻看着相机里的图片，忽然有了发现惊呼道："咦！这个棋盘的图案看起来好眼熟啊！"

经她这么一说，众人的目光都落在了棋盘之上，除了晚到的陆子冈不明所以外，其他人都先后现出讶异的神色。

安诺抬手把垂落到胸前的长发撩到肩后，优雅地笑道："没错，这个棋盘很像这座宅院的平面图。或者说，当年这座宅院的主人，就是痴迷于六博棋，才仿造六博棋的棋盘，建造了这座宅院。"

众人齐齐倒抽了一口凉气，都听出了安诺的言下之意。痴迷于六博棋？那就有可能是春秋到东汉之间，这么说这座宅院居然存在了至少两千年？

陆子冈这才明白为何他一进这里就感觉到布局很奇怪，他们现在所在的这座正方形的厅堂，应该就是六博棋棋盘中央所画的矩形地带。而周围弯折的曲道，和两端的区域，恐怕都有相对应的曲廊和楼阁。

安诺这么一说，所有人都坐不住了，他们之前只是怀疑这里的建筑是仿造秦汉时期的风格所建造，但现在细思考之下，这里地处偏远，说不定真能免于战火洗礼，再加上历代主人精心修缮维护……退一步讲，就算木建筑不是两千多年前原装的，但宅院里的物品摆设说不定也能安然保存下来……

陆子冈立刻开始扫描面前的桌子、椅子、屏风甚至茶杯等物，然后失望地收回目光。至少在他的视线之中，只有面前这盘六博棋比较像古董。

安诺微微一笑道："今晚我们这里正好是十二个人，六博棋里正好有十二个棋子，所在的宅院又是六博棋的棋盘，不如我们来亲身体验一把六博棋的乐趣吧！"

"怎么体验？"林砚年轻气盛，巴不得有好玩的东西，"就像是《哈利·波特》里人骑在棋子上那样？"

"没那么夸张，我又不会魔法。"安诺扑哧一笑，唇边现出两个可爱的酒窝，"只是下棋的只有两人而已，其他人在宅院中配合地走走，权当饭后散散步了。"

她这么一说，大半的人都同意，有的人是坐在这里觉得闷了碍着礼节没有离开，更有的人是想借机会在宅院中四处查看，搜寻这里古老的佐证。

"六博棋每方各有六枚，一枭五散，故称六博。枭棋就是王棋，由余老和另一个人来担任。而投箸就是掷这六根竹片，有几个弧面朝上的就可以走几步。规则简单，不知道谁有兴趣来和余老对上一局？"安诺站起身，把木盒中的六博棋拿了出来。她的动作既小心又优雅，赏心悦目至极。

一时没人应声，年轻的是不想和一个老头子下棋，而上了年纪的更想去院子中四处走走。表叔见无人响应，立刻自荐。他巴不得有机会和余老搭上话，有此良机又怎肯错过。

安诺拍了拍手，有人从一旁送上来十二部对讲机，她分发给众人："这里手机信号不好，一会儿就用对讲机联系。这里的墙上有余老收藏的各式古刀，大家一会儿可以取一件拿在手中，被人夺去手中的刀，便表示被吃掉了。当然，这需要各位配合一下对讲机发给你们的指令哦！"

也没有什么需要特意叮嘱的，让大家抽签分组，属于余老那一边的有那名叫胡亥的白发少年、安诺、夏浅、林墨和吴语。而剩下的六个人便是陆子冈表叔的那一组。一对夫妻和一对双胞胎兄弟正好被各自分开，倒也有趣。每个人被发了一枚棋子和一支沾了朱砂的毛笔。

陆子冈记得有用红笔写名字不祥的说法，但此时见每个人都这么做，也就压下心中的不安，工整地在白色的棋子上写上自己的名字。

在递还棋子去选刀的时候，陆子冈才发觉这座厅堂的墙面上挂满了各种朝代的古刀，而且都有一个特点，没有刀鞘。锋利或者锈迹斑斑的刀刃，在微弱的烛光下泛着慑人的寒光。看来余老最喜欢收藏刀具。陆子冈随便挑了明清时期最常见的柳叶刀，便转身走了出去。

· 三 ·

陆子冈走出令人沉闷的厅堂，被晚风迎面一吹，酒气便醒了不少，辨清方向之后，便根据表叔对讲机的指示，朝宅院的东北角走去。

今晚的天气不好，厚重的乌云遮住了月亮，天空一片漆黑。宅院在回廊悬挂的风灯映照下，树影斑驳，倒是显得有些阴森恐怖。陆子冈倒并不信什么鬼神之说，在他看来，在这个世界上，人是比恶鬼还要可怕的存在。

这里山野幽静，没有汽车的轰鸣和霓虹灯的绚烂，只有一种归于自然的气息，让他心情不由自主地沉淀下来。陆子冈走过回廊，来到一处凉亭内坐定。这处便是他被分配到的地方，应是观赏后花园的极佳位置，可惜现在月黑风高，除了凉亭内的一盏风灯，照亮了凉亭之内的石桌石椅，外面黑沉沉的什么都望不见。

陆子冈坐在石椅上，握着手中的柳叶刀觉得很是烦躁，索性就把它放置在石桌上。也许是这把刀以前杀过许多生灵，沾染过血气太过凄厉，陆子冈一放手便觉得舒坦许多，想起来时手握锩刀提神的情景，便不由自主地把口袋中的锩刀拿了出来。

冰凉的刀入手，便让他浑身一震，也许是琢玉的刀和杀人的刀有着天生的区别，锯刀自身便带着一股清冶之气。陆子冈想起从哑舍得到锯刀的始末，不由得有些哭笑不得。竟然因为他的名字和历史上那个琢玉圣手同名，老板便把这么珍贵的锯刀相赠来换取那半块无字碑。在他看来，这把锯刀自然是要比那半块无字碑要有价值得多。

陆子冈习惯性地把锯刀拿在手中摩挲，指尖滑过刀身上的每一寸纹理，然后不着痕迹地收入裤兜之中，再抬头看向凉亭外，面带微笑道："是来拿刀的吗？刀在桌上，尽管拿去好了。"按照六博棋的规则，不走动的棋子就会被走动的棋子吃掉，所以陆子冈由此判定自己已经出局了。表叔是怎么搞的，这么快就被吃子了，虽然说是打定主意要输给那个余老，也不能做得这么明显吧？

一个修长的人影从黑暗中缓缓地走了出来，那人长长的白发披散在背后，在风灯的光线下反射着银白的光芒，像是周身散发着一层银色的光晕。那头银白色的长发随着他的走动，就像是流水波动般粼粼动人。陆子冈此时才注意到，此人穿着一身白衣，身上还披着一件黑色连帽的披风，赤金色的滚云边，这种布料和花纹，让他似曾相识，却一时想不起来究竟在什么地方看到过。

陆子冈看着对方步入凉亭之内，两手空空，竟是一把刀都没有，不禁愣了一下道："你已经被人杀掉了吗？"

这话说得有些奇怪，但他们这盘六博棋的规则便是被人夺去刀即死掉的意思，陆子冈也不觉得这句话说得有什么冒犯之处。但他分明见胡亥的身形停滞了一下，僵立在石桌之前。

"呵呵，只不过是一场游戏而已，胡少爷不必在意。"因为胡亥站在他的面前，脸容藏在了风灯照射不到的阴影之中，陆子冈看不到他脸上的表情，因此试着劝道。在饭桌上他曾听到那个安诺唤他胡少爷，索性便如此称呼于他。陆子冈此时也终于感觉到他身边朋友们的尴尬之处，与知名人物的同名之人相处真的很无语，他是怎么也不能对这样一个白发赤瞳的少年唤出秦二世的名字。

"游戏吗？"胡亥轻笑了一声，笑声中蕴含的情绪实在是太复杂，陆子冈根本听不懂。

胡亥在另一张石椅上坐了下来，风灯照在他的脸上，更显得他的脸色异常苍白，有种诡异的俊美之感。他勾起几乎没有血色的薄唇，浅笑问道："你可知这宅院的来历？"

"不知。"陆子冈不知道这个胡少爷为何对他另眼相看，明明之前在饭桌上那么冷淡，拒人于千里之外，但他确实很好奇这个宅院的故事，而这个胡少爷既然是余老的亲戚，那么肯定知道点什么。

胡亥伸手弹了弹桌上的柳叶刀，刀身发出了清脆的铮铮声。他垂下凤目，眼睑下长长的银色睫毛遮住了赤瞳中深藏的情绪，淡淡开口道："在很久很久以前，有一对兄弟，他们很喜欢下六博棋。弟弟经常输给兄长，虽然屡战屡败，仍屡败屡战。"

陆子冈看着胡亥那苍白得几近透明的指尖，有些出神。他可以想象着两名少年对弈，经常输的那个总是不服气，缠着另一个继续的情景。

胡亥微闭双眼，在迷离的光线下，他苍白的面容带着一种病态美，唇角现出一丝苦涩，轻声道："这对兄弟对六博棋都有些太过于痴迷，因此，兄长的一位好友在建议建造一所以六博棋为棋盘的别院时，兄弟两人都赞同。最终这座宅院由兄长好友的师父来设计，但其中经历了很多波折，等到这座宅院建好之时，兄长却已经过世了。"

陆子冈并没有说话，因为他不知道该说什么。他本就是口拙之人，此时见这个胡少爷叙述的是其他人的事情，但言语之中情真意切，竟像是在说自己的亲身经历一般。

"弟弟建好了这宅子，却已经没有了和他对弈的人……"

陆子冈见这位胡少爷竟然一脸惆怅，许久都没有说话，只好轻咳了一声道："原来这座宅院是这样建造而成的，真是令人唏嘘啊……"这句话说得有点言不由衷，但凡是古物，哪个没有点故事的，相比之下这宅院的历史实在是有点普通了，一点都不跌宕起伏荡气回肠。

胡亥缓缓睁开双目，露出妖艳的赤瞳，整个人的气质瞬间变化，薄唇露出一丝阴恻恻的笑意："弟弟在这座宅院之中流连，手下人便投其所好，建议不如利用这座宅院来下真人六博棋。这规则嘛，倒是和今天我们玩的这个一样，只是有一次和自家叔父对弈时，手下们起了争执，被夺刀的人并不甘愿，在这次对弈中便不小心出了人命。"

随着他的话音，一阵冷风吹过凉亭，彻骨的寒意侵袭而入，让陆子冈忍不住生生地打了个冷战。

"那盘六博棋因为死了人沾染了鲜血，便一发而不可收拾，竟一下子死了七个人。最后弟弟这盘棋输给了自己的叔父，之后弟弟便突然发现本来已经年近五旬的自家叔父，居然一下子年轻了将近十岁。"

"什么？！"陆子冈失声惊呼，这怎么可能？

"也许是建造这座宅院的人有心设计，宅院的风水摆设自成一个阵法，也许是用秘法做出来的那张六博棋棋盘有古怪，反正只要在六博棋的对弈中取得了胜利，对方死去了几个人，胜者就能年轻几岁。"胡亥的赤瞳中闪烁着令人不寒而栗的光芒，缓缓道，"也就是说，这是用生命来下的六博棋。"

陆子冈张口结舌，对于这个胡少爷所说的话，他半个字都不信，但偏偏这股涌上心头的恐慌感到底从何而来？

正迷茫间，一声凄厉的尖叫声划破黑沉的夜空，硬生生地撕开了这夜幕之下伪装的寂静。胡亥对上陆子冈慌乱的双眼，赤瞳微微眯起："棋局，已经开始了……"

凄厉的尖叫声戛然而止，就像是老旧的播放机被人一下子按住了暂停键。

黑暗中恢复了死一般的沉静，但陆子冈却再也坐不住了。他起身冲出凉亭，朝刚刚传出尖叫声的方向跑去，他一边跑一边掏出了手机，虽然还是没有信号，但手机屏幕在夜里却能照明，照亮了他脚下的道路。

陆子冈看到了不远处的那座拱桥，却并没有看到任何人影。

然后，他猛然间停住了脚步。因为他看到了一股深红色的鲜血，正渐渐地从桥的斜面上缓缓流淌而下，活像一条蜿蜒前行的蛇。

一股寒意从他的脚踝处爬上他的脊梁，陆子冈觉得浑身的血液都被瞬间抽空。在他的脚下，有一个破碎的金丝边眼镜，镜片被人踩得粉碎，镜框扭曲地躺在地上，在手机屏幕的映照下，反射着刺眼的光芒。

"这是严傲的眼镜。"胡亥的声音从陆子冈的身后传来。

陆子冈看着自己的手腕被这位胡少爷抓住，带着他手上的手机朝拱桥之上照去。

尽管已经有了心理准备，但在看到那凄惨的一幕时，陆子冈的手一哆嗦，手机"啪嗒"一声掉在了地上，周围再次恢复了黑暗。虽然只有一瞬间，但陆子冈却看得清清楚楚。他从来没有这么憎恨过他 1.5 的视力。

严傲已经死了。

没有人能在脑袋与身体分离之后，还能活下来的。所以陆子冈觉得连上前确认的必要都没有，他良好的视力甚至能从对方脖颈上的缺口来判断严傲应该是死于利器的切割。而周围却并没有看到刀的痕迹，说明凶手把严傲手中的刀也夺走了。

陆子冈的脑袋里乱嗡嗡的，难道说一开始胡亥所说的没有骗他？都是真的？

"不信吗？那好，我们就继续看下去好了。"胡亥清冷的声音从陆子冈的耳边传来，后者只觉得身体某处被他一点，浑身就像是被扔在了冰窖之中，不能动弹地僵在原地，任凭自己被对方拉进一旁的树林中。

身旁的风声呼啸而过，陆子冈被胡亥用一种匪夷所思的速度拖拽着穿过整个庭院，来到西南角的一处凉亭外。

这处凉亭与他之前所呆的一模一样，想来宅院中采取的应该都是对称的设计。此时凉亭内的风灯下坐着的年轻男子正低头把玩着手中的牛尾刀。也不知道是林墨还是林砚，林氏兄弟长得很像，陆子冈根本分辨不出来。不过看这人对牛尾刀刀柄上的花纹如此感兴趣的样子，应该是学历史专业的林砚。听说他哥哥林墨学的是计算机专业，应该不会如此着迷。

"其实六博棋并不是简单的只有一枚枭棋五枚散棋，春秋战国时期的兵制，是以五人为伍，另外设一伍长，共六人为一队。而六博棋实际上是包含了两枚塞棋，其余分别是犊、雉、卢、枭。刚刚你们那一方的塞棋被杀，接下来应该就是这枚犊棋了。"胡亥平淡地在陆子冈的耳边解释道，就像是真的在解说一场普通的对弈。

陆子冈的背后被冷汗浸湿，严傲和林砚都是属于表叔一方的，严傲已经被杀，那么听这位胡少爷的说法，下一个被杀的就是林砚吗？这时他已经无暇去思考为何这六博棋会吞噬人的生命，已经死了一个人了，他不能再让事情继续恶化下去。陆子冈张了张嘴，想要对凉亭中的人示警，可他却发现他一点声音都发不出来。

"棋局已经开始了，无人可以中止。"胡亥像是知道陆子冈想要说什么，淡淡道，"来都来了，何不看场好戏？"

陆子冈顺着他的视线看去，发觉有一个人影正一步一步走进凉亭，而在那人的手中，正握着一把环首刀，纤长挺直的刀身反射着风灯的光线，透着渗人的寒意。

林砚只是抬头看了一眼，便又垂了下去，目光舍不得离开手中的牛尾刀，喜滋滋地笑道："哥，这牛尾刀真的是真品啊！对了，把你手里的刀也给我瞧瞧！我不是让你挑了汉代的环首刀吗？我一直就想摸摸那传说中的环首刀呢！这余老家里的收藏真是不可小觑啊！"

陆子冈此时已经看清楚了来人的面目，那人和坐着的林砚有着一样的脸容，只是脸上的表情古怪至极，像是在隐忍着什么，又像是在抗拒着什么。

胡亥幽灵般的声音恰时传来："还记得那对兄弟吗？后来那弟弟发现，只要把人的名字写在那六博棋的棋子之上，那些人就会成为这盘棋中的棋子，听任枭棋摆布。而手中所拿着的刀怨气越足，就越能掌控持刀者的心神。以往都是刀成为杀人的工具，而现在刀却依附在人的身上，控制人的神智来杀人。这不是很有趣的一件事吗？"

陆子冈听得胆战心惊，他想起刚刚拿着那把柳叶刀时烦躁的感觉，无比庆幸自己之后立刻放开了那把柳叶刀。现在看林氏兄弟这样的情况，分明一个是被牛尾刀迷住了，而另一个则是被环首刀所控制。

"这些刀都已经渴了成百上千年，很想要再饮到人血啊……"伴随着胡亥阴森森话语声，陆子冈看见林砚身后的林墨缓缓地举起手中的环首刀，而林砚却浑然不觉地低头看着手中的牛尾刀。那刀刃之上反射的光芒，让陆子冈双目刺痛。

"呵呵，只要两个棋子相遇，就必然会有一枚棋子被吃掉，兄弟相残，倒是很难得一见的戏码啊……"胡亥喃喃地说着，像是触动了他内心的某根心弦，有些出神。

陆子冈心中对这位胡少爷的些许好感已经消失殆尽，明摆着这次聚会就是余老设下的一盘棋，而身为余老的亲戚，胡亥能不知道会发生什么事吗? 既然知道惨案会发生，还袖手旁观，这样也属实太过分了点。

可是陆子冈心急如焚，却动弹不得，连声音都发不出半点，只能束手无策地看着那柄锈迹斑斑的环首刀在半空中颤抖。然后一挥而下。

刀刃在空中划出一道绚丽的弧线，随后便是利刃刺入人体之中的沉重闷响。

"哥!"林砚丢开手中的牛尾刀，惊恐地扶住跌在地上的林墨，看着他腹上所插的环首刀，不理解哥哥为何会自伤身体。

"啧，无趣。"胡亥撇嘴丢下这样的评论，拽着陆子冈避入树丛，从院子的另一边离开。

远处依稀还能听见林砚撕心裂肺的呼喊声，最后消弭无声。

整个宅院就像是一座巨大的坟墓，死一般的寂静。

陆子冈亲眼目睹了一场惨剧，自己却一点都阻止不了，气得怒发冲冠，看向胡亥的目光都透着灼人的怒火。

胡亥却非常淡定，拽着陆子冈掠过整个宅院，在一处假山之后停下。

陆子冈刚站定，便听到一男一女的争吵声，有了刚刚那幕惨剧的阴影，他立刻朝回廊那边看去。只见争吵的那两人正是魏卓然和夏浅夫妇，他们两人虽然一人手上提着九环刀，另一人手上握着一把短小轻薄的匕首，但都只是虚拿着，而且听他们的争执，竟然是夫妻之间的口角。

虽然魏夏两人在外人面前看起来是琴瑟和鸣，但家家都有本难念的经。这两人都是极其优秀的，在大学中一见钟情，互相爱慕，是人人羡慕的神仙眷侣。但婚后生活杂事繁琐，工作上各有烦恼，摩擦便开始增多，经常由小事便开始争吵，然后谁都不肯低对方一头。这样下去就算是再坚定的感情，也容易产生裂痕。而今晚这两人吵架的最初原因已经完全忘记，许多芝麻蒜皮的事情都翻了出来，吵了个天翻地覆。

魏卓然本就是寡言的性子，但架不住夏浅那张利嘴，有时候被说得狠了，恼怒之下也会反击一两句。而夏浅更是不饶人，这样恶性循环下去，他们两人都知道不会有好结果，但都是年轻气盛，谁都不肯退缩。

陆子冈在暗处听着两人的私密，不禁就有些窘然，心想这胡少爷拖他来这里，不会就是听人家小夫妻的墙角吧？而且那杀严傲的凶手至今仍未得知，这对夫妻明显应该是其中一个没有守在自己的位置上，私下凑到一起的。

若不是没有看到两处惨剧，陆子冈也不会把这盘六博棋当回事，但这座宅子已然成了真正的六博棋棋盘，他自然担心其他人的安危。至于他表叔，现在是其中一个枭棋，倒暂时应不会有危险。可是他要怎么才能破局呢？

正在陆子冈焦急如何摆脱这种不能动弹也不能出声示警的困境时，夏浅腰间的对讲机忽然响了。

余老的咳嗽声清晰地传来：“分曹并进，道相迫些。卢棋进五，吃其雉棋。”

陆子冈听不懂余老说的术语，但却也明明白白地看到夏浅握着匕首的手一紧，脸上的表情也变得古怪起来。陆子冈一见之下便暗道不好，这夏浅现在脸上的神色，和刚刚林墨如出一辙！

“在棋子上写上名字的人，不能违反枭棋的命令。”一旁的胡亥很是好心地解释道。

陆子冈心下一冷，想起刚刚林墨宁愿刺向自己也不愿伤了弟弟的画面，相信了胡亥所说的话。事实上，自从胡亥出现在他面前，所说的话虽然每句都荒诞不经，可是却没有一句是谎话。

难道，他就这样束手无策地旁观着一幕幕惨剧上演，看着一条条鲜活的生命从他面前消亡吗？

陆子冈绞尽脑汁，开始回忆胡亥所说的每一句话。只要在棋子上写了名字吗？看样子这位胡少爷是没写自己的真名。不过写了也无所谓，那位余老和他是有亲戚关系的啊！可是既然是亲戚关系，为何话语言谈之间并没有任何恭敬，反而透着一股诡异？

等等，他自己不也把名字写在棋子上了吗？为何没有被人控制的感觉？还是说表叔还没动他这枚棋子？

陆子冈在这边心急火燎，那边夏浅却并没有按照余老的指令对自己丈夫动手。

夏浅的手中拿着的是一把形似匕首的破风刀，她是看不上其他刀又沉又大，所以挑了这么一把小巧玲珑的古刀。自从听到对讲机中余老的话后，她就感觉到心中对着魏卓然的杀意就像是决堤的洪水一般，冲垮了她的心防。婚后婆婆给她的脸色，又顾着工作又要做家务的委屈，不想放弃蒸蒸日上的事业去生孩子，得不到丈夫的理解……各种事情就像是放大了数倍，一下子全部涌进她的脑海，让她持着刀的手腕不断地颤抖着。

可是即便是这样，她又怎么可能对丈夫下得去手？夏浅咬着下唇，用疼痛来让自己保持清醒。此时的她已经察觉到有些不对劲了。

而魏卓然的手腕却一动，把沉重的九环刀横在面前，刀背上的铁环叮当作响，在寂静的夜里听起来有股骇人的清脆声。

"你……你这是做什么？"夏浅惊魂未定地看着像是变了一个人一样的魏卓然。

"我们两人只能活下一个，今晚就做个了结吧。"魏卓然的脸色也古怪非常，语气僵硬。

陆子冈为之愕然，余老是下棋的那个，他只是给夏浅发了命令，为何连另一方的魏卓然也被控制了？如果一方不动手，那么另一方也会被触发抢先攻击吗？

难道说那些刀才是媒介，他们这些棋子就像是枭棋的扯线木偶，那么他们手中的刀才是连接枭棋与他们这些散棋之间的线。可是他从厅堂拿的柳叶刀已经丢在了之前的凉亭中……刀……锘刀！若不是他手中的锘刀，他说不定还不能摆脱那把柳叶刀！而且在之前林氏兄弟的手中，可不就是都握着刀吗？

陆子冈的后背不禁汗津津的，一阵后怕。此时他想出声告诉那对夫妻扔掉手中的刀，可还是和刚刚一样，只能张开嘴，却半点声音都发不出来。

只见魏卓然已经举起九环刀，一点都不留夫妻情面地朝夏浅一刀挥去。

夏浅的尖叫声也随之响起，在空旷的宅院中听起来分外刺耳。因为夏浅下意识地闪躲，魏卓然的这一刀却是落空了，但他却并没有因此停下来，反转刀柄向前削去。夏浅狼狈地用破风刀挡了一下，金铁交击的声音在空旷的宅院中回荡，令人听着心惊胆战。

"夫妻本是同林鸟，大难临头各自飞。"胡亥看着却是极其有趣，轻笑道，"这出戏倒是顶不错的，看他们吵吵闹闹的多累人，这样才叫舒坦。"

　　陆子冈对胡亥已是恨到了极点，这人怎么能如此草菅人命？他必须要想个法子才行，否则这样下去，这座宅院中的人都会成了那余老延长寿命的养分。

　　陆子冈想起解救过他的那把锈刀，便使劲动了动僵硬的手指，费了好大的力气才能弯曲地靠向裤兜。虽然隔着一层衣料，但在指尖碰触到锈刀的那一刻，好像禁制住他经脉的冰冷就散去了少许，陆子冈知道自己所料不错，待手腕灵活了之后，就连忙握住锈刀的刀柄。

　　幸亏身旁那位胡少爷的注意力都在不远处的回廊之中，夜色正深，一时也就没留意他的小动作。

　　锈刀之上有一股暖流缓缓地流入他的身体，陆子冈恨不得自己马上就能行动自如，但事实总是不如他的意愿。过了一分钟，他的小手臂才刚刚能动。

　　幸好那边那对夫妻并没有分出生死，只是刀光挥舞得骇人了些，夏浅的尖叫声救命声不绝于耳，虽然凄厉了一些，但听起来中气十足，不用看也知道她其实半点伤都没受。陆子冈恨不得他们能拖得时间长一些，可是饱经惊吓的夏浅却并不这么想。

　　她自认为自己的尖叫已经足够传出三里外了，结果到现在还没有人来救她，就是说根本无法指望别人。她一个踉跄，摔倒在地，看着提刀向自己一步步走来的魏卓然，觉得鼻梁发酸，视线都有些模糊。"卓然，你真的这么狠心要杀我吗？"

　　魏卓然并没有废话，回答她的是他已经举起的刀。

　　夏浅此时已经彻底死心，但死的是对丈夫的心，她自己并不想年纪轻轻地就这样丧命。所以在魏卓然的刀落下之前，她已经灵巧地从地上跳起，避过那凌厉的刀刃，一直扑到了丈夫的怀中。连同她手上的那把破风刀。

　　温热的鲜血浸染了她的双手，夏浅的眼泪终于落了下来。

　　"别哭，你的妆都花了。"魏卓然感慨了一句，左手抚上了夏浅的脸颊，珍惜地替她擦去晶莹的泪滴，"娶你……的那天，我答应你……不会让你再哭的……"

　　"那你还！"夏浅怒火中烧地抬起头，想要质问丈夫为何对她下如此杀手。但在对上魏卓然深情的双眸后，才猛然惊醒。

　　若真是对她下杀手，她一个弱女子，拿着的又是一把短小的匕首，怎么可能在对方的刀下活下来？

　　此时回想起来，丈夫对着她砍的那一刀刀，虽然看起来凶险，却都每每擦着她的身体划过，连发丝都没伤到她一分。

"这样……你就不会……忘记我了吧……"魏卓然的微笑中夹杂着一抹得意，他确实是故意的。尽管是彼此相爱，但夫妻之间的感情和血亲完全不同，充满着试探与互动。夏浅的犹豫使他下决心要舍弃自己，但同时也务必在她的心中狠狠地刻下一道伤痕。

夏浅泪流满面，颤声道："你……你真是好狠的心……别……别丢下我自己……"

"咣当！"沉重的九环刀终于落地，魏卓然也不甘心地最后看了妻子一眼，缓缓地闭上了眼睛。

"啊——"夏浅抱着魏卓然痛不欲生。

"你……满意……了吧？"陆子冈艰难地从嗓子里逼出来这几个字，他刚刚才能说话，而且声音不能发出很大，几乎像是耳语，"你……到底想要确认什么？"

胡亥愣愣地看着在回廊中哭得肝肠寸断的女子，有点回不过神。

陆子冈看他一副神不守舍的模样，也不再多想。他手中拿着锃刀，其实真有心往这个石头心肠的少年身上捅一刀。但锃刀是不能见血的，这点哑舍的老板在赠刀的时候特意叮嘱过。更何况他不是警察也不是法官，没有权利审判其他人的生命。

所以陆子冈只得咬了咬牙，转身扶着假山朝主宅的厅堂走去。也不知胡亥为什么没有跟来，陆子冈却没有心思再去思考，他知道这盘棋既然已经开始下了，那么最关键的便是枭棋。只要把枭棋控制好了，也就控制了整盘棋。

主宅的厅堂内冷冷清清，一个服侍的下人都没有。陆子冈一眼就看到在空旷的厅堂之中，被屏风围住的宫灯缓缓燃着烛火。陆子冈屏息走了过去，却骇然发现屏风之中并没有一个人，在偌大的圆桌之上，只有一盘六博棋。

棋子没有人控制，却自行在棋盘之上行走着，棋盘外放着四枚棋子，上面的人名已经消失得干干净净，应该意味着他们已经被杀了。而写着余老名字的枭棋却红得仿佛能滴出血来，让人看着就毛骨悚然。

陆子冈不知道如何是好，他之前都已经想好，余老是个七老八十的老头子，他只要制住了他，让他停止这盘棋就可以了。可他绝对没有想到这里根本就没有人，而是棋子自己在下！难道说这六博棋已经成了精怪？有了自己的意识？

陆子冈虽然是唯物主义论的坚定拥护者，但在经过无字碑的诡异穿越体验之后，也多少相信了一些这世间会有无法解释的事情存在。可是他现在要怎么办？

就在陆子冈犹豫的时间里，他眼睁睁地看着棋盘上的棋子依次被吃，上面的名字一个接一个消失，到最后竟然只剩下余老、表叔、胡亥、安诺和他自己的名字。安诺便是余老这边的得力杀手，多数人都死在了她的手下，连自己这一方的人都不例外。

陆子冈此时已经猜出来这盘六博棋已经毫无下棋的规则，而是单纯地吞噬人的生命而已。他眼见着安诺的棋子逼近表叔的位置，当下再也不敢犹豫，握着铻刀便朝那枚红得诡异的枭棋削去。

铻刀本就是削玉如泥的琢玉刀，这一刀便像是切豆腐一般，把那枚枭棋拦腰切成了两半。

陆子冈回头看向棋盘的另一边，发现还是晚了一步，表叔的枭棋已经被安诺吃掉，朱砂所写的名字开始慢慢变淡……

·四·

"小冈……小冈? 这破孩子，怎么喝得这么醉啊? "

耳边传来表叔那破锣一样的嗓音，陆子冈皱了皱眉睁开眼睛，发现自己竟然趴在桌子上睡着了。周围是刚刚喝酒的那些人，此刻均阴晴不定地互看着彼此。戴着金丝边眼镜的严傲反反复复地摸着自己的脑袋，像是在确认着什么。其他人和他的反应都差不多，都不约而同地摸着胸口或者脖子的部位。而林砚却一下子跳起来打了自己哥哥一拳，然后再扑过去紧紧抱住。夏浅则是盯着身旁面带浅笑的魏卓然，眼圈一下子就红了。

陆子冈环视了一圈，发现那名白发少年胡亥和美女安诺不见了。而余老趴在桌子上，一点动静都没有，不禁起身去唤他。

其他人也察觉到不对劲起来，这才发现余老竟然已经故去，看样子应该是心肌梗塞那样的急病。

稳重的陈淼站起身走出厅堂想办法找来下人联系外面，吴语则嚷嚷着要找那个安诺来，表叔茫然不知所措，因为他对刚刚根本没有任何记忆，恐怕是身为其中一方枭棋的特殊优待。一时厅堂内乱成一团，而陆子冈则看着桌上的六博棋默然无语。

他们都在之前坐着的位置上，那么很可能所有人的灵魂在名字写在六博棋棋子之上的那一刻，就被吸入了棋盘之中。现在的棋盘之上，一枚枭棋断成了两截，而其余三枚棋子之上，还写着胡亥、安诺和他自己的名字。也许是因为他用外力将枭棋破坏了，这盘六博棋才没有真正夺取大家的性命，否则等到棋局终了，能醒过来的恐怕就只有余老一人，他们都会因为"急病"而死。

因为没有人肯去碰这盘六博棋，陆子冈只好伸手地把桌上的六博棋收好，放回木盒之中。可能是因为只有他没有被六博棋控制，没有经历过被杀的感觉，所以心中并没有多少畏惧。

空旷的厅堂显得幽黑压抑，其他人都再也待不住，依次走了，表叔直嚷着晦气也离开了。在余老的尸体被抬下去安置妥当后，最后一个走的严傲凑了过来，低声对陆子冈建议道："把这东西烧了吧。"他的话语间还带着轻颤，显然是吓得不轻。

陆子冈却摇了摇头，若不是刚刚情况危急，他根本不可能斩断枭棋。古董保护还来不及呢，他又怎么可能去破坏？想起之前在棋局中看到的那些场景，陆子冈有感而发道："刀剑虽然锋利无比，但并不是凶器。你既可以用来杀人，也可以用来保护自己所爱的人……这六博棋虽然凶险，但也好歹是个古物。如果和这宅子分开，想来就不会作怪。我认识一家古董店的老板，他专收稀奇古怪的东西，这盘棋就先放在他那里吧。"

严傲还想劝，却怕自己沾手会更倒霉，便叹了口气，忙不迭地走了。

陆子冈感觉到刚刚离开的不止严傲一人，但他环顾四周，却并没有发现什么。摇头笑自己惊吓过度，继续小心翼翼地放着六博棋。

收棋子的时候，陆子冈看着最后三枚棋子上的朱砂名字，觉得异常刺眼，便用袖子拿起一枚来擦拭。安诺的名字很容易地被擦掉了，可是胡亥和他自己的名字，却怎么样都擦不掉。

擦不掉也没什么吧？陆子冈皱了皱眉，这才觉得站在挂满古刀的厅堂之内有些寒气逼人，慌忙收拾好放置六博棋的木盒离开了。

宅院的黑暗处，胡亥看着地上已经毫无声息的安诺，收起手中的鸣鸿刀，甩了甩上面的血迹。

"你有锘刀，我也有鸣鸿刀。谁说这盘棋已经下完了呢？"胡亥银白色的睫毛微颤，露出那双夺人心魄的赤色眼瞳，里面却是丝毫不掩饰的残忍。

鸣鸿刀迅速幻化成一只可爱的赤色小鸟，跳上了胡亥的左肩，低头照例先给自己梳理翎羽。胡亥伸手抚摸着小鸟的颈背，眼眸中的犀利渐渐软化，想起之前在厅堂内偷听到的那句话，怀疑倍增。

"皇兄……会是你吗？"

CHAPTER SEVEN
第七章
廷圭墨
TINGGUIMO

· 一 ·

医生把手中沉重的樟木箱吃力地放在地上，然后便扶着墙壁直喘气："应该是最后一箱了吧? 真要命，我的腰啊……"

老板瞥了一眼呼天抢地的医生，淡淡道："是你自告奋勇来帮忙的。"

"是是，是我自找苦吃。"医生苦笑，什么叫吃力不讨好? 就属于他这种。今天正好轮休，他到哑舍打发时间，赶上老板说今天是农历六月初六，应该晒书，他能不帮忙吗? 难道在一旁光看着老板干活?

医生看了看老板单薄的身材，觉得还是自己动手比较靠谱。

不过吐槽归吐槽，医生缓过气来之后，再次后悔没有带口罩来。他用抹布擦掉樟木箱上厚厚的灰尘，一手护住口鼻，一手扭开樟木箱的锁扣。

灰尘扑面，却意外地夹杂着一股浓重的书墨香气。

医生闻着这股墨香味精神一振，些许灰尘也就不甚在意了。这股墨香味道并不若普通书墨那般有股淡淡的腐臭味，反而初闻香气馥郁，但却并不浓艳，细闻绵长隽永，竟不知道里面缠绕了多少种香气。医生忍不住将头探了进去，仔细寻找墨香的来源："为什么这一箱和其他箱子的不一样? 难道里面放了一块墨? "

"不是，这一箱放着的大多都是手稿，而不是线装书。"老板放下手中的书走了过去，从那个樟木箱中拿出一摞摞手稿，细心地一叠叠摊开，放在阳光下晾晒。

"手稿你这里也有啊！"医生饶有兴趣地凑过去看，这些细致活他不敢随便碰，谁让他以前有弄断过山海经的书简，虽然是不小心之举，但他还是不敢乱动手了。搬搬箱子什么的倒没问题，他可怕万一撕碎了一张纸，再蹦出个什么神兽来。不过，医生环视着周围，他还是头一次知道哑舍内间里面还有这么一块小小的天井。方方正正的青石板地面偶尔爬着一两只毛毛虫，老板却并没有把它们弄走，而是避开了它们的爬行路线放置书籍。此时是正午时分，阳光直直地落在这里，正好适合晒书。但是出乎他的意料，哑舍里的藏书并不多，加上他刚刚搬出来的那一箱手稿，晒的书还没有铺满整个天井。

"老板，需要晒的就这么多了？"医生不信地问道。若是再多的书都不觉得奇怪，奇怪的是太少了啊！老板好歹也是活了几千年的人了，怎么就收集了这么点书和手稿？

老板吹了吹手稿上落下的灰尘，珍惜地一边仔细检查着一边淡淡道："书籍本来就难以保存，现在市面上连宋元时代的线装书都很难看到了。我手里的书大部分都放在安全的地方封存起来了，真空状态下要更为稳妥。我身边的这些……就这么多。"

喂喂！那个可疑的停顿是怎么回事？

医生虽然站在阳光下，但也觉得忽然间浑身发寒。依照他对老板的了解，只有他不放心的古物才会随身安置。那么就是说，这些书其实都是有问题的了？

医生立刻四肢僵硬，连动都不敢动。不过他转念又一想，哑舍里的古物岂不是全都有问题？他不还经常往这里跑？怕什么啊！

正思量间，老板从箱子里拿出一摞书稿，方才闻过的那股浓郁的书墨香气再次袭来，令医生不由自主地凑了过去："好香啊……为什么会这么香？"

老板清隽的脸容上露出一抹笑容："你想知道？"

医生大喜点头道："又要讲故事了？我喜欢听故事。"

老板的视线却落在了一旁的青石板地面，努力向前蠕动的毛毛虫身上，许久才启唇幽幽道："你知道，毛毛虫是怎么过河的吗？"

"啊？"

· 二 ·

清·顺治三年。

"……要为小少爷准备抓周礼，东西都齐全了吗？"

什么声音？好吵啊……奚墨迷迷糊糊地睁开了眼睛，她好像睡了很久很久，这次是几年？还是几十年？

"还差文房四宝呢！老爷让我到库房找一套来。对了，最好找小巧精致一点的，小婴儿也能抓在手里的那种。"

"我记得有一块墨……哦，在这里。"

奚墨感觉到一直禁锢自己的盒子被打开，久违的阳光投射了进来。她眯了眯眼睛，有点不太适应。

"好丑啊！这么丑的一块墨？"

"可是这块墨够小啊！而且我记得送礼的人说，这块墨可是五代十国时南唐李廷圭所制的廷圭墨！千金难求啊！就是上面没有什么花纹雕刻，据说是李廷圭早期所制。也亏得是早期，否则也存不到现在啊！"

"好了好了，管这墨有什么来历呢！好歹也是块墨，快收拾一下……"盒子又被关上了，奚墨感觉自己在盒子里来回碰撞，虽然不痛，但已经让她开始不爽起来。

丑？她很丑吗？她可是这世上第一块廷圭墨！好吧，虽然主人当年炼制她的时候，还没有很好的墨模，导致她并不像其他墨那样方方正正或者雅致特别，而是很不规则的一个墨块。可是当着一位淑女这么直截了当地说话真的可以吗？

奚墨抱怨的时间并没有很久，很快她便再次被阳光所笼罩，而这次她还发现周围摆着许多种类的物品，诸如印章、经书、笔、纸、砚、算盘、钱币、账册、首饰、花朵、胭脂、吃食、玩具等，摆了整整一个床铺，一眼看去眼花缭乱数不胜数。而且从她附近的其他文房用具，就能看出这户人家端的是富足，不是所有人都能用得起宣州纸、端州砚和诸葛笔的，再加上她这块廷圭墨，倒也当真是世间最珍贵的文房四宝了。

不过这么多物事之中，也只有她修成了精魄，其余物事虽然精贵非凡，但也不过是物品罢了。而她则因为是主人炼制的第一块墨，当初主人将烟料配料和成烟料团，放入铁臼中捣炼三万次，在每一次的捣炼中都倾注了太多的期许，所以让她在炼成的那一刻，便有了一点意识。

奚墨便由此诞生，虽然她从一开始，就被主人丢弃在了一旁。

被嫌弃也是不要紧的，奚墨也很淡然，这样她就不会被送人、被卖掉或者被用掉。在之后的几十年中，她在落满灰尘的角落里，看着还是少年的主人跟随着他的父亲，制成了天下闻名的歙州墨，看着主人和他的父亲都被李后主赐国姓，后又改名为李廷圭。天下人都知道"黄金易求，李墨难求"，到最后也只有她是主人在姓奚的时候所制出来的墨并留存了下来，所以她给自己起名为奚墨。

后来，主人的名声超过了他的父亲，天下闻名的李墨也渐渐变成了廷圭墨。

再后来，主人就死了。

奚墨还是有些不太习惯自己漫长的生命，不过她也知道自己是区别于其他物事的存在。在几百年间，她被转了好几手，虽然模样很丑，但质地颇佳，已经确定是廷圭墨的她，其实已经身价千金。她记得上一次见到阳光，好像是被人当成礼物送到了洪家吧？洪家的那代家主，并不喜欢她，只将她随手锁进了库房。

过着这样被关在锦盒里的日子，除了睡觉她又能做什么呢？她倒是宁愿像当初那样被丢弃到角落里。

话说回来，她这一觉又睡了很久了吗？怎么人的打扮变了这么多？女人倒还好，没什么太大变化，怎么男人的头发前面全部秃了一半？还在后面系了个大辫子？

奚墨惊奇地看着这群衣着富贵的男男女女，簇拥着一个粉妆玉琢的小男孩儿走了过来。哦，对了，这是要办抓周礼，让一岁的小孩子抓自己喜欢的东西，然后预测以后的前途和性情。

才一岁的小孩子，懂什么啊？奚墨很是不以为然地看着那个小男孩儿被抱上床。

"昇儿，喜欢什么就拿什么。"一位明艳的妇人笑语盈盈地说道，她梳着整齐的妇人髻，明眸皓齿，头上珠翠缭绕，应该就是这个男孩儿的娘亲。

被娘亲鼓励的小男孩开始在琳琅满目的东西中挑选，奚墨被那双如同葡萄般水润润的大眼睛一瞄，也忍不住期待了起来。

人之初，性本善。越是年纪小的孩童，就越能感觉到成年人无法感应到的玄妙。奚墨看着这个昇儿只扫了一圈，就果断地手脚并用向她爬来，奚墨还来不及做什么准备，就发现自己被一双胖乎乎的小手举了起来。

奚墨愣愣地看着近在咫尺的小婴儿，软软的，白白的，看起来好像易碎的陶瓷娃娃。她几乎呆滞地看着这个陶瓷娃娃朝她绽开了一个大大的笑容。

还没有人冲她这样纯净地笑过。

主人嫌弃她做得不够完美，很多人厌恶她丑陋的外表，还有人觉得她奇货可居，只有这个小男孩，只是这样单纯地对着她笑。

奚墨的感动并没有持续多久，周围的大人们也没有来得及开口说出一连串的吉祥话，所有人没防备地看着小宝宝动作迅速地把奚墨放进了嘴巴。

"哇!"惊天动地的哭泣声响彻耳际，奚墨顶着一身的口水，默默地被扔回了床上。

她就知道，不能对一个只有一岁的孩子抱太大的希望!

奚墨知道自己的气味有着墨块特有的腐朽味道，就算是这个昪儿能感觉到她不同于其他物事的灵气，但这股味道却是怎么也忍受不了的。

不过知道归知道，在看到刚刚还视若珍宝举着她的昪儿，拿起了一盒胭脂爱不释手，奚墨还是忍不住郁闷了起来。

哼! 这臭小子今年才一岁，就知道吃胭脂了! 长大了还得了? 看把他老爹气得……

十五年后。

"昪表哥，这块墨就是传说中的那一块?"一个亭亭玉立的女子好奇地问道。

"是，就是传说中的那一块。"说话的是一位俊秀公子，一边说一边露出无奈的表情。他有着一张容长脸，眉眼秀长，气度温文尔雅，举手投足间透着一股世家大族的公子气派，让人一见心折。而他身旁的那位女子，相貌和他有几分相似，秀美如玉，身上穿着一袭湖水蓝的月华裙，已经及笄的她头上插着两支梅花纹碧玉簪，更显得面色如花，明艳动人。

这位俊秀公子便是洪家的大少爷洪昪，而他身边的那位女子则是他的亲表妹黄蕙，他们两人年岁相当，黄蕙仅差了洪昪一天，所以两人自小青梅竹马，感情非常好。而今日黄蕙正巧听人说起洪昪小时候的那场抓周礼，便吵着要看看那块很著名的廷圭墨。

奚墨静静地坐在书桌上，自从十五年前的那场抓周礼后，她就结束了盒子里的生活，被送到了洪昪这里。当然，这也是因为洪昪那古板的老爹根本不接受他儿子抓的是个胭脂，强硬要求儿子必须念书考科举光大门楣。

其实这个念头根本就是非常不靠谱的。已经观察了洪昪十五年的奚墨无声地叹了口气。这十五年来，她就一直被放在洪昪的书桌上面，看着他习《三字经》、《弟子规》，上宗学，读四书五经。她可要比这世上任何人都了解他，这位洪家的大少爷，根本就不是考科举的料! 让他去考那八股文，纯粹就是要了他的命!

洪昪最喜欢的，就是和他的姐姐妹妹们混在一起，在杭州西溪的洪园中吟诗作画，联句酬唱，过得好不快活。那些女子们还成立了"蕉园诗社"，春咏柳絮，夏吟芙蕖，秋赏海棠，冬颂腊梅。好人家的姑娘们聚众玩乐，这都是奚墨无法想象的事情，她印象中的大家闺秀，哪个不是大门不出二门不迈啊？有的出嫁之前连绣楼都没有下过，她敢肯定这个女子诗社绝对是历史上的头一个。

洪昇在这些大家闺秀之间很受欢迎，洪、黄、钱、翁四大家族，是钱塘一带有名的望族，所以之间的年轻男女相识也就没有那么多死规矩。洪家世代书香门第，百年望族，洪父还是一名七品官员。而洪昇的外祖父黄机更是做过刑部尚书，现今官至文华殿大学士兼吏部尚书，可谓国之重臣。洪昇也知道自己如果能通过科举取得功名，便为家族的延续出了一份力，多了一份保障，可是他确实对读四书五经没有兴趣，无论怎么逼自己学都学不进去。

"昇表哥，你说这块墨确实是廷圭墨吗？"黄蕙低头看着奚墨，满脸的好奇。她早就知道自家表哥的书桌上面总放着这块墨，以前就看到过，可是因为不起眼，也就没注意过。今天家宴的时候，被当成了笑话提起，她才知道这块墨就是表哥当年抓周的时候抓起的那块，然后还很嫌弃地扔掉了。这事儿这么有趣，都没听人提起过，应该是洪父太过于古板，每次只要提起此事都会火冒三丈，大发一阵脾气，久而久之洪园内就没人敢提了。

洪昇其实并不觉得自己抓周抓了胭脂有什么见不得人的，但饶是他也不敢触他老爹的霉头，所以一般也并不提此事。此时见表妹好奇，便随手拿起奚墨，笑着跟她介绍道："是的，这块墨的正面印有'奚鼐'二字，背面则印有'庚申'二字，是李廷圭作品的标志。这廷圭墨坚如玉，且有犀纹，丰肌腻理，光泽如漆，具有拈来轻、磨来清、嗅来馨、坚如玉、研无声、一点如漆、万载存真的特性。这块墨传说是李廷圭最初所制，虽然样子不怎么好看，但已经是质量胜于普通的墨块。"

黄蕙听出了一点兴味，语笑嫣然道："这块墨倒是真有拈来轻、嗅来馨、坚如玉的几点特性，就是不知道是否磨来清、研无声、一点如漆呢！"

洪昇闻弦歌知雅意，知道表妹是想要磨墨试试。这要求其实并不过分，但饶是挥金如土的他也不禁犹豫了一下。这块墨他自小得来，虽然并不放在眼里，但也是在他手边一放就放了十五年，他一点都没有起过把它用掉的念头。可是当接触到表妹期冀的目光时，洪昇便再也不管不顾，点了点头。

虽然是价值连城的廷圭墨，但是只磨一点点，让表妹开心一下应该没问题吧！

黄蕙闻言喜不自胜，特意洗了手，亲自打来清水，倒了一点在一方端州砚中，从洪昇手中拿过奚墨，一手撩起水袖，慢慢地研磨起来。

捏着奚墨的玉手柔嫩白皙，十指纤巧，本来应该是一副"绿衣捧砚催题卷，红袖添香伴读书"的美好画面，但洪昇看在眼里，总有股说不出的抑郁之感。到底是哪里出了问题？

黄蕙磨了半晌，时间长到洪昇都有些舍不得时，忽然抬起头，古怪地说道："相传廷圭墨泡在水里三年都不坏，原来竟是真的。"

洪昇一愣，凑过去看，才发现那端州砚中居然还是一汪清水。

黄蕙见他过来，以为他是要亲自磨墨，便把奚墨递给了他。

洪昇一接触到奚墨，顿时一怔，一股说不清道不明的思绪传递到他的心里。待他回过神时，见到黄蕙一脸好奇地看着他，便洒然一笑道："这块墨很有灵性，若是普通的诗稿，她还看不上眼呢！"

黄蕙以为洪昇在逗她开心，也不由得掩唇一笑道："那表哥以后可要作出绝世之作，才能配得上这块墨呢！"

看着外面花影重重的洪园，奚墨撇了撇嘴。她能这么多年都保持着本身存在，自然修得了一些好处。其中有一项就是如果她不是心甘情愿，就不能被水所化。

想要让她甘心化为墨汁来誊写的旷世巨作？就算有，她也绝不相信洪昇能写出来的。

· 三 ·

清·康熙十二年。

奚墨静静地躺在一家古董店的柜台上，看着即将把自己卖掉的洪昇。

她在他身边已经度过了二十八年了，看着他在年少的时候就显露惊人的才华，十五岁时就闻名于文坛，二十岁时就创作了许多诗文词曲，在江南一带多人传唱，风靡一时。

她也看着他和他的表妹黄蕙顺理成章地喜结连理亲上加亲，看着他们琴瑟和鸣举案齐眉，也看着他赶赴京城国子监肄业，却并没有得到官职，为了衣食而到处奔波。甚至因为放弃科举，为父母所不容，被逐出家族，贫困得连吃饭都成问题。

她知道黄蕙身上的名贵首饰和华丽衣袍都一件件地换成了当票，即使全部换成了荆钗布裙也没有抱怨一句,可是他们现在已经连温饱都保证不了。所以奚墨真的不怪洪昇把她卖掉。

当初他们被逐出洪家的时候,骄傲的洪昇并没有带走多少银两,连房中的金银细软古董字画都没有拿半分,仅仅带上了一直放在书桌上的她。

那时的她,很高兴他没有丢下她。而现在,奚墨也很高兴自己对他有帮助。

他让她看了这个世界二十八年,而不是在盒子里孤独寂寞地度过,她已经知足了。

奚墨看着已经满面风霜的洪昇,他穿着一身布衣,已经不复当年翩翩贵公子的风采,生活的残酷已经磨圆了他的棱角,俊美的容颜上布满了灰败的神色。此时的他双目之间流露着不舍,反反复复地把奚墨放在手中摩挲,放下,然后再犹犹豫豫地拿起。

其实把她卖了换钱真的没有什么,奚墨环顾着这家古董店,店面小得可怜,但门口就燃着两盏汉代的长信宫灯,柜台上的那博山炉中焚着的居然是奇楠香,这种一片万金的奇楠香,南唐后主曾经赏赐过主人一片,主人珍惜又珍惜,一小片分了好几次来用。而这里居然就这样任其焚着,当真是暴殄天物!再看那百宝阁上的各种古董,奚墨更是大开眼界。在这样低调奢华的古董店里,她应该会过得不错。

只是,只是躺在洪昇的掌间,感受着他珍惜万分的摩挲,从她内心深处渐渐涌上来的,一种几乎能撕扯她灵魂的情绪,究竟是怎么回事呢?

"欢迎光临哑舍,这位客官,是要卖东西吗?"一个清越的声音响起,从玉质的屏风后转出一个很年轻的男子。白肤淡唇,相貌俊秀,却穿着一袭秦汉时的古服,那宽袖紧身的绕襟深衣勾勒出他细挺的腰身,黑色的直裾优雅地垂在脚边,周身散发着一股清贵之气。洪昇眼利,发现在那人走动之间,隐约能看到那人的衣袖之中,竟绣着一只栩栩如生的赤色红龙。

洪昇的眼皮一跳,除了皇族子弟,谁能在衣服上绣着龙?一瞬间他对介绍自己来这家古董店的朋友产生了怀疑,这是在帮他还是在害他?

那人像是知道他的想法,反而举起袖子大大方方地让他看了一眼,笑了笑道:"这是戏服。"

洪昇一愣,这才发现眼前的这名男子并没有剃头,而是蓄着一头长发。

满人入关以来,颁布了留发不留头的严令,出家人不在此列,可是其他人必须遵从。优伶戏子可以穿前朝服饰,有些戏子甚至可以蓄发演戏,这些都是可以钻的空子,上面也就睁一只眼闭一只眼,并没有严令禁止。优伶属于下九流的职业,但洪昇却并没有任何看不起对方的意思。虽然他并不认为这家店能是一名戏子开得起的，但他还是恭敬地把手中的奚墨递了过去："小生想卖这块墨。"

那人并没有把奚墨接过去，而只是瞄了一眼，便勾唇笑道："廷圭墨吗？居然能留存到现在，当真难得了。我劝你最好把它留在身边吧。"

洪昇心下微震，此人只是看了一眼就能道出奚墨的来历，可见当真眼力十足。可是，他舔了舔干涩的唇，苦笑道："实不相瞒，小生也不想卖，可是生活所迫，实在是没有办法了。"

那人看了看他右手指间因为常年握笔而留下的茧子，微一沉吟道："就算你卖了它，能挺过多久？一年？两年？"

洪昇知道这也不过是救急之举，就算廷圭墨再价值千金，但呆在京城这个吃穿用度都极其费钱的地方，他早晚还是要回到现在这个境地。可是……他想起强颜欢笑日渐消瘦的黄蕙，苦笑连连，并不多言。他作为堂堂男子汉大丈夫，竟然连妻子都不能照顾好，还连累她受苦，这样的事情，就算想一想都觉得愧疚，更无法为外人道也。

今日是黄蕙的生辰，他想，最起码能带她去趟天然居，再吃一次故乡的饭菜。

在洪昇陷入自责之际，只听那人忽道："先生可会写戏文？"

"自然是会的。"洪昇一怔之后急忙回答，他多年前在洪家闲暇时，经常写一些戏文让家族里养的戏班子演绎，没少被他爹责骂说他不务正业。可是，对方问这个做什么？

"我帮你介绍个人吧，写几部戏给他，这些算是预付的报酬。"那人像是完成了一个微不足道的事情，从柜台里掏出几张银票。

洪昇偷瞄了一眼，发现就算是最小额度的那张，都让他心跳加速："这……"

"好好保留着这块廷圭墨吧，她会给你带来好灵感的。"那人微微一笑，凤眼一眯，一派高深莫测。

清·康熙三十一年。

奚墨坐在灯烛之下，静静地看着正在奋笔疾书的洪昇。

不知不觉中，她已经陪了他四十七年，看着他一年年地变老，看着他那原本年轻英俊的脸上，慢慢地留下了岁月流逝的痕迹，却也越发显得睿智成熟起来。

洪昇当真写成了一部风靡当世的巨作《长生殿》，此戏一上演，甚至曾出现万人空巷的场景。皇宫内廷也曾演此剧，京城的聚和班、内聚班等班社都因为演此剧而闻名逑迩。诸位高官皇族都以请到能演《长生殿》的戏曲班而自豪，洪昇在京城一时风头无两。那一段时间里，他成为各位高官贵族争相邀请的对象。他做到了他想做的，黄蕙当出去的金银首饰不用她自己赎回来，自有人双手奉还。洪昇虽然没有在科举中榜上有名，却要比中了状元还要家喻户晓。

只是成也萧何败萧何，洪昇在不知不觉中卷入了权利的漩涡，成了几位阿哥皇子之间争斗的牺牲品，因在孝懿皇后忌日演出《长生殿》，洪昇只在闻名京城的第二年就被弹劾下狱，好在康熙皇帝并未追究他的责任，只是革除了他的太学生籍，被迫离开北京返回钱塘故乡。

"表哥，夜深露重，早些歇息吧。"黄蕙捧着一碗羹汤，走进书房。回到钱塘故乡后，她已经重新摘下了头上的珠翠，仅仅插了一根紫檀木簪，低调简约。和洪昇同年的她看上去要比洪昇年轻许多，不管是在最贫困的时候，还是最风光的时候，她都没有怨天尤人或者得意忘形，脸上一直挂着淡淡的微笑。这次虽然他们陷入了更艰难的境界，但黄蕙却从未说过一句抱怨的话，卖了京城的房子之后，二话不说地跟随洪昇回到了钱塘。

奚墨忍不住朝她看去。

也许奚墨是嫉妒她的。虽然最开始陪在洪昇身边的是自己，可是实际上他的妻子才是始终如一地支持着他。不过这样一个完美的女人，她也不得不承认洪昇娶到她是他的福分，两人从小青梅竹马，长大后伉俪情深……

奚墨看着洪昇接过汤碗，满足地一边喝着一边和黄蕙温声细语，那温馨的画面就像是书里的插画。

有个人陪着，即使过得再艰难困苦，都是甘之如饴的吧……奚墨忽然觉得自己的生命虽然漫长，但是大部分时间都充满着孤独和黑暗。

黄蕙收好已经空了的汤碗，嘱咐丈夫不要太晚睡，便退出了书房。而洪昇则拿着一支湖州笔，悬在一张白纸之上，陷入了沉思。

奚墨已经习惯了洪昇的发呆，陪着他一起放空心思，什么都不去想。其实在无数次这样的一人一墨默然相对时，奚墨总是有种感觉，其实洪昇是能察觉到她的存在的。

"奚墨……从京城回来，你好像就有心事啊……"沉默了许久之后，洪昇忽然放下笔，动了动僵硬的手腕，抬头对着桌上的奚墨笑了笑。这么多年来，他已经养成了对着奚墨自言自语的习惯。黄蕙也发现过几次，嗔他实在是痴。可是他也需要有个倾诉的对象，即使是一个不能给他回应的墨。

奚墨愣了愣，她其实已经习惯了洪昇的人来疯，总是对着她说一些莫名其妙的话。可是这次……他好像并不是在乱说……

"为我被贬回故乡而可惜吗？其实这样也好，奚墨，我太傻了，呆在那个吃人的地方，迟早会被人囫囵吞下去。"洪昇笑了笑，京城的繁华让他迷了眼，《长生殿》带来的成功，让他几乎停滞了创作。

"我向你保证过，要写一部旷世巨作。"洪昇伸手摩挲着奚墨，经过这些年在掌间的把玩，奚墨已经光滑如玉，触感细腻，让人爱不释手。

"我一技无成，半生潦倒，历尽离合悲欢炎凉世态。那些姐姐妹妹们都千红一哭，万艳同悲。就算是表妹，幼年丧母，虽然嫁了我，岳父也不久后仙逝，陪我过着颠沛流离的生活……"洪昇喃喃道，言语间流露出自责的悔意。洪家本来是一门望族，南宋时期曾经一门父子公侯三宰相，三洪学士名满天下学贯古今。但在他这一代因为受到三藩之乱的牵连，家族被官府查抄，父母被发配充军，姐姐妹妹们一个个抑郁夭亡，就算是他回到故乡，也是面对着一个已经废弃的洪园。

"最终落一片白茫茫大地真干净……"洪昇怅然叹息。

奚墨看着他重新拿起笔，慢慢地写道："今风尘碌碌，一事无成，忽念及当日所有之女子，一一细考较去，觉其行止见识，皆出于我之上。何我堂堂须眉，诚不若彼裙钗哉？实愧则有余，悔又无益之大无可如何之日也。当此，则自欲将已往所赖天恩祖德，锦衣纨袴之时，饫甘餍肥之日，背父兄教育之恩，负师友规谈之德，以至今日一技无成、半生潦倒之罪，编述一集，以告天下人……"

奚墨拥有墨者灵性，所有被墨汁所书写的书籍，她都能感应得到，这些年来她也看过了无数本典籍，但洪昇所写的这部小说，却让她大为感兴趣。

书中的男主人公出生的时候口中含玉，便是个"国"字。玉上刻了八个字，与那传国玉玺和氏璧类似，寓意汉室天下。顺治二年时京城有个不知道真假的"太子"，被砍了脑袋。奚墨记得，洪昇正巧是出生在顺治二年的。噗，抓周抓了个胭脂？那这不就是他自己吗？

这人，难道还是心存着反清复明的念头？看他文里写的东南西北四王，明明就是影射着清初四个异姓王，那文中的北静王就是四个异姓王中唯一一袭封王爵的未来靖南王耿精忠。她还记得那耿精忠还是洪昇的至交好友，两人在康熙八年时于京城把酒言欢，她也曾见过几面。这书中的北静王年未弱冠、形容秀美、情性谦和，当真就是那耿精忠的翻版。

诺，文中那个暗示说要远嫁当王妃的探春，应该就是洪昇的妹妹，确确实实是嫁给了耿精忠，乘船远嫁三千里到了福建做王妃。

咦，文里那个黛玉和宝钗都是宝玉的表妹，到底哪个是黄蕙? 应该是黛玉吧? 黄蕙也是幼年丧母，父亲高居官位也英年早逝……

奚墨心潮起伏，静静地陪着洪昇，看着他一笔一笔写下自己的人生，把自己的血泪融入到语句之间，字字珠玑。

清·康熙四十三年。

奚墨觉得有些心神不宁，江宁织造曹寅集南北名流为盛会，独让洪昇居上座，演出全部《长生殿》，据说要整整演出三日三夜。可是算算日子，洪昇应该早就从江宁回来了。

走之前洪昇和黄蕙的谈话她都听在耳内，洪昇这次去会带着那本《石头记》的手稿。曹寅是他的好朋友，经常为江南贫困文人刊刻书稿，他想拜托曹寅刊刻这部《石头记》。

确实是一部旷世巨作，可惜还没写完。

奚墨觉得自己的不安是因为好几日没有看到八十回之后的文章了。

真是可恶，不知道还没写好这个月的新文吗? 居然就这么到处乱跑，还不带她去! 不带这样拖稿的啊!

不过，时间过得真快，好像他昨天仍是那帅气的翩翩公子，但一转眼他都已经是快一甲子的老头子了。

人的生命，好像非常的短暂……

奚墨愣愣地想着，就忽然听到了黄蕙撕心裂肺的哭声。

"奚墨……表哥……表哥他回来的路上，行经乌镇……酒后登舟……堕水而死……"黄蕙恍恍惚惚，她知道洪昇喜欢对奚墨自言自语，此时她孤苦无依，自然也下意识地这么做了。

黄蕙泪如泉涌，不能接受这个噩耗。他和表哥在一起的时间太长了，长到她以为他们都不会分开了。

在天愿作比翼鸟，在地愿为连理枝。她在十年前甚至连两人合葬的墓穴都准备好了，可是完全没有想到这一天居然这么快就到来了。

奚墨在一旁默默地看着，人的生命真的非常的短暂，就像是她在过年时看到过的那绚烂的烟火一般，只是一眨眼的功夫，就完全消失不见。

为什么，她的心里那么的难受呢？有什么事她可以为他做的呢？难道她要继续过那漫长而又孤独的岁月吗？

"不，我还不能就这么随他去了。唯一的手稿被表哥拿去了，家里还有他的草稿，我必须帮他誊写一份出来……"短暂的悲苦之后，黄蕙坚定地擦干眼泪。她一向是这样的女子，贫困无法让她低下蹙首，劳苦也无法压弯她的脊梁。就算是过了多少年也一样。

待她回过神时，发现她的手中不知道什么时候握着一块不规则的墨块，不出众的外表，甚至还有些丑陋。

黄蕙学着洪昇平时的习惯，用手珍惜地摩挲着墨块上面的纹路，缓缓道："奚墨，我还记得当年表哥说过的戏言，他如今写下了旷世巨作，你会不会陪他？"

会的。这是他们之间的承诺。

奚墨淡淡微笑。

· 四 ·

"这……这就是那块廷圭墨所化的墨汁所写的手稿？"医生低头看着老板手中的纸张，上面的墨迹如同点漆，甚至散发着一股沁人心脾的香气，"可是这不是重点吧？我记得《红楼梦》的作者是曹雪芹吧？和这个洪昇有半毛钱的关系吗？"

"洪昇死前去的曹家，草稿便留在了曹寅那里。后来曹家也出了一系列的事，曹寅便没有时间把这本书付印。后来也许曹雪芹在自己祖父的遗物中翻到了那部手稿，和他的身世很像，便'披阅十载，增删五次'而不是写了十载。不过，后四十回也许都是出自他之手。洪昇因为《长生殿》一事，便不再在书稿上署真名，后世辗转相传，便以为曹雪芹是真正的作者。"老板把手稿分好一摞一摞放在青石板上晾晒，一时间天井之中都充满了墨香。

"不对啊……这不对啊……"医生显然无法接受。

138

"书里那么多江南事物，在京城出生的曹雪芹哪里见过？而且他二十岁就能写出这样的旷世巨作？二十岁就说自己半生潦倒？他是曹家独子，哪里来的那么多姐姐妹妹？雍正时期开始文字狱，他哪里敢写这么反清复明的东西？"老板一句一句反问，本来历史学得就不好的医生被问得一愣一愣的。

"可是为什么没有人出来辟谣? 你不是知道吗? 怎么……"看着老板脸上似笑非笑，医生顿住了话语。他怎么忘了，这历史上连秦始皇都可以是暴君，那么一部小说的作者被错认，那又有什么不可能发生?

医生聪明地没有追问，不过他低头的时候看到了地上依旧慢慢蠕动的毛毛虫，想起老板最先提到的那个问题。

"对了，毛毛虫是怎么过河的啊?"

老板看了看手中的手稿，墨迹如新，微微一笑道："变成蝴蝶。"

（注：此章文字系据《土默热红学》演绎而成，纯系小说，娱乐而已）

CHAPTER EIGHT

第八章

亡灵书

WANGLINGSHU

医生坐在候机室里，拿着 iphone 玩着水果忍者，却根本不在状态，总是切到炸弹挂掉。失败了几次之后，他终于放弃，把手机收好，拿起包里的埃及旅游指南。

其实他去埃及并不是去玩，而是出差，他工作的医院和开罗的一家医院建立了合作关系，他是去考察的。这种出国公干的机会很多，但医生觉得自己很倒霉，居然被分配到埃及。为什么是埃及啊？他好想和淳戈换一下，那臭小子好命可以去英国转一圈呢！埃及除了黄土就是黄土，而且最要命的是很热啊！

医生随意翻着手中的旅游指南，有种微妙的恐惧感。他会说英语，但不会说埃及语啊！再一次诅咒好命的淳戈……

正在碎碎念的医生发觉身边坐了人，正想把包挪过来，却在一抬头的时候猛然睁大了眼睛。

昨晚刚见过面道过别的老板，正一脸淡定地坐在他身边，而他手中拿着的……居然是登机牌和护照！

医生已经彻底无语了，虽然上次去西安的时候知道老板肯定是有身份证才能坐飞机的，但他没想到老板居然连护照都能有！而且明显是和他一班飞机，他昨天才告诉老板他要去埃及，怎么这么短的时间里，连签证都办好了？要知道他办的时候费了好几天的工夫呢!

不过,这些都不是重点,重点是……

"你怎么和我一起去啊?"医生抹了把脸,觉得非常不可思议。在他的印象中,老板是个真正意义上的古代人,虽然身处现代社会,但他明显留恋哑舍那种古香古色的环境,除非必要,否则不会主动接触外界。而现在太阳是从西边出来了吗?老板居然要出国?

老板觉得医生脸上崩溃的表情很是有趣,盯着他看了半晌后,微微一笑道:"埃及我一直都很想去,借这个机会一起去玩玩吧。"

医生被他唇边的笑容吓得毛骨悚然。玩玩?喂!虽然同样拥有五千年的历史,但埃及的那些古董可不是能随便玩玩的啊!医生脑海里瞬间闪过 N 部有关于木乃伊的恐怖电影,然后强迫自己冷静下来。老板喜欢中国的古董,但不代表国外的古董也喜欢,他太杞人忧天了。

平静下来之后,医生倒觉得有人陪着也不错。老板现在穿的已经不是以前的那件古旧的中山装,而是赤龙服改良后的衬衫。全黑色的衬衫在袖口和衣摆处都绣着赤金色的滚云边,既现代又时尚,非常的惹眼。那条阴魂不散的赤龙趴在老板的右肩上,龙身蜿蜒在后背处,倒是再也没有变动过地方。再配上他外面穿的米色风衣,十足就是一个俊秀帅气的都市青年,谁能猜到他身边的这个人实际上已经活了足足两千多年呢。

医生这时注意到老板的耳轮上居然夹着一枚半圆形的金质耳环,戴这种耳环并不需要打耳洞,只要夹在耳轮上即可。医生挑了挑眉,没想到老板这样的人会戴饰品,不过他注意看了看,发现老板只戴了左边的耳朵而已。倒是因为这样,显得非常别致。

啧,天要下红雨了?这老古董居然也懂得时尚了?医生却不敢调侃,只是默默地在内心吐槽。

过了不久便开始登机,两人的座位相连,因为他们坐的是凌晨的红眼航班,随意地聊了一会儿后,医生便头一歪睡死了过去。

老板帮他拿下脸上的眼镜,唤来空姐为他要了一个毯子,然后便定定地凝视着医生的睡颜。

他口中虽然说得轻松,可是心下却纠结万分。

胡亥对扶苏的执念,他早就知晓,但这两千多年以来,胡亥并未出现过。或者他以前也出现过，只是因为扶苏转世每一世都活不过二十四岁，对此并没有什么办法，索性都不甚在意。而身为这一世扶苏转世的医生，却因为长命锁的破裂而顺利地活了下去，胡亥便开始了各种小动作。

胡亥要做的，无外乎就是复活他的皇兄，抹去这具躯体内医生的灵魂。这种事胡亥已经尝试过了一回，幸好没有让他得手。老板已将九龙杯妥善地收好，也顺利地把烟幕弹释放了出去，但他却不能保证胡亥真的会上当。

所以这一次医生出国远行，他也怀疑是胡亥动的手脚，想要医生离开他的保护视线，所以他连夜占了一卦——没想到居然是水雷屯卦，是卦象中甚少出现的下下卦。屯者，难也。下下卦象曰："风刮乱丝不见头，颠三倒四犯忧愁，慢从款来左顺遂，急促反惹不自由。"其中一卦中有六爻，这次占出的是阴爻六三，爻辞曰："即鹿比虞，惟入于林中。君子几，不如舍，往吝。"虞指虞人，古时入山林必有虞人做向导。这个爻辞的意思就是说，追扑鹿而无当地人的帮助，只能迷失在树林中。君子自应机警，如不舍弃，就会有大难。

先不说这不祥的爻辞，水雷屯卦是周易六十四卦中对远行最为忌讳的一卦。所以老板火速动用关系办了签证订了机票，决定陪医生一起去开罗。

"放心，不管是哪里，我总是能把你护住的……"老板喃喃自语，最后低沉至微不可闻。

·二·

从上海到埃及首都开罗并没有直达航班，他们中途在卡塔尔的多哈转机，再在机场等了三个多小时才坐上去开罗的航班。这样一折腾，到开罗的时间是当日的中午十二点。虽然表面上他们只用了十二小时就到了开罗，但是其中有时差问题，再加上从他们的城市到上海坐动车所耗的时间，林林总总，途中已经过去了二十多小时。

就算是曾经在手术室站过十个小时的医生，在走出开罗机场，看到头顶无比刺眼炽热的阳光时，也不由头重脚轻地眩晕了一下。

很快被人扶了一把，医生揉了揉生疼的太阳穴，发现一直没睡的老板依旧精神奕奕。好吧，不能以常理来揣测这个人，毕竟某种程度上来说，他根本就不是正常人。

并没有人来接机，医生早就想到了。像他这样的小虾米，不能奢望对方医院兴师动众。医生拦了辆出租车。虽然语言不通，但好在他已经记下了对方医院预订的酒店地址，出租车司机也习惯了这样语言不通的游客，用手指比划了一个数字。医生顿时无语了，原来开罗当地的出租车根本不流行打表，而是习惯双方先讲好一个价钱。杀价自然是不用言语沟通也能进行的，医生比了几个手势之后，司机便一脚油门奔向目的地。

路上看到了飘满三角帆船的蓝色尼罗河，和城市里不计其数的尖塔直刺云端。被称为千塔之城的开罗，是尼罗河之畔的一颗明珠。一路风景很好，所以医生对住宿的地方也很期盼。他还坚持拽着老板一起过去，打算两人住一起，省点钱。而且，最重要的是老板并没有手机，在这个现代化的社会，没有手机根本无法联系，医生可不想在异地他乡找不到人。可是在看到那间酒店破旧不堪的房间时，他还是说不出留下老板同住的话。

因为房间里只有一张小得可怜的单人床。

老板对这里非常不卫生的条件甚为不满，难得地皱了皱眉，在医生说话之前便把他从这里拽了出去。"你不住在这里也没关系吧？"老板淡淡地问道。

"是没关系，对方一样可以联络到我，只是住宿就需要自己掏钱……"医生的话被老板的眼神掐灭在喉咙里。他突然觉得自己有点傻，省钱？做什么替这个人省钱啊！

老板拦了辆出租车，说了一个地址，不过这次却没有讲价，而是直接拍给了对方两张绿色美钞。

这个出租车司机居然还会说英文，一听他们要去米那宫酒店，立刻热情洋溢地介绍起来。米那宫酒店在苏伊士运河开通之前就已经存在了，历史悠久，与吉萨三大金字塔只有一街之隔。而其中的丘吉尔套房，是赫赫有名的全球十大酒店套房之一，是中美英三国订下《开罗宣言》的会址。而现今这间套房依然没有保护起来任人参观，而是照样和其他房间一样任人居住，只是房价高得让人咋舌。

伴随着司机风趣的解说，车子沿着金字塔大街一直开到头，医生看着车窗外矗立在一望无际的沙漠中的金字塔，有种极度不真实的感觉。

而这种不真实的感觉，在老板居然刷卡入住了那间丘吉尔套房之后，达到了顶点。

虽然知道老板很败家，但败家到这种程度简直就是人神共愤！丘吉尔套房那么大，他们两个人住？虽然说这个房间的阳台直面胡夫金字塔，但别的房间也可以看得到啊！可是房价居然是其他房间的 N 倍……医生恍惚觉得自己其实根本就没到开罗，应该是正在飞机上做梦吧?

老板并不理会站在门口发呆的医生,在屋内转悠了一圈,感慨一句:"家具都已经大多不是原物了啊……"

"你……你来过?"医生差点咬到了自己的舌头。

老板并没有回答,只是取下了墙上的一幅油画,从油画的画框里小心地取出了一个物事。

医生立刻凑了过去。躺在老板掌心的,赫然是一枚半圆形的金质耳环。医生反射性地抬头往老板的左耳看去,两枚耳环果然一模一样,别无半点差别。

"这……这……"饶是见惯了老板能做出的层出不穷的怪事,医生此时也有点无语。这……这是埃及啊!

"幸好这幅油画是一个很有名的人画的,没有人擅动。"老板把画框复原,重新把画挂上,"别那么吃惊,虽然我没有来过这里,但当年来这里的另有他人。"至于他为何能看出家具都换了样,那是因为他对古董有股异于常人的直觉。只消看一眼,就能知道物事的大概制造时间。

医生愣了愣。一进丘吉尔套房的客厅里,挂着好几张照片。尽管历史学得不好,他也能看得出,其中一幅是中美英三巨头的合影,丘吉尔和罗斯福他不怎么认得,但另一个人他却熟得不能再熟了。他念书的时候曾经在历史课本上见过这个人。

除了这张三巨头的合影外,墙上还有几张丘吉尔的单人照,和与会人员的合影。其中那名来自中国的重要人士和他夫人的身影也身在其列。在不甚清楚的古老照片中,隐约可见那名女士耳边的一点金光。

这样一副耳环,其中一个在丘吉尔套房之中,而另一个当年却在那名女士的耳边。那名女士是出了名的交际广泛,并且帮助丈夫开创了一个极好的局面。虽然最终因为在西安的一次转折而每况愈下,最终党派退居台湾,但在当年也是叱咤风云的人物,是不容小觑的角色。

"这耳环有什么作用?"医生兴致勃勃地问道。

老板并没有多卖关子,而是把新取出的耳环递给了医生。"戴上吧,照现在的说法,这个鎏金耳环可以当成翻译器和通话器使用。"

医生从善如流,也大概猜出这枚耳环当时应该是被当成窃听器使用的。而后来不知什么原因,对方没有找到机会收回,至此沉寂了近六十年。医生不是不想问这耳环到底是什么来历，但他的体力根本不能支撑他的好奇心了，匆匆洗漱之后便直接沉入了梦乡。

· 三 ·

医生醒来的时候已经是第二天的清晨了，而老板并没有在房间里。

医生并不着急去那家医院报到，考察虽然只有一个礼拜，但医院给了他足足半个月时间，所以他有充足的时间。

开罗此时虽然已经十月了，但依旧酷热如夏，医生很不适应。换了件薄衫，他试着用鎏金耳环和老板联系，在房间里自言自语了半晌之后，医生觉得自己很傻。

怎么就这么轻易地相信了他说的话？这玩意可以媲美手机？这不是搞笑吗！医生愤恨地想要摘掉耳环，但手抬起来后又默默地放了下来。

反正也不碍事，戴着就戴着吧。

他在房中转悠了一圈，发现客房的床铺并没有动过的痕迹，说明老板根本就没有休息过，屋内也没有留给他的字条。医生开始着急起来。他去前台询问有没有人看到老板出门，正纠结地用蹩脚的英语表达自己的意思，医生讶然地发现他完全能听懂对方的英语，而且他说出口的居然也是一串非常流利的英语！

医生四下看去，发觉前台上摆放着的各种外文资料他都看得懂。随手拽了一个埃及人，对方说埃及语他竟然也能沟通无障碍！换了法国人、德国人也都完全没关系！

就算是再不敢相信，医生也不得不承认这鎏金耳环实在是太 TNND 给力了！！

这就是一个多国语言翻译器啊！医生在四周膜拜的目光中，得意洋洋地扬起了下巴。为什么他不早点遇到老板？这样念书的时候，英语六级就可以 HOLD 住了啊！

正在医生各种 YY 时，老板步履匆匆地从酒店外面走了进来，医生只看到他手中拿着一卷东西，还没询问他去了哪里，便被他一把往电梯拽去。

"早餐送进来……"医生及时地喊了一句，等最后一个字说出口时，整个人都已经消失在电梯里了。

前台的客服小姐惊鸿一瞥地看到这对年轻的东方男子戴着同款式的耳环，露出了然的笑容，决定客房服务晚一些再送去。

"怎么了？出了什么事？"医生被老板拽进了房间，有些忐忑地看着老板凝重的神色。他很少看见老板的脸上出现如此严肃的表情，他向来都是那么的淡定，就算当初在说他自己要死的时候，都是一脸的波澜不惊。

老板皱了皱眉，像是不知道该怎么解释，直接把手里拿着的东西递给了医生。

这是一张很古怪的纸卷，从上面发霉和破损的痕迹来看，应该是经历了很长的岁月。纸卷上有许多图画，还书写着若干字符，有些已经破损不堪不能辨认了。医生虽然已经能读懂埃及语了，但一眼看上去也觉得十分吃力。他猜想这应该是古埃及的诗词歌赋，就像是即使懂汉语的外国人，也不容易看懂中国的唐诗宋词一样。

"我昨晚在开罗市内逛了逛，听说前不久有暴动，毁了一小部分埃及历史博物馆的藏品，我去了解了下情况。然后早上去了趟对面的吉萨金字塔，因为胡夫金字塔每天只接待三百个游客，所以我托了人帮我排队。"老板沉下心，仔细地解释起来。他虽然平时不爱讲话，但他原来并不是这样的。这是因为在两千年漫长的岁月之中，他已经习惯了一个人生活。就算是与每一世的扶苏转世相处，他也从日夜相伴，到最后发展到基本不和对方接触，只是远远地看着，知道对方过得还算可以便罢了。

因为他不能承受每一次短暂的相处之后，便是无可奈何的死别，这样就等于把两千多年前的惨事重复地再一次上演，然后伤痛不断地放大，再放大。就像是个永远醒不了的噩梦。

可是医生不同，他主动推开了哑舍的雕花木门，他身上的长命锁已经断裂，他已经没有了那宿命的枷锁。他可以活下去，他可以像正常人那样活下去。

所以他很想像和当年的扶苏相处那样，希望两个人可以成为长久的朋友。

可是医生和扶苏根本是两个完全不同的人，他在这漫长的岁月中，也丢失了一些与人交流的技巧。老板难得地苦恼了一下，觉得自己简直像是害怕没有朋友的小学生。

"然后我就去了哈利勒市场，对，就是你的旅游指南上着重推荐的那个哈奈·哈利勒市场。在公元十四世纪时便已经存在的市场，足足有一个区那么大……"老板尝试着组织自己的语言，但显然效果并不是那么的好。

"哦哦！所以你去捡漏了？"医生显然没有老板那样敏感的神经，根本没有察觉到老板的不自在。但作为一个优秀的医生，他还拥有着强悍的联想能力。"这纸卷就是你捡的漏？真不错！大概能是多少年前的古董？糟了，你不会搞得太夸张了吧？若是很古董的东西，过海关的时候我们会不会被扣留啊？"

老板撇了撇嘴，觉得对着医生这个迟钝的家伙，自己想得那么多简直就是自寻烦恼。

　　"这是埃及特产的纸莎草做成的纸卷，纸莎草的茎芯去壳后排列整齐连接成片就可以造纸，一张莎草纸共有两层，上层用于书写，和下层叠在一起经过敲打之后，芯内的酵素就会在压力下起到黏和作用。将多张长纸沿边黏和，可以制成长卷。这是历史上最早最便利的书写材料，历经了三千年不衰，直到公元八世纪中国的造纸术传到了埃及，才取代了这种莎草纸。"老板不仅对于国内的古董了若指掌，他还拥有漫长的生命，有许多时间可以用来学习。

　　"那这上面写的是什么？我看好像是什么赞美死亡的诗吧？"医生一听果然是古董，立刻小心地把纸卷放在了茶几上。他可不想不小心撕坏了，然后里面冒出了什么可怕的木乃伊之类的东东。好歹山海经里的穷奇和环狗那两货还挺可爱的！

　　"这是亡灵书。是古埃及人为死者奉献的一种符箓，写着咒语和对神的赞美。通常是写在纸草卷上，放入死者的墓中。古埃及人认为可以保障死者在阴间的安全，而亡灵书上的咒语，会让死者在白昼返回世间。"老板轻描淡写地说着，但他的声音在空旷的套房之内回响着，让人不由自主产生一股浑身战栗的寒意。

　　"那……那这个亡灵书……不会是什么无名小卒的吧？"医生知道老板的眼力一向很刁，能让他另眼相看的古董，那绝对都是超级恐怖级别的。

　　"是……拉美西斯二世的……"

　　"……"

　　一阵足以溺死人的沉寂，就算医生历史学得不好，但也知道拉美西斯二世这个名字代表了什么。那是埃及历史上最伟大的法老王！在位六十七年，比中国的康熙皇帝在位的时间都要长，也许甚至是世界上在位时间最长的统治者！更别说他统治的还是四大古文明之一的古埃及！在三千多年前，统一了埃及，缔结了第一条战争和平条款，在埃及的土地上，到处都建有他的雕像和他的神庙……

　　"这东西我们能带出国吗？"医生回过神，首先想的就是安全问题。三千多年前的古董啊！他可不想因为这个被海关拘留啊！

　　"放心，没有人会相信这是真的古董，因为莎草纸不可能保存三千多年。"老板不以为然，哈利勒市场上到处都在卖这个东西，任谁拿在手里都觉得这是仿造得很逼真的赝品或者旅行纪念品。

　　"那……"那这个并不是真品？

"所以我怀疑这卷亡灵书，是真的有法力的。"老板一边缓缓地说着，一边居然伸手去撕那张珍贵的亡灵书。

医生想要阻止，但动作却没老板快，只能眼睁睁地看着老板揭下一层莎草纸。浅棕色的莎草纸一揭就开，显然之前已经被老板揭开过了。一行古埃及语出现在第二层亡灵书之上，其中还有部分词语破损，医生读得勉勉强强，下意识地去看身边的老板。

"当阳光再次照射到……时，远古的亡灵即将归来……大概翻译过来就是这个意思。"老板叹了口气，"中间破损的词组根本猜不出是什么，也许，是当阳光再次照射到这第二卷亡灵书时……"

医生脸色难看地看着外面的阳光透过玻璃窗，毫无阻碍地照射到了亡灵书上。可是除了让那上面的裂纹及纤维痕迹更清晰外，根本没有任何异变反应。

"什么都没发生，老板，你肯定是太紧张了。也许外国的古董没你想象的那么神奇呢！"医生干笑了两声，起身道，"你昨晚都没睡吧？还是先休息休息。怎么客房服务还没送来？服务太差了！我要投诉！"

其实医生更想亲自去餐厅转悠一圈，看看有什么好吃的。有了鎏金耳环，医生便不怕独自出门了，沟通没有障碍了嘛！

听着房门关上的声音，老板又盯着茶几上的亡灵书看了好一会儿，才收回目光，随意地躺在沙发上。

他们住的这个套间的客厅里，有着一套豪华的家具，他现在躺着的便是仿地中海风格的欧式贵妃椅。老板虽然并不是同普通人一样需要每日固定的睡眠，但这贵妃椅非常舒适，他闭上了眼睛，放空思绪休息，确实很不错。

过了一小会儿，当阳光完全把亡灵书照射在内时，浅棕色的莎草纸骤然间亮了起来，一股白烟在阳光下升腾而起，慢慢地凝聚成一个人形，五官逐渐清晰，最终幻化出一个半透明的年轻英俊的男子。

此人大概只有二十多岁，眼眉深邃，鹰钩鼻，头上戴着亚麻布，上身赤裸，胸前还挂着若干镶嵌着珍贵宝石的项链，下半身穿着白麻布窄裙，是典型的古埃及贵族的打扮。他虽然只是一具灵魂体的状态，整个人却透露着一股睥睨天下的气势。

男子先是疑惑地观察四周，对屋里的所有东西都分外好奇，尤其是客厅墙上挂着的照片，更是让他看了又看。最后，他才把目光转向了在贵妃椅上小憩的老板，本来只是漫不经心的一瞥，却在看到老板穿着的衬衫时，吃了一惊，瞬间便飘到了贵妃椅旁。

那人英俊的眉眼间显示出越来越惊奇的神色，最终控制不住地向老板伸出了手。

"我就猜你应该快出来了。"老板缓缓地睁开双目，并不去看已经搭在他胸前的那只半透明的手，而是直直地看向那名突然出现的古埃及男子。"我应该怎么称呼你呢？法老王？陛下？还是……拉美西斯二世？"

英俊的法老王收回了他的手，挺直了身体，微扬下颌，居高临下地看着老板，傲气十足地沉声道："异国的庶民，朕准你称呼朕为陛下。"

老板挑了挑眉，知道这是鎏金耳环把古埃及语翻译成了他能理解的意思，否则一个埃及法老王不会称自己为朕。老板无礼地看着法老王，并没有起身，事实上，他觉得这个贵妃椅舒适极了，一点都不想动。

"我想你应该知道，现在的埃及，并不在你统治之下。"

法老王环顾了一下四周，点了点头道："显而易见，可我已经做够了法老王，好不容易从漫长的沉睡中醒了过来，我可不想继续以前那种无聊的日子。"

老板没想到拉美西斯二世居然如此上道，不过换了是谁重生，都不会想让自己的生命一成不变地重来一次。人的灵魂体应该是可以控制外表的，法老王逝世之时虽然已经九十九岁高龄，但现在的外表却是他二十多岁刚登基时，最年轻气盛的样子。

老板微微起身，看向茶几上的那张莎草纸卷，感慨道："没想到亡灵书真的能令亡灵复活……"

"复活？不，这只是第一步，解放我沉睡的灵魂。"法老王摇了摇手指，然后深深地弯下了腰，盯着老板的双目，缓缓道，"尼罗河的河水可以降而复涨，草木收割之后又可以再生，所以我们相信，人也是可以复活的。人死后，是要找到 Osiris 大神，洗清自己在人间的罪恶，然后用亡灵书重返人间。此外，还必须保持肉身的不朽。"

"哦？那你生前一定是犯了不少的罪孽，现在已经是你逝去后的三千多年了。"老板难得吐槽了一句，自觉得若是医生在的话，他肯定也会这么说。

法老王的表情僵硬了一下，在阳光的照射下，他的身形越来越清晰，呈现出如蜂蜜般棕黄色的皮肤，看上去根本不像是一个灵魂体。他的面目和埃及四处可见的拉美西斯二世雕像一模一样，如刀削般的面容就像赞美他的诗篇中所写的一样英俊无匹。

老板一向喜欢收集美丽又富有艺术气息的物品，哑舍也是因为他的收藏癖泛滥而产生的，此时见到法老王富有异国气息的俊美面容，老板也不禁眯起了双目，开始考虑如何把这个高傲臭屁的法老王拐回哑舍中好好收藏起来。其实他更想弄走一座拉美西斯二世的雕像，可是这家伙在世的时候，给自己所立的雕像一个比一个巨大，甚至都有几十米高的，实在是没办法搬进他的小店。

老板正在走神，而法老王却整理了一下表情，意味深长地继续笑道："知道我们如何保持肉身不朽吗? 木乃伊? 有没有见过? 有没有听说过木乃伊是如何制作的? "

法老王并没有等老板回话，而是自顾自地把手伸向了老板挺直的鼻梁，一边抚摸一边缓缓道："首先，用铁钩，从鼻腔之中钩出脑髓。除尽之后，用药物注入其中。"

法老王的手向下，沿着老板的下颌，拂过他的脖颈，然后掠过胸前，最终落到他的腰侧。"其次，用石刀剖开侧面，取出内脏，然后用棕酒冲洗腹腔，撒以香料，填上药物，再小心地缝合起来。然后再用一种强碱溶液泡制整整七十天，再冲洗干净。最后再用一种涂有胶质的蜡布，一条一条，细细地包裹起来……"

法老王的声音低沉，带着古埃及语特有的卷翘舌音，在房间内回响着。他的手在老板的身上肆无忌惮地游移着，一点都不掩饰自己对掌下身体的渴望。

"朕以为我们的木乃伊技术应该是最好的了……可是你究竟是怎么办到的? 这具身体……应该保持了有五百年了吧? 不……至少有一千多年了……"

老板躺在贵妃椅上，大大方方地任凭法老王的骚扰。法老王现在看起来虽然和真人无异，但其实根本碰不到他。他和一个空气计较什么? 他此时想到的，是他临走前占的那一卦，水雷屯六三爻辞："即鹿比虞，惟入于林中。君子几，不如舍，往吝。"那个所谓虞人的向导，指的应该就是这位法老王吧? 那么那匹鹿究竟指的是谁呢? 又要必须舍弃谁才能使得医生不会濒临险境呢?

英俊的法老王没有察觉到老板的神思不属，问了几个问题都没有得到回答之后，他反而越来越癫狂，深棕色的双瞳闪烁着异样的神采。

"喔喔! 看来是这件衣服有古怪! "虽然法老王察觉到了关键，但却碍于他的灵魂体状态，根本无法扭开老板赤龙服的纽扣。万分着急的法老王束手无策，整个人都几乎覆了上去。

· 四 ·

"老板! 埃及这里吃的东西都很奇怪啊! 我挑了几样能看明白原料的……喂喂!

这是怎么回事? 你是谁啊你!" 推门而入的医生硬生生地被吓了一跳。

这确实是很惊悚的一幕, 从他这个角度看去, 老板被压在贵妃椅上, 任凭那个陌生的男人对他上下其手, 若不是老板脸上并没有任何恼怒的神情, 他几乎下一秒就要按门边的报警按钮了。

"大胆庶民, 竟敢对朕大呼小叫!" 法老王抬起头, 反而把怒火全部烧向突然闯入的医生。

老板一时也懒得起身, 对着医生指了指法老王道: "这位就是尊敬伟大的拉美西斯二世陛下。" 他虽然前缀后缀都加了, 可是语气却很随意, 听上去像是在开玩笑。

医生推着餐车的手抖了一下, 赶紧回身把房门关上。他可不觉得老板在和他开玩笑。

"这么说……亡灵书上的咒语实现了?" 医生搓了搓手, 不断上下打量着新鲜出炉的法老王。这可是活生生的灵魂耶! 虽然他是个崇尚科学的研究者, 但非自然现象也是需要研究的!

老板却想起一事, 坐起身来, 指着第二层亡灵书上缺失的那个词问道: "当阳光再次照射到……时, 远古的亡灵即将归来, 中间的那个词是什么? "

"Horis!" 法老王双手环胸, 扬起了下巴, 盛气凌人地说了一个词。但是医生和老板都没有听懂, 显然这是个古埃及语的专有名词, 鎏金耳环也无法翻译。

法老王想了想, 解释道: "我们认为, 复活一个人, 让他的灵魂和肉体重新融合在一起, 必须要有个作为媒介的物品。Horis 在埃及语中是珍惜的意思, 我选的 Horis 是我执掌埃及时所用的权杖。Horis 平时不能被太阳照射到, 需要积累阴气来吸收能量, 但当太阳隔了许久照射其上时, 只要灵魂和肉体在其附近, 便可以重新融合。"

医生听着听着, 忽然想到一事, 拿起茶几上的埃及旅游指南, 翻到一页道: "你说的不会是你建造的阿布辛拜勒神庙吧? 每年太阳光只有两次穿过六十二米的隧道, 照进神龛。一次是 2 月 21 日, 法老王陛下您的生日, 另一次是 10 月 21 日, 是法老王您登基的日子……"

"是的, 我把权杖放在了神龛里我自己的雕像之中。前一个你说的没错, 是我出生的日子。可是后一个日子, 虽然是我登基的日子, 可是最重要的, 是我为我自己挑选的, 重返人间的日子! 哈哈哈哈哈!" 法老王张开双臂, 旁若无人般肆意大笑起来。

医生听得目瞪口呆, 虽然早知道古埃及人的天文历法强悍无比, 但这阿布辛拜勒神庙也太神奇了吧，简直就是巧夺天工，居然不用电脑计算也能搞出这么强大的神迹。

老板却不爽法老王气焰熏天的模样，支着下巴淡淡道："怎么？你要重返人间？用你那具残破不堪的木乃伊？听说你的那具木乃伊还曾经被当成鱼干在市场出售过，还因为发霉去巴黎进行过会诊。哦，对，埃及政府还专门给他办了一个护照，上面写着国王陛下。而且你的木乃伊，现在可是埃及历史博物馆的镇馆之宝，想要进去参观还要再买张门票呢！"

笑声像是被人按了暂停键，戛然而止。法老王目瞪口呆地看着老板，想要从他的脸上看到一丝戏谑的表情。

但很遗憾，老板从来不开玩笑。

"至于那个阿布辛拜勒神庙，虽然经历了三千多年还没倒塌，但是不好意思，五十年前就因为埃及政府要修建阿斯旺水坝而移到了几百米外的高地上。虽然还保持着原来的模样，每个石块都保持完整，可惜，每年阳光照射的日子，便推迟了一天，变成了2月22日和10月22日。喏，希望你不是非要10月21日这一天才能复活。"老板撇了撇嘴，心情不错地看着英俊的法老王僵着一张俊颜，整个人散发着怒气，像是马上要燃烧起来了。

医生忽然觉得这法老王也挺可怜的，本来以为有希望重返人间，可是却一下子从天堂掉入了地狱。医生瞥了眼淡定的老板，觉得法老王最不应该的，就是惹到老板了。

法老王确实受到很大打击，木乃伊倒是好办，埃及这么大，他肯定可以找到一具和他灵魂契合的身体，纵使花了再多年也不怕。

可是最悲剧的就是权杖居然被人移动过了！

他的权杖其实并不是最好的 Horis，但更多更好的 Horis 都已经被以前的法老王所占据。就像神器一样，不可能量产，只会用一件少一件。他的权杖只能在阿布辛拜勒神庙原来的地方才能产生效应，因为必须配合天空的星星，权杖才会产生巨大的能量。现在除非他能把神庙重新建造在被水淹没的地方，否则他根本没有复活的期望。

但这根本就是天方夜谭。

"早知道……当年就再等等，派人寻找更好的神器……"法老王颓然垂下挺拔的背脊，像是负伤的雄狮。

看来他应该可以把这个收藏品拐回哑舍了……老板轻勾唇角，拿起茶几上的埃及茶，抿了一口，却因为古怪的味道皱了皱眉。

医生此时也扛不住饿了，把餐车上的早餐端过来给老板一份，然后捧着另一份自顾自地吃了起来。

埃及的饭菜并不合老板的口味，他只吃了几口便放下了刀叉。老板看着茶几上那破损的亡灵书，抬头向那英俊的法老王问道："对了，我想知道，你的灵魂究竟是怎么保存在这亡灵书里的？"

"其实并不是保存，亡灵书真正的秘密，是可以召唤逝去的灵魂。"法老王毕竟是睥睨天下的纵横人物，很快便从打击中恢复过来，对老板神秘地笑了笑。其他人的亡灵书根本没有用，只有他找到的这一张才有用。

老板闻言挑眉。

"你是不是也有想要复活的人呢？"法老王端详着老板的神色，好整以暇地坐了下来，翘起了双腿搭在茶几上。他虽然是灵魂体，碰不到有生命的物体和他们所接触的东西，碰不到老板和老板身上的赤龙服，但其他东西他都可以碰触得到。

老板沉默不语。

法老王笑了笑，很是好心地补充道："先不说能不能找到那人生前最珍惜的物品，也不说那物品是否有扭转乾坤的能力，最重要的其实是，如果召唤出来的灵魂没有像我这样强大的话，短期之内没有和他相匹配的身体，就会很快地渐渐淡去，最终消散在空气中。"

老板想到在秦始皇地宫之中，那瞬间烟消云散化为飞灰的扶苏，心中猛然间剧痛。原来……原来他居然真的有机会找回他？

老板看向一旁吃过饭，兴致勃勃翻看埃及旅游指南的医生，这才发觉自己临走前占的那一卦，其实并不只是说医生的。

还有他在内。

"即鹿比虞，惟入于林中。君子几，不如舍，往吝。"

谁是鹿？

谁是君子？

谁要……舍弃谁……

第九章

CHAPTER NINE

留青梳

LIUQINGSHU

公元 186 年。

周瑾看着双胞胎哥哥满脸鲜血毫无生息地躺在自己怀里，泪如雨下。

怎么会这样？她只不过是想去爬树摘个果子，怎么会那么不小心摔下来？而哥哥为了救她，摔倒在地的时候，头撞到了大石头，就这样……就这样忽然地去了？

为什么老天爷带走的不是顽劣的她，而是众人交口称赞的哥哥？

周瑾泣不成声，她今年虽然只有十二岁，却也知道周家整个家族的希望，都放在了她双胞胎哥哥的身上。而哥哥也不负众望，年纪轻轻就颇有声名。人人都说周家不愧是几百年传承的世家大族，这一代恐怕要比以前威名更盛。

可是这一切，都被她毁了。

周瑾拼命地搂紧哥哥，想要唤回他，希望他可以像往常一样睁开双眼，温和包容地朝她笑笑，在她头顶揉揉，安慰她一切都不用担心，因为有他在。

可是她却没有等到哥哥再次醒来，她清楚地认识到哥哥的身体已经在她的怀里变得冰凉，然后慢慢僵硬。

"小瑾，这不是你的错……"隐约，有人在她耳边低声劝着。

怎么不会是她的错呢？若不是她顽皮，哥哥又怎么会因为救她而死呢？

那人沉默了许久，低声叹了口气道："小瑾，就算不因为你，你哥哥也活不长的……"

周瑾猛然惊醒，偏过头看向半蹲在她身旁的那人，厉声追问道："夫子，你说的是什么意思？"

在她身边的，是父亲请回来给哥哥启蒙的西席。他年纪并不是很大，顶多只有二十岁出头，一年四季都穿着几乎是同一套的玄黑色长袍，面貌清秀，为人温和。周瑾并不知道他姓甚名谁，只是叫他夫子，因为她从小顽劣，父亲为了迫她安静一会儿，便把她也丢到夫子那里，和她哥哥一起启蒙念书。

因为今天的意外是晚上发生的，本来伺候的奴仆都还未发现，只有这位夫子忽然出现，但周瑾有些疑惑，因为夫子一般都在书房一带走动，不应当来内院。周瑾见夫子并不答话，只是一脸怜悯地看着她，不由得把哥哥抱得更紧了一些，继续追问道："夫子，你刚刚说的究竟是什么意思？"

夫子的眼神落到她哥哥的身上，变得柔和了许多，仿佛带着怀念的感伤。只听他缓缓说道："你哥哥命中注定，是要在十二岁这年夭折的，所以不管是什么原因，就算今天他不是为了救你而死，明天或者后天也是会被老天收走的。"

"我不信！"周瑾痛不欲生，她知道夫子肯定是在安慰她，哪有人的命是注定的呢？"若是……若是死掉的是我就好了……"周瑾用手擦干哥哥脸上的血迹，痴痴地坠下泪来。

"傻孩子……"夫子摇了摇头，长叹了一声，站起身打算转身就走。

周瑾看着怀中和自己几乎一模一样的脸容，忽然从心底升起一个念头："夫子，你说……你说我……我代替我哥哥活下去，这可以吗？"

夫子转过身，面带讶异地看着她。

周瑾鼓足了勇气，仰望着那个教导她读书写字的夫子，一个字一个字地认真说道："哥哥救了我的命，我代替他活下去，这难道不可以吗？"

夫子重新弯下腰，怜惜地摸了摸她的头顶，轻叹道："孩子，你会后悔的。女扮男装，并不是话本上写的那么容易的。"

"不！我会坚持！"周瑾抹掉眼泪，下定决心，无论什么人来劝说她，她都不会改变自己的主意。她以前毫无压力，那是因为哥哥担了全部的重任。她原本只要无忧无虑地长大，按照家族的安排，嫁给家族需要联姻需要捆绑的势力，这是周家女子的宿命。但现在哥哥因为她而去，她就必须有代替哥哥担起家族重任的觉悟。

夫子也许是被她的坚定所打动，想了想，从怀里掏出了一把梳子，把她头上的辫子打散，细心地为她重新梳了一个男孩子的总角。

"夫子……"周瑾咬紧下唇，想要说什么，但却不知道自己应该说什么。

"孩子，这把留青梳送给你，若是你有一天想要重归女儿身，就再用这把留青梳梳一次头吧……"夫子把那把梳子塞在她手中，然后朝她笑了笑道，"和你哥哥真像。"

周瑾握紧了梳子，梳齿紧紧地刺进掌心，但她却一点都不觉得痛。

从今天开始，这世上再也没有周瑾。只有她哥哥，周瑜。

· 二 ·

公元 190 年。

孙策随手投了箸，行了散棋，抬起头微笑地看向对面的青衣少年。

那名少年和他的年纪一样，都是风华正茂的十六岁，但身形却比他削瘦。青色的衣袍在穿堂而过的夜风中微微拂动，更显得他羸弱纤瘦。

孙策不着痕迹地皱了皱眉，他知道周家家主去年刚去世，整个周家的重担就压在了他面前这位少年身上。他也是自相识后不止一次地暗叹对方不容易，但却因为交情并不深，一些话到了嘴边，却怎么也说不出口。

周家是庐江的世家大族，曾祖周荣曾官至尚书令，堂祖及其子曾担任过太尉，就连刚过世的周家家主周异也做过洛阳令。这周家是世代书香门第，而他面前的这位少年是绝对的根正苗红，万人羡慕的贵公子哥。

孙策知道自己的身世也不差，他父亲打过海盗，抗过黄巾，也算是个响当当的人物。可是他父亲虽然位居长沙太守，也被袁术封为了破虏将军，可到底并不是汉室所封的真正将军，再兼出身卑微，事实上很受世家大族子弟的轻视，无法为他们所信任。他父亲也一直被那些人评价为"轻狡"。这可不是什么夸赞之词。

可就在他们一家人无法在寿春立足之时，这位周家的少主，独自一人来到他父亲面前，秉烛夜谈。父亲突然就举家迁徙至舒县，吩咐他要好好和对方相处，便领兵讨伐董卓去了。

孙策也是在父亲的刻意培养下成长起来的，自然知道周家对他的庇佑，并不简简单单地是腾出一间五进的院子给他们住，更主要的是因为周家的亲近，其他世家大族弟子对他的态度也产生了变化。

就像是平日里完全融合不进去的圈子，现在出现了一个裂口，他居然也可以往里面挤。这几日去打猎、诗会、投壶、蹴鞠，他们都会叫上他一起，这实在是让他受宠若惊。因为这并不代表着仅仅是可以一起玩乐，他还可以接触到一些更上层的人物，这对他父亲和他以后的发展，有着莫大的好处。

"该你了。"清清朗朗的声音响起，犹如琴音般悦耳。

孙策从沉思中回过神，才发觉自己的枭棋在不知不觉间已经被对方的散棋隐隐包围。他想了几个突围的方法，但都觉得所有后路都被封死，除非他鸿运当头连连投出几个"五白"，可以任意杀掉对方的重要棋子，否则他必死无疑。

"成枭而牟，呼五白些。"青衣少年带着笑意，拿起一旁的茶壶给两人填满茶水，一时茶香盈满室，"策兄是投箸认输呢？还是继续博一把？"

孙策向来是不肯认输的主，奋力又投了几把，最后无力地看着自己的枭棋被对方拿下，叹气道："瑜弟的布局实在巧妙，为兄甘拜下风。"他这句话也不是恭维，他来到周家已经半年多了，和这位下六博棋也下了不知道多少盘了，可是居然连一次都没有赢过。人人都说下棋如布兵排阵，看来他要差人家好多好多。

周瑾打量着对面少年脸上的颓然之色，满意地发现对方脸色虽然暗淡，眼瞳里却燃烧着不屈的亮光。看来这次，他应该没有押错宝。

周瑾今年十六岁了，但准确地说，她在四年前就已经死了。

没错，她的哥哥用她的名字下葬，而她则代替她的哥哥活了下去。

她原来以为自己冒充哥哥，可能会漏洞百出。可是她没想到夫子留给她的那把留青梳，居然真的把她变成了男生。而且再梳一次头后，又会变回女生。

这样神奇的留青梳，夫子居然毫不眨眼地就送给了她，而且在她想要找他问个明白时，他却已经不告而别飘然远去。她只好自己悄悄地守住这个秘密。

四年前的那晚过后，她大病一场，病好之后虽然还是和原来哥哥的身形与习惯动作有所不同，但众人都以为她是感伤"妹妹"的逝去，没人发现异样。

没有人知道她彻夜不眠，就是为了补习哥哥往日所看的书史典籍，没有人知道她为了拥有和哥哥一样的琴技而练得手指尖鲜血淋漓，没有人知道她咬牙蹲马步练重剑，就是为了和哥哥一样被人赞一声文武双全……没有人知道她是如何硬生生地把自己改造成一个完美的世家子弟，也没有人知道她究竟在私底下付出了多少的代价。

就连父母都没有发觉他们引以为傲的儿子已经被掉了个包，就连她自己都以为其实活下去的就是她哥哥，她真的已经死了。

她以为这样的日子会继续下去，虽然很苦很难受，但习惯了倒也不难熬。可是她没想到父亲居然在灵帝驾崩的消息传来后，一病不起，就那样去了。

父亲是家里的顶梁柱，这样撒手人寰，整个家族的重担便压在了她的身上。

她当时只有十五岁，却比这世上的其他人看得都清楚。

当年夫子在周家教她和哥哥之时，就曾经模模糊糊地说过此时和秦末时期很相似，乃末世乱世之时。她当时并不知道夫子所说的是何意思，但因为他脸上的悲哀太过于沉重，所以一直牢牢地记在心间。这几年她心智渐开，比照各种史书，不得不承认夫子的眼光独到，现在当真是到了动荡年代。

所以匡扶汉室什么的口号，在她看来就是一个幌子，这汉室已经完了，如果她想要周家的这艘小船，在乱世的波涛中不会颠覆，就只有依靠更强的大船。

所以她选中了孙坚。

不管从勇猛还是智谋的角度，对方都足以成为地方一霸。至于身份上的差距，她可以顺手帮忙。王侯将相，宁有种乎？她并没有参与群雄逐鹿的野心，只是想保存自己的家族罢了。

不过若是有人问她选择孙坚的真实理由，她却根本无法应对。

也许是某次郊外的偶遇，看到对面的这个少年鲜衣怒马地驰骋而过，给她留下了深刻的印象，所以在考虑支持者时，浮上她心头的第一个势力，便是孙家。

好吧，她这是为了大局，一个稳定的势力，最重要的是要有一个完美的领导者，同时也要有一个优秀的继承人。例如荆州牧刘表算得上是一方英雄，可是他的儿子们都不怎么样。

只是……周瑾从漫长的沉思中回过神，看着面前已经是残局的六博棋。

下棋是需要技巧的，但也是需要运气的。而这孙策，仿佛欠缺的，真真就是运气二字啊……

孙策拿起棋盘上的散棋，撇了撇嘴道："谁让你是散棋呢？瑜弟，你说这散棋为什么就不能当枭棋呢？"

"有何不可？枭棋无能，散棋自封为枭棋乃理所当然。"周瑾自然知道孙策暗喻的是什么，优雅地弯起唇角。

孙策双目一亮，笑意盎然地说道："那我们继续吧，规则变为全灭了对方棋子才算赢哦！"

"……"

孙策看到对面这个总是装小大人的少年眼中闪过一丝恼怒，终于觉得他有了些许少年的模样，笑着伸过手去揉了揉他的头道："不要总绷着一张脸，笑两下天又不会塌下来。"

周瑾愣愣地看着他，头上的力道和温度都和她记忆深处的没有什么差别，若不是这几年的磨炼让她的控制力有所增长，恐怕她立刻就要泪如泉涌了。

自从哥哥去世之后，已经好多好多年，都没有人这样对待过她……周瑾深深地把头低了下去，生怕对方会看到自己眼中涌出的泪光。

"喂喂！该你下了！不会是要反悔了吧？"孙策看不到少年脸上的表情，心下有些忐忑。

周瑾的唇边勾起一道弧度，重新抬起了头："不，不会后悔的……"

· 三 ·

公元 191 年。

周瑾站在驿站处，目送着那道身影骑马远去。

谁能想到，孙坚居然这么轻易地就被人暗箭射杀，正当盛年便如流星般陨落。

运气，有时候当真是实力的一个很重要的组成部分。周瑾头一次怀疑自己的投资是否正确，但她想到孙策离去时，那双坚定不移的眼神，咬牙决定坚持下去。

她说过她不会后悔的，那么就不要后悔。脚踏两条船可不是什么稳妥的决定，本来这乱世的风浪就很大了，她不想那么快地被波涛吞噬。

远去的身影一直都到看不见了，周瑾才收回目光，但就在一转身时，却猛然一惊，不敢置信地瞪大了双眼："夫子？"

五年未见的夫子，还穿着那身玄黑色的衣袍，容貌没有丝毫改变，脸容上依然挂着令人温暖的和煦笑容。

周瑾连忙快走几步，迎了上去，惊喜万分地与夫子见礼。她已经变了，若是五年前的她，恐怕此时早就已经扑了上去，但现在身为周家大公子的她，却只是彬彬有礼地低头见礼，举手投足做得完美无瑕，让人无法挑剔。

"夫子，你怎么来庐江了？"周瑾克制自己胸中的欣喜，但还是掩不住眼角眉梢的笑意。他示意夫子跟自己到驿站中叙话，此时她才注意夫子的身边跟着一个十岁大小的小乞丐，脸脏脏的，像个泥猴子。

"路过而已。"夫子笑了笑，跟着她走进驿站。

因为并不是吃饭的时候，周瑾便叫了一壶茶，她记得夫子非常爱喝茶。至于跟着坐下来的那个小乞丐，周瑾想了想，给她要了一碟点心。此时正值战乱，茶和点心都是奢侈品，因为庐江一带尚未被战火波及，所以民生还算可以。小二速度很快地把茶水和点心摆了上来，那名小乞丐撇了撇嘴，像是不屑于那碟看上去不怎么新鲜的点心，不过倒也没说什么，擦了擦手，用筷子拈起一个吃了起来。

周瑾不由得为之侧目，因为她能看出来，这个小乞丐的动作十分优雅，不是一般的家庭能培养出来的。也许是哪个家破人亡的孩子吧，周瑾心中怜悯心大起，又多叫了一盘点心给他。

周瑾亲自给夫子斟茶，但还是忍不住打探道："夫子是从襄阳而来？可有什么消息？"此时战火纷飞，消息的传递实在是错综复杂，难辨真假，就算是来传孙坚死讯的士兵，也无法准确地说出战报。周瑾看夫子是从去往襄阳的官道而来，所以大着胆子探问。

夫子知道周瑾的心思，笑了笑，抿了口茶后才道："孙坚之死，是因为怀璧其罪啊！"

"怀璧其罪？"周瑾一愣，她以为孙坚是在追捕黄祖的时候中了暗箭，没想到居然是别有内情。

"孙破虏在驻军洛阳城南时，曾在一井中捞得和氏璧。应是当年张让作乱，劫持天子出奔，左右分散，掌玺人投到井中的。"夫子说得活灵活现，如同亲眼所见。周瑾尽管心中还有疑虑，但也不由得顺着他的意思往下猜。

"难道是孙伯父并没有把和氏璧交给袁术？所以袁术起了杀心？"周瑾说的是问句，却已经知道了结论。任何一个主公，都绝对无法容忍属下有二心。密传国玉玺，那就是有想当皇帝的心思啊！虽然说秦失其鹿，群雄逐之，但这样明晃晃地昭示自己的野心，只能是被人杀鸡儆猴。

周瑾暗叹，孙坚一代枭雄，可惜身边缺少谋士。她也曾有暗示，可惜孙坚听不得人劝，终食恶果。她这样一沉思，就错过了夫子脸上的异色，没看到夫子按着腰间的包裹，脸上的表情复杂至极。

没有费任何的工夫，只是在混乱之中掉了个包而已。久违的和氏璧终于回到他的手中，可是为什么会如此失落？

东西还是原来的那个东西，可是陪着他的那个人……却已经不在了……当真是物是人非……

不……要真的算起来，这和氏璧已经缺了一角，虽然用黄金补足了，可也算不上是完璧归赵了……

夫子一口把桌上的茶水喝干，站起身道："小瑾，我走了，这孩子托你照顾吧，她是庐江人，自己跑出去玩的，当真不知好歹。"

周瑾慌忙起身挽留，她还想要问夫子有关于那把留青梳的事情，可是大庭广众之下，她又怎么好问出口？

夫子像是知道她要问什么，却并不回答，只是笑笑，便摆着手转身离去。

周瑾惶然，总觉得夫子的背影是那么的孤独和落寞，让人就算只是看着，就忍不住心酸。

"喂！点心太难吃了，我要吃好一点的。"一个嚣张的童音从身后传来。周瑾低下头，正好看到那只到她胸前的小乞丐，瞪着一双水汪汪的大眼睛看向她。

"你叫什么名字？是哪家的孩子？我送你回去吧。"周瑾的语气也不怎么好，一开始以为她是家破人亡，谁知道居然是离家出走的破孩子。她想起十二岁的自己，莽撞而又不顾后果，最终受伤的却是自己在世上最在乎的人。

小乞丐因为周瑾的语气畏缩了一下，摸了摸脏兮兮的鼻子，喏喏道："我姓乔，你叫我小乔吧。"

公元 194 年。

"公子，该休息一会儿了。"小乔为周瑾案头的茶水又续上了一壶，有些不满地撇了撇嘴。自从她被丢到周瑾身边后，便没有回家，只是给父亲送了张字条告知自己的下落。父亲知道后居然也没有阻止，她后来打听到她当初离家出走，父亲早就寻了她的贴身侍女当成了她，消息并未外泄。

也有可能是父亲发了脾气，不认她这个女儿了也说不定。不过小乔并不觉得伤心，她觉得在周瑾身边，要比在家里被囚禁一样的生活刺激得多。

毕竟她的公子是天下闻名的美周郎啊！天天看着都觉得无比养眼，更别提她的公子每日筹算的都是天下人的福祉，刚刚情窦初开的小乔根本就无法抵抗这样完美的存在。

周瑾从成堆的文书中抬起头，看到小乔花痴的目光，不由得头疼地揉了揉太阳穴："小乔，已经很晚了，你先去休息吧。"虽然这丫头换了男装，自愿留在她身边当她的小厮，可是周瑾却不敢真的把她当小厮使唤。

这可是乔国老的宝贝女儿啊！天知道那乔国老是怎么教育的，女儿离家出走都不赶紧领回去吗？就丢在陌生男人这里好几年都不闻不问这样真的好吗？看来还是找个机会把小乔送回去的好，否则这丫头年纪越来越大，她一开始是没把十岁的孩子放在眼里，放在身边带着也无所谓。可是已经过去了三年，再磨蹭下去，耽误了这丫头嫁人可不好了。

周瑾颓然地摇了摇头，觉得她这几年老得特别快，才刚二十岁，是一般人风华正茂的时候，却觉得心已经早就千疮百孔了。她忽然想到，嫁人……若她没有代替哥哥活下来的话，那么她恐怕早就嫁人了，在家相夫教子，过着单调的生活。

"公子，粮筹得怎么样了？"小乔并没有听话地去休息，反而走到自家公子身后，乖巧地开始为他拿捏肩膀。

"暂时够用了，可也只是救急罢了。"周瑾掷笔，放松身体，闭了闭眼睛。当年孙坚死后，孙坚所带的兵就被袁术所收回，根本不肯交给孙策带领，只是让他自己去募兵。可是兵哪里是那么好招募的？孙策刚招募了数百士兵，就遭到了袭击，几乎丧命。后来袁术许他九江太守，可是却用了别人，又许他做庐江太守，最后也是用了别人。

几次下来，就算孙策对袁术再有忠心，也被磨得精光。再者当年孙坚的死疑点重重，袁术刚愎自用无法容人，孙策早就起了拥兵自立的念头。可是这招募士兵，就必须要有军粮才能成事，否则要马儿跑却又不给马儿吃草，是怎么也说不通的。

周瑾的叔叔周尚此时正好在丹阳当太守，周瑾便义不容辞地过来帮孙策筹粮，她不顾家人的劝阻，毅然卖了周家大部分田地和家财，又四处活动，终于筹了两个月的军粮，差不多可以熬过这个难关。

小乔站在周瑾的身后，从她的这个角度，正好能看到周瑾英俊不凡的侧脸，在烛光的映照下，显得如雕像般俊逸无匹。无端端地觉得脸热，小乔的手劲不由得大了一些。

曲有误，周郎顾。

去年的一次宴会上，小乔曾见一家的小姐，故意弹错曲子，就是为了让周瑾回头看她一眼。当时还年幼的她无法理解这种感情，还偷偷地笑那个小姐别有心机。可若是换了现在的她……

"哎哟! 小乔，本公子和你没仇吧?"周瑾缩了一下肩，不解地回头。这丫头的手劲什么时候变得这么大了?

"哼!"小乔掩饰地轻哼一声，先发制人地审问道："公子，你怎么对姓孙那小子那么好啊? 就算是结拜的义兄弟未免也太过了吧? 卖房卖地欠人情地为他筹粮?"小乔问得是理直气壮，感觉好像周家的东西本来就归她管一样。

周瑾一本正经地说道："我很看好他，他会成为天下之主。"其实有时候连她也说不清楚，也许是她把对哥哥的感情，转嫁到了孙策身上。

她很清楚自己在做什么，也一点都不后悔。

小乔为之气结，有这样为别人尽心尽力的吗? 在她心中，自家公子英明神武，就算是领兵打仗也是一等一的，为什么非要支持那个傻大个? 自己揭竿而起也是完全可以的啊! 为什么要把那个人看得比自己还要重要? 小乔越想越气，融合了一种她也说不出来的恼火，也不管周瑾在做什么，直接扑上去一阵捶打。

周瑾抓住小乔的双手，觉得头更疼了。这丫头怎么越大就越不好管教了呢? 都已经快十四岁了，居然还像个小孩子一样。以后谁还敢要她啊? 她又不像打定主意一辈子不嫁人的……

至于孙策……孙策以后也会娶妻的……周瑾的脑海闪过那张俊颜，不禁一时愣神，没有抓住小乔，后者便直接摔入了她的怀里，两人在软榻上滚成了一团。而就在此时，门却突然被人推开了。

"瑜弟! 军粮一事……呃……你们……"孙策的声音戛然而止，呆愣地站在那里，一时之间觉得走也不是，留也不是。

小乔挣扎着从周瑾的身上爬起来，大大方方地整理好散乱的衣襟，用鼻子"哼"了一声，扭头走了出去。

孙策目瞪口呆，根本没想到瑜弟和贴身小厮居然是这种关系。不过他也知道在上层的贵族当中，断袖分桃这种关系根本不算什么，只是今日亲眼所见，而且其中的一个主角还是他的瑜弟，对他的冲击力实在是比较大。

周瑾根本不知道刚刚的画面会被人误会，在她的概念里，那只不过是没长大的小孩子和她打闹罢了。不过，是时候要送小乔回家了，否则拖下去，会对小乔的名声有碍。周瑾一边想着，一边坐起身随意整理了一下自己的仪容，落落大方。

孙策看着俊美青年的脸上依然未褪的红晕，仿佛着魔了一般，说什么都移不开自己的眼。他早就知道自己的这个义弟俊美无双，此时在昏暗的烛火下，竟有几分令人心脏狂跳的难言魅力。

周瑾一抬头，发现孙策死盯着自己，不由得轻咳一声道："策兄，军粮已经筹了大概两个月的量，暂时不用发愁了。"

孙策此时才发现自己的反应有些不对劲，连忙扭过头，掩饰性地岔开话题道："瑜弟，为兄已经行过冠礼，取字伯符，瑜弟可唤为兄伯符。"

"伯符……"周瑾一愣，才想起孙策的生日要比自己大上一些，自己过不久也要行冠礼了。

"瑜弟，可有想好取什么字吗？"孙策微笑地问道。

迎着孙策炽热的目光，周瑾恍惚了一下，心狂跳了起来。她也想要他可以唤她的名字……

"瑾……"周瑾勾起唇优雅地笑道，"字公瑾。"

公元 196 年。

周瑾停下脚步，回头看向一直亦步亦趋的孙策，嘴角溢出一丝苦笑道："伯符，送到这里就可以了。"

孙策盯着这位至交好友，紧紧地把自己的唇抿成一条直线，隐含着怒火，一言不发。

周瑾叹了口气，知道平常喜怒显形于色的孙策，这是已经克制得最好的情况了，他现在最想做的，恐怕就是直接与袁术决裂。

可是他们现在还不能这么做。

周瑾朝后面的小厮使了个眼色，小厮便带着周瑾叔叔的马车继续朝前行去，留下他们两人独自话别。小乔在两年前已经被他亲自送回乔家了，有时候见不到那神气十足的丫头，周瑾还有些想念。

皱着眉沉吟了半晌，周瑾只觉得她该说的话，昨夜和孙策对饮的时候都已经说尽了。袁术这次用自己的堂弟袁胤换下她叔叔周尚，成为丹阳太守，显然是不满他们叔侄在私下里帮助孙策的缘故。孙策不是池中之物，自然不会永远屈居袁术的旗下，只是这种时候，缺兵少马断粮的孙策，是没有办法与袁术真正反目的。

孙策看着一向都带着淡淡笑容的青年如今因为他而锁紧了双眉，心下一时不忍，暗骂自己糊涂。这时候最不想离开的，就是公瑾了。而现在公瑾反过来要安慰他，他当真是不省心的大哥。

把无奈深深地压在心底，孙策勉力扬起一抹笑容道："公瑾，好好照顾自己的身体，下次相会时，我要看到你养壮一些哦！"也许是殚精竭虑的缘故，他这个义弟总是纤瘦的模样，脸色苍白，仿佛一阵风就能把他吹走。

周瑾听到孙策的打趣，知道他已经转过弯来了，心事略略放下，真心诚意地笑着点了点头。

抬起头看到孙策那张棱角分明的脸容，周瑾已经完全看不到以前藏在眉宇间的稚气，现在站在她面前的，是经历过血雨腥风杀戮决断的铁血将军。就像是一柄锐利的长枪，就算只是简简单单地站在那里，都会透着一股万人敌的霸气。

她本就应该知道，她选择的人没有错。周瑾的唇边露出一抹欣赏的笑意。

当年，到底是为什么看中了他呢？周瑾陷入了回忆，不，一开始看中的并不是他，而是他的父亲……和孙策身上，那隐约可以寻找到的兄长的影子。

她知道自己的哥哥已经死去，可是却无法阻止自己在其他人身上寻找他的踪迹。也许兄长还活着的话，他也会走上这条充满荆棘的王者之路，可是她却不行。她不够魄力，不够勇猛，不够……不够无情。

最主要的原因，是她骨子里依然是个女人，虽然她扮了十年的男装。而在孙坚逝去后还决定支持如毛头小子一般的孙策，是从骑虎难下到从始而终，再到心悦诚服，最终尽心尽力。

孙策虽然还年少，可是也已经得到了世人"英气杰济，猛锐冠世，览奇取异，志陵中夏"的评价。轻佻毛躁的性格和他父亲一模一样，只求这点棱角会在岁月的磨炼下慢慢抹去，最终成就帝王伟业。

这一切都如同她自己所预料到的一样进行着，可是却有一样东西，她千算万算都没有预料到。那就是她自己的心情。

周瑾把自己眼中的倾慕与向往，小心翼翼地掩去，一点一点地收拾好，然后死死地埋在心底。她现在不是周瑾，而是周公瑾。

孙策需要的，也不是不能抛头露面的周家大小姐，而是能站在他身边为他出谋划策，能作为他左膀右臂的周公瑾。这样，其实也很不错。

她的愿望，现在不仅仅是想求得周家自保。

她的野心也变了，她期望能看到他坐上那个宝座，睥睨天下，能看到百姓终结这场末世磨难。

而她，会一直在他身旁。

作为周公瑾，永不后悔。

·四·

公元 199 年。

"你……你说什么？"周瑾藏在衣袖下的拳头，死死地攥紧，不敢置信地问道。就算是大军兵临城下，她都不会如此失态，可是从她最重视的这个人口中，听到了她认为最不可思议的话，她就无法再保持冷静。

孙策意外地看了眼周瑾，他没觉得自己刚刚说的话有什么不对啊，不就是帮乔国老说亲吗？"你们俩当年不是关系很好吗？我还以为这些年你推辞了那么多人的说亲，是为了在等小乔长大呢！"孙策笑得一脸促狭，"我当年还以为公瑾你搞什么断袖分桃呢！结果是温香暖玉红袖添香啊！"

周瑾的指甲越发刺入掌心，她知道这时候她应该说点什么，可是却一句话都说不出口。

三年前她拒绝了袁术的橄榄枝，只请求作居巢县县长。而孙策四处征讨，打下了自己的地盘，她便伴到居巢县赴任，却趁机东渡回吴，与孙策重逢。孙策亲自迎接了她，授她为建威中郎将。去年袁术病逝，孙策授周瑾为中护军，虚领江夏太守。在这几年中，周瑾助孙策攻破皖城，夺得庐江郡，孙策的帝国已经初具规模。

这些年来，两人怀着共同的理想，一同谋划天下，一同饮酒畅谈，一同征战沙场，几乎影形不离。而孙策一直没有成亲，她也就一直抱着一种微妙的心态伴随在他身边。一开始总是觉得有些庆幸，因为她知道孙策的要求很高，他看不上那些深居简出的大小姐，甚至鼓励他的幼妹孙尚香舞刀弄枪。去年曹操刻意想要与孙策联姻，结果他把曹操的侄女推给了自家弟弟孙匡。因为不想要与曹操有太深的瓜葛，也完全看不上那种用婚姻来交换的利益。

可是越是这样，就越让她心里那个不切实际的欲望膨胀，她不止一次地想象，若是有天下一统的那一天，她恢复了女儿身，孙策会用一种什么样的表情来面对她呢？

理想总归是理想，现实永远是残酷的。

她甚至有准备，哪一天孙策会告诉她他要成亲了，可是她却万万没有想到，他会亲自来为她说亲。

孙策见周瑾愣愣的不知道在想什么，便苦口婆心地劝着。他以为是这位义弟面皮浅，所以绞尽脑汁地为他找理由："和乔国老这种在庐江郡有身份地位的人结成亲家，是对江东军的发展有很大便利的。我们的根基尚浅，势必要借助外力，这样有了这层关系，以后也容易说话些。"

不愿意用他自己的婚姻交换利益，就可以用她的来吗？周瑾垂下眼帘，遮住了眼中的失望与痛苦。

然后，她听到了自己的回答。"好的，我知道了。"

不是说过，支持他，永不后悔的吗？怎么办？她开始有点后悔了……

周瑾坐在屋子里，看着入目满眼的红色有些发愣。在答应了和小乔的婚事之后，她便经常往乔家跑，一是因为要当别人夫君了，自然要表现得好一点，二是真想避开孙策，不想见到他。

成亲……这个字眼离她实在是太遥远，她本以为这辈子没有成亲的机会了，更没想到自己居然会成为别人的夫君……

留青梳的能力，是真的会把她变为男性，也可以让她恢复女儿身……捏紧手心里的留青梳，周瑾知道自己越来越纠结了，尤其在这间摆满妆奁的屋子里，衣架上那艳丽的新娘服，让她觉得既刺眼又羡慕。

她……她也好想穿一次……

这个念头一出现，就像是破土而出的嫩芽，周瑾无论再怎么压制，都无法把这根草从心底拔除。

就……就穿一下……应该没有什么问题吧……

小乔应某家小姐的邀请出门踏青了，现在这个院子里，没有其他人，而她呆着的这个地方是厢房，仆人们也不会不通报就推门进来。

周瑾就像是着了魔一样，无法自拔。她站起身，手指碰到了那身新娘服，指尖上的柔软触感，让她再也忍不住。

解开男子束发用的方巾，用留青梳梳了一下头发，小心翼翼地用膜拜的心情穿上了那身嫁衣，然后她就在铜镜中看到了一张熟悉而又陌生的面容。

那人披散着头发，穿着一身大红色的曲裾绕襟深衣，宽袖紧身，勾勒出她完美的曲线身材，十年都没有穿过女装的周瑾，从不知道自己的身材有这么好。

只是，脸容素净，根本不像是新嫁娘。

周瑾在梳妆台前坐了下来，打开了那层层叠叠的梳妆盒。

敷铅粉、抹胭脂、涂鹅黄、画黛眉、点口脂、描面靥……周瑾仔仔细细地为自己画着妆，她虽然从未做过，可是记忆中看过娘亲每天早上都这样画，她认真而又虔诚，就好像在心底练习过无数次一样。

而在周瑾最后恢复神智时，彻彻底底地被铜镜中那张脸容震惊住了。

原来，这才是周瑾。

原来，若她按部就班地活下去，那么周瑾应当就是铜镜中的这副模样。

周瑾并没有收手，而是把散落的长发略嫌生疏地挽了一个垂云髻，脸颊旁边垂落几缕轻盈的发梢，显得越发轻灵妩媚，最后插上了一支孔雀玳瑁镶金簪，再在发髻上缠上一条五色缨穗。

"《仪礼·士婚礼》上有言，'主人入室，亲脱妇之缨'……小瑾，以后你要是嫁人，记得要在头上系上一条五色缨穗哦！只有你的夫君才能拆下来的五色缨穗……"那一年，在夫子上课的时候，兄长翻书翻到了这里，扭过头笑着和她戏言。

看着那两条荡来荡去的五色缨穗，周瑾好久都不曾回过神，直到有人推门而入时发出的轻"咦"声，她下意识地回过头看去，然后大惊失色。

孙策？他怎么在这时候来乔家了？周瑾狼狈地躲入屏风后，心脏剧烈地跳动着，一时间不知道如何是好。

屏风外传来了急急忙忙的道歉和关门声，周瑾一时拿不准对方究竟有没有认出她，不过从屏风后转出来时，她看到铜镜中的自己，也不由得苦笑。

这张脸连她自己都认不出来，更何况是其他人呢？

只是……周瑾看着地上因为她的躲避而掉落的五色缨穗，无声地叹了口气，开始拆掉发髻洗掉妆容。

做梦，一次也就罢了。

就算再美好的梦，也有醒过来的时候。

孙策低着头，满脸尴尬地从乔家了出来。他这些日子一直没有看到公瑾，以为他成亲在即，就当放他大假了。可是今天正好有件很紧急的军情想要找他参详，便直接来乔家找他了。

只是没想到会冲撞了佳人。

没想到⋯⋯当年那个小丫头，居然变得那么漂亮了⋯⋯孙策暗自羡慕义弟的艳福，却不曾想一出门就看到了出门归来的小乔。她穿着一身湖蓝色的袄裙，头上梳着百合髻，长发在头顶纷呈数股，前后分梳，黑色的长发便宛如一朵百合花般盛开了花瓣，显得俏丽无匹，令人眼前一亮。孙策一眼就看出来这才是当年的那个小丫头，可是这个是小乔，那他不小心撞见的又是谁？

小乔没想到会碰到孙策，一听孙策问出这样的问题，她也很意外，不过随即娇笑道："将军看到的肯定是奴家的姐姐，心痒穿了我的嫁衣试试罢了。"

孙策心中一跳，他刚刚没有多想，是因为他以为看到的是小乔，自然就不会对兄弟的女人有什么妄想。

但现在⋯⋯想起那张惊鸿一瞥的娇颜，孙策总觉得自己是在哪里见过，有着一股说不出来的熟悉。

可是又想了一下，那人既然是小乔的亲姐姐，那么肯定和小乔很相似，也怪不得他会有这样的感觉。

只是，总觉得还是有哪里怪怪的⋯⋯

小乔侧着头，看着孙策脸上变幻莫测的神色，头脑中转过一个念头，让她绽开一个微笑道："将军，奴家的姐姐至今还没许亲哦。"

孙策听出来了小乔的言下之意，回想到那张令人无法忘却的容颜，心突然狂跳了起来。

"夫君，夜已经很深了，早点歇息吧。"小乔端着一碗羹汤，婷婷袅袅地走了进来。

周瑾揉了揉微痛的太阳穴，把手中捏着的军情战报放了下来。

小乔知道自家夫君这些日子在烦恼什么，她也是满腹怨气："姐夫这是怎么搞的？灭完袁术旧部刘勋，夺了皖城之后就不回来了。紧接着进击刘表的江夏太守黄祖，这也就忍了，知道他是为父报仇。可是他又跑去进攻豫章，招降了那豫章太守，怎么还不回来？就忍心让夫君你一个人支撑江东军这么大的一个乱摊子啊？"

"也不是什么乱摊子。"周瑾苦笑。她知道孙策最近做的事很反常，但她也找不到什么原因，好像……好像就是从孙策与大乔成亲后开始的吧……

周瑾的心中盈满苦涩，虽然那件事已经过去了很久，可是她一想起来，还是会忍不住的难受。孙策在乔家偶然见到了她女装的一面，便急急地订下了与大乔的婚事。而婚后没几日便领兵出征，至今未归。

难道他是看出来什么了吗? 周瑾想起孙策临走前看着她深思不已的神色，一时烦躁不已。

不想了，下次见面的时候，干脆摊开来说好了。周瑾暗下决心。

小乔虽然觉得自家夫君对她已经远没有了当年的亲昵，但她也并不觉得如何，她已经不是那个和父亲一次言语不和便能离家出走的孩子了，大小姐的脾气也渐渐地磨掉了许多棱角。在这个时代，举案齐眉相敬如宾是传统的美德，更何况自家夫君从不对其他女子多看一眼，要说真让她挑刺，那就是自家夫君对孙策实在是太好了。

好到她都有些嫉妒的程度。

"小乔，你去多陪陪你姐姐吧。"周瑾轻咳一声，唤回了小乔的神智。

"也好。"小乔知道自家姐姐这些日子以来一直黯然神伤，便没有再说什么。只是她还不想这样就走，她总觉得夫君人在她身边，可是心却不在。

周瑾没注意到小乔脸上怪异的表情，皱着眉看向桌上的战报，心中忧虑。广陵太守陈登招诱严白虎余党，想要在吴郡叛乱，孙策又领兵前去讨伐了。虽然只要孙策去了，平定叛乱便是举手之劳，可是周瑾心中就是掩不住的担忧，眉心突突的直跳。

"夫君，你怎么了? 脸色不太好看啊! "小乔伸手扶住周瑾，后者下意识地挣开她的手，袖子撩过桌面，把上面的留青梳带了一下。

只听一声脆响，梳子掉在了地上。

两人都愣住了，呆呆地看着地上摔断了一个梳齿的留青梳，心中都掠过一丝阴霾。

梳子断齿，是大大的凶兆。

屏风外，一个亲卫拍门而入，急声惊呼："将军! 不好了! 主公在丹徒被刺! "

周瑾只觉得天旋地转，眼前一阵阵发黑，一时小乔在喊着什么都完全听不到了。

周瑾默默地坐在灵堂内，眼前一片片刺目的白色。她不知道在这里守了多久了，只知道身边的人来了又去，哭声响了又灭，但是她的灵魂好像已经不在这里了。

得知消息的当天，她连夜疾驰了数百里，赶到了丹徒，见了他最后一面。

他已经是重伤迷离了，分辨了好久，才分辨出是她，他只是握着她的手，艰难地说了一个词。

"枭棋。"

她懂他的意思，就如同这些年来，一直都懂。他在托付她，枭棋若死，那么散棋也可以成为枭棋。

他是想让她继承他的江东军团，可是她却不能。若她真想，当年还能轮到他领军吗？那么枭棋？还会有谁能成为这枭棋呢？她还能保证自己像辅佐孙策一样辅佐那个人吗？

"公瑾……"身旁传来一个年轻的声音，周瑾恍惚间抬起头，看到一张年轻的脸容，依稀和十年前的孙策重叠起来。

"公瑾，你要去休息一下，你不能垮掉。"孙权的眉间挤满了忧愁，他早就知道公瑾与他大哥交情好得没话说，可是却不知道他会伤心到如此地步。整个人憔悴削瘦得仿佛跟幽灵一般，哪怕是一阵风都能把他吹跑了。

"公瑾……大哥临去前嘱咐我，内事不决问张昭，外事不决问公瑾……"

周瑾一震，毫无焦距的眼瞳锐利起来，立刻撑着地起身。只是她不知道在这里跪坐了多久，起身的时候双腿都不是自己的了，幸亏有孙权在一旁，才不会狼狈的跌倒在地。

"公瑾……你……节哀顺变……"孙权终于忍不住开口，这个人身上透出来浓重的哀伤，压抑得已经让人光看着就很心惊了。

"放心。"周瑾最终站了起来，站得笔直，"率领江东之众，于两阵间一决胜负，与天下英雄争衡，你不如伯符。但要贤用任能，让上下将官都各尽其心，以保江东平安，伯符不如你。"

"公瑾……"孙权闻言，一时不知道是什么滋味。

"中原地区动乱，我们以吴越之众，三江之固，足以静观成败。"周瑾缓缓地说着，一字一句，用着她那因为疲惫而嘶哑的嗓子，"放心，我会好好辅佐你。"

一言，便是一生的承诺。

"我是周瑜，字公瑾，东吴大都督。"

这世上，再也没有周瑾，只有周瑜。

两千年后。

老板在整理古物的时候，在一个放在角落的箱子里，发现了一把断了一齿的留青梳，随后便陷入了久远的回忆。

是了，这把梳子，他当年送给了一个小女孩。一个想要代替她的哥哥活下去的小女孩。

老板用手摩挲着留青梳上的纹路，当时的他还非常热心，在三国的时候，寻找到的扶苏转世，都是带在身边教养辅导的，就连毫不相干的周瑾，都可以帮她实现她的愿望，给了她这把留青梳。

可是这份心境，在岁月的穿梭中，渐渐的被磨淡了。他无法再忍受一个个自己亲手养大的孩子，一次次地在眼前死去。所以到后来，他宁可远远地守着，确定那一世的扶苏健康成长便好，尽可能的不去相见。

不相见，便不相识。

不相识，便不相知。

不相知，便可不相思……

梳子的断齿处断得干净利落，就像是斩断的牵绊。

老板一直觉得周瑾和自己很像，可是又非常不像。

他们都有着想要帮助某人完成霸业的夙愿，可是最后周瑾鞠躬尽瘁地想要完成孙策的遗志。而他却更自私一点，想要找回那个人。

是了，后来他因为担心，又去看过她一次，然后那个人就把这梳子还给了他，说她当年就不应该把梳子留下，从一开始就应该死心做个男人……

"咦？老板，这梳子很漂亮啊！可惜断了一个齿啊！"帮他收拾库房的医生发现老板发了一阵呆，便凑了过来，"这是什么质地的梳子？上面的雕刻很细腻精致啊！"医生在哑舍混久了，自然眼力也有所增长，只看这梳子色泽莹润，就知道肯定是被人经常抚玩摩挲。而且光滑如脂，温润如玉，色泽近似琥珀，一看便知是年代久远的古董。

"……这是留青梳，是竹制的。选取的是上古栽种几百年的阴山竹，留用竹子表面的一层青筠雕刻图案，便为留青竹刻。"老板淡淡道，随手把留青梳放在了一个锦匣内，"不过已经断了一个齿，不能再用了。"

（注：此章文字纯系虚构，无历史依据，纯属娱乐。）

CHAPTER TEN
第十章
铜权衡
TONGQUANHENG

· 一 ·

公元前 221 年，秦始皇二十六年。

感觉到脸上被人用温热的湿毛巾轻柔地擦拭着，胡亥迷迷糊糊地睁开眼睛，看到了一张半大少年的脸容。本来是很讨喜的圆嘟嘟脸庞，可是胡亥每天早上都会无比痛恨看到这张脸。

因为这就代表着他必须要起床了!

"孙朔，汝走开!"胡亥别过脸，避开在他脸上擦拭的湿毛巾，紧紧地闭起眼睛，打算再睡个回笼觉。

孙朔早就习惯了他伺候的小公子每天早上的赖床行为，笑眯眯地劝道："公子，今天是您的夫子来上课的第一天，您就要用这种方式来迎接夫子吗？"

不提这件事还好，一提胡亥就一肚子气，腾地一下从床榻上坐了起来，气呼呼地抱怨道："孙朔，汝说，父皇是不是太偏心？ 大哥的夫子是当代大儒淳于越，据说大哥五岁时就开始习字念书，而吾今年已经快十岁了，才给吾找第一个夫子，而且此人还是中车府令! 中车府令! 只是个管皇家车马的小官! 让这样的人来当吾夫子! 太不公平了!"

孙朔依旧笑眯眯的，在他看来，今天叫小公子起床的任务已经成功地完成了，看小公子的这副模样，肯定是不会有睡回笼觉的心情了。他轻柔地给胡亥擦洗脖子和手脚，一边帮他一件件换上衣袍一边劝道："公子，陛下是多么的宠爱于您，这宫里面是有目共睹的，陛下是怕您受不住读书的苦。吾记得有次从大公子那边路过，看到他书房里堆得像山一样的书简，大公子的内侍们也都私下抱怨，说每日里搬那些书简来来去去就累得半死呢！"

胡亥的心情果然好了一些，不过又对孙朔讲的话非常感兴趣，挑起秀气的眉梢问道："哦？真有此事？"

孙朔暗道小孩子果然好哄，虽然他只大了胡亥几岁而已，但他总觉得小公子是被宠坏了的，毕竟始皇帝实在是太爱他了。

小公子胡亥出生于公元前230年，正是在他出生的当月，当时还是秦王的始皇帝吞并了韩国，开始了统一大业。始皇帝是一个非常迷信的人，觉得小公子胡亥的降生，是上天赐予他的福气，所以对待他和其他公子完全不一样。无论什么要求都尽量满足于他，吃的用的穿的玩的都是最好的，全秦宫的人都知道小公子胡亥是始皇帝心尖上的宝贝。

一转眼九年过去了，始皇帝统一六国，胡亥依旧无比荣宠，但是孙朔却觉得有些违和起来。

是了，因为小公子都已经快十岁了，居然还没有夫子教他念书！相比五岁就已经念书苦读的大公子扶苏，这多少有些怪异。在孙朔最近几日有意无意地提点之下，胡亥终于察觉出来，亲自向始皇帝开口说想要念书。

结果没想到始皇帝派给胡亥的夫子，竟然是中车府令赵高。

孙朔并不像胡亥那样失望，扶苏的夫子是当代大儒淳于越又如何？淳于越的儒家政见与始皇帝推崇的法家思想完全相反，而赵高则是始皇帝欣赏的内侍，虽然现在只是个小小的中车府令，但这中车府令是负责皇帝的车马管理和出行随驾，甚至亲自为皇帝驾御，职位至关紧要，非皇帝的心腹不能担当。而且听说赵高此人精通律法，是法学名家，如得到此人的诚心教导，小公子肯定会受益匪浅。

只是这些话，不是一个内侍该说的，若是被有心人听见，他会死无葬身之地。所以他只能微笑再微笑，动作熟练地把小公子从头到脚收拾妥当，然后满意地看着面前这个自己看着长大的俊秀小童。

胡亥心里依旧不爽快，嘟囔个不停，不过还不到十岁的小孩子也说不出来什么新鲜的词语，只是一个劲地嚷着不公平不公平。

孙朔刚想劝慰几句时，忽听寝殿外传来一声冷哼，一名身材修长的年轻男子旁若无人地撩开帷幔步入，周围若干内侍垂首而立，竟没有一人上前阻拦。

此人身穿一袭五彩鱼鳞绢深衣，胸前系着金襟钩，腰间配着绶带和玉佩，头上戴着武冠。那武冠为青丝系绲双尾竖左右，冠云冲天。单是这武冠，就大有来历，据说是赵武灵王所戴之冠，始皇帝灭赵后，以其君冠赐近臣。

一个近臣可以戴得起赵王的君冠，而这个人又姓赵，难道是巧合吗？

孙朔压下心底的疑问，并未来得及细看此人的相貌，便匍匐在地，他只是一个小小的内侍而已。他隐蔽地拽了拽身旁胡亥拖曳至地的衣袍，提醒他要尊师重道。

"谁准汝这般无礼地闯进寝殿？"只听胡亥清脆的声音在寝殿中响起，端得是骄纵无匹。孙朔脸颊边淌下几滴冷汗，自家小公子的性子，实在是始皇帝给宠出来的。

"臣听得有人在嚷着不公平，可是小公子所说？"赵高的声音低沉之中有些尖细，再加之其刻意的拿捏，保持着不高不低的一个声调，让人听起来非常不舒服。

"是吾说的又怎么样？"胡亥气得直跳脚，孙朔就算不抬头，也知道这孩子肯定气得小脸通红。

"小公子可知公平二字何解？"赵高的声音依旧不起不伏，平静得宛如一潭死水。

"啊？"胡亥显然没料到赵高会如此问，他本就聪慧，虽然并未系统地念过书，但他父皇有时间就会抱着他一起办理政务，他略一思索便回答道，"父皇统一六国之后，要做到书同文、车同轨、度同制。度同制就是度量衡统一制度，衡是权衡器，公平二字，好像就是从权衡器中而来。"

"没错，权衡器就是称量物体轻重的器具。一般以铜制之，权就是秤锤，衡就是秤杆。《庄子·胠箧》中说道：'为之权衡以称之。'"赵高淡淡然地说道，显然很满意胡亥的回答。他从长袍的袖筒里掏出一根铜衡和几枚铜权，朝胡亥递了过去。"这是新出炉的铜权衡，公子拿去玩吧。"

胡亥心中暗喜，他父皇每次赏赐给他的都无外乎是各种金银珠宝，这样铜制的市井玩意还是头一次看到。心下开始觉得面前的这个夫子也许不错，胡亥伸出手来接过，结果由于人小手不够大，有几枚铜权掉落在地，骨碌碌地滚了好远。

孙朔连忙膝行把散落的铜权一一捡起，放在手心中举过头顶，等待胡亥取用。

胡亥摆弄着手中的铜权衡，很快就用一枚铜权称出了自己身上的一枚公子金印的重量，欣喜地嚷道："这就是公平了吧？不偏不倚。"

只听赵高冷哼一声道："公平？这的确是公平了，可是要是臣用这一枚铜权，去换公子手中的那枚公子金印，公子可换？"

胡亥一愣，他虽然是头一次看到这铜权衡，但他也知道铜和金子的价值是不能相提并论的。失神片刻后，他摇了摇小脑袋道："不换，这根本就不公平。"

"没错，所以虽然公平是从权衡器中而来，但却并不能用权衡器权衡。"赵高毫无起伏的话语听起来有些瘆人。

孙朔的手臂举得有些微酸，但把头低得更下去了一些。他知道这个人是在教导小公子，不是从书本上，而是从现实中。

看来，小公子当真得到了一个很不错的夫子呢！

胡亥却因为赵高的这一串话听得有些头疼，把手中比较沉的铜权衡放在一旁孙朔的手里，疑惑地追问道：那公平是什么？哦，吾知道了，是公众所说的才是公平吗？"

赵高微微冷笑了一声，"公众？六国的民众难道就想成为秦人吗？难道就希望自己的家园被秦国的马蹄践踏吗？"他的用词中充满了讽刺与不满，可是语调平和地就像没有任何情绪，让人感到无比的违和。孙朔脸颊边滴下的冷汗越来越多，在秦宫之内说这样的话，真的没问题吗？

胡亥也有些愕然，不知道如何回答这个问题。

赵高并没有指望有人能接他的话，他平淡地续道："所以，只有最有权势的人说的话，才叫真正的公平。"

"这是臣给小公子上的第一课。公平并不是公众所说的才是公平，而是王公君主所说的，才是公平。"

"所以，努力成为有权势的人吧，小公子。"

胡亥在呆愣之后，立刻激动起来。

孙朔汗流雨下，这样的夫子，当真没问题吗？

· 二 ·

公元前 215 年，秦始皇三十二年。

孙朔小跑步地跟着胡亥在御花园中疾行，一转眼他一手服侍的小公子都已经十五岁了，身长玉立，面如冠玉，是个极为俊秀的少年郎了。他的小公子身份尊贵，是始皇帝最宠爱的小儿子，就算他在皇宫里横着走也绝对不会有人说什么。

只是，孙朔知道胡亥并不快乐。

始皇帝当年虽然为他找了赵高当夫子，可是不久之后，赵高就荣升符玺令事，掌管皇帝的一切印鉴，便很难抽出时间来教导胡亥。所以胡亥终日无所事事，在宫中到处闲逛。

当然，这是宫里的内侍们的错觉，只有一直跟着胡亥的孙朔知道，他的小公子每日在皇宫中乱走，但最终都会停留在咸阳宫暖阁外的一处僻静地方，一呆就是一整天。

因为这里可以听得见始皇帝议政。孙朔知道胡亥偷听倒是不要紧，他一个小小的内侍若是听了不该听的话，代价就大了。所以他都是站得远远的，顺便给小公子放哨站岗。他远远地看着站在阴影之中的胡亥，阳光透过茂密的枝叶照射下来，在他身上形成了斑驳的光影，让穿着那厚重衣袍的纤瘦背影显得越发脆弱起来。

孙朔无声无息地叹了口气，小公子一站就是一天的习惯，其实从很早以前就养成了。还是很小的时候，小公子就喜欢去大公子扶苏的书房，大公子对他的到来也甚是欢迎，毕竟胡亥是个人见人爱的小孩子，就算听不懂，也不吵不闹，只会拿那一双黑白分明的大眼睛紧紧地盯着看，无论是谁都拒绝不了。不过后来始皇帝说胡亥会耽误大公子的功课，坚决不让他去公子扶苏的书房了，胡亥就站在书房外面偷偷听。后来公子扶苏可以在咸阳宫参政议政了，胡亥的岗位就转移到咸阳宫的暖阁外了。

孙朔动了动有些酸麻的脚，把身体的重心从一只脚换到另一只脚上。这些小窍门都是在皇宫里的内侍私下口口相传的，只有这样才能一站就一整天。而这样的窍门，尊贵的小公子居然都要用到，孙朔觉得非常的不可思议。

随着年岁渐大，孙朔原来不懂的，现在也开始懂了。

例如为何始皇帝什么都满足小公子，却不愿让他读书，例如为何这么放心地宠他，捧他上天，就算是要任何宝物都眼睛不眨地随手赏赐，可是唯独书简和刀剑却不在其中。

是因为始皇帝把他当儿子看待，却把大公子扶苏当成帝国的继承人。

始皇帝对大公子吹毛求疵，但始皇帝的态度越严厉，就越能说明他对大公子的期望颇高；对小公子越放任自流，就越说明他不把小公子放在心上。

胡亥也曾私下对他说过，他是故意骄纵，故意索要各种珍奇异宝，因为始皇帝从来都是面不改色地满足于他。孙朔却知道，小公子并不是想要这些冷冰冰、金灿灿又晃眼睛的东西。他只是喜欢从始皇帝手中索要宝物成功后，看到大公子脸上黯然神伤的表情。

一个是渴望认同，一个是渴望父爱，都是身在福中不知福啊……

孙朔看了看天上的日头，便先到左近的亭子里准备好点心和清水，之后不久便看到自家小公子带着不甘心的表情走过来。他连忙预备好坐垫，试了试杯子的温度不烫不凉，正合适。

眼见坐下的胡亥却并不喝，而是咬着左手的大拇指指甲，一脸阴沉。

孙朔知道胡亥做梦都想名正言顺地坐在咸阳宫之中，可是这个梦想貌似很难实现。他伸出手，阻止了自家小公子不文雅的小动作。这都不知道是从什么时候养成的坏习惯了，他发现胡亥只要一烦躁，就会不由自主地咬指甲。他怎么阻止都纠正不过来。

"孙朔，这不公平。"胡亥绷着一张俊秀的脸容，一字一顿地说道。他只是简单地说了六个字，并未把话说全，但一直服侍他的孙朔却能领会他的意思。他不甘心，为什么那个人都可以和皇兄一起读书习字，一起参政议政？他却连门槛都迈不进去？

孙朔从怀里抽出干净的丝帕，把胡亥的左手仔细地擦干净，有些可惜地看着上面被咬得秃秃的指甲。他家公子的手明明很好看，但是这指甲当真丑了点，要不要以后要让小公子随时戴手套？

"孙朔！"胡亥等不到孙朔的回答，暴躁地一挥手，丝帕被他打落在地。

孙朔也不着恼，他家的小公子向来如此，他低眉顺目地弯腰捡起丝帕，顺便解下胡亥腰间的公子金印，然后在胡亥不解的目光下，从自己怀里拿出一枚做工粗糙的铜权。

看着两个小东西都静静地摆在桌子上，胡亥看到那枚铜权上还刻有秦始皇二十六年的铭文，不禁皱了皱眉道："这不是赵高第一次见吾的时候送吾的那个铜权衡？汝怎么还随身带着啊？"他记得当初他没新鲜几天就随手不知道扔哪里了。

孙朔的脸有些发红，这枚铜权和公子金印一样重，他微妙地觉得这枚铜权有特殊的意义才贴身带着的。他轻咳了一声才道："公子，孙朔还记得，这一枚铜权和公子的金印是同等重量的。"

胡亥点了点头，充满回忆地微笑了一下道："没错，吾还亲手权衡过。"

孙朔见他心情变得不错，便略一思索，续道："公子，孙朔斗胆，这枚铜权就像是臣，在大秦帝国中随处可见，流传于市井之间。而这枚公子金印则代表着公子，金贵无比，这世间只此一枚。"

"哦？这比喻倒是新鲜。"胡亥挑了挑眉，有些好奇孙朔接下去会说什么。

"这枚铜权却和公子金印同等重量，某种程度上来说，是公平的，因为吾等都拥有着同样的生命，活在这个世上。"孙朔微笑道。

"这倒没错。"胡亥拿起面前的杯子喝了口水，"汝接下来不会要说，其实这还是不公平的吧？吾二人的地位不同什么的吧？"

孙朔低声说道："公子，符玺令事曾经教导过您，这世间是有着公平的，只不过只有真正有权势的人说的话才是公平的。可是在臣看来，这世间从来就没有真正的公平。就像臣一降生，就是为了当公子的内侍而生，而公子就是作为公子而降生。"

其实这个问题他也曾经考虑过很久，为什么他一生下来就是注定要服侍别人的？但时间久了，他也就看开了，既然命定如此，他为何还要纠结呢？更何况，他服侍的小公子也很好，他也很开心。

"就像这铜权，就算不是铜权，本质也是黄铜，不值一钱。而这公子金印，就算不铸造成金印，其本质也是黄金，天下间最尊贵的物事。"孙朔真心诚意地说道。

胡亥把玩着手中的公子金印良久，俊脸一沉，冷哼一声道："汝费了这么多口舌，就是想让吾知道吾与皇兄之间的差距吗？吾注定就是这公子金印，而他则注定是那方传国玉玺和氏璧吗？"

孙朔低头埋首，默然无语。他不知道该如何表达，也不知道这样的方式是否正确。但是他真的不想再看到小公子这样痛苦下去了。幻想获得不属于自己的东西，不管最后是否成功，都要付出巨大的代价。

胡亥等不到回答，暴怒地挥袖而去，桌上的杯碟碗筷都被拂落在地，一片狼藉。

孙朔费力好久，才在草丛中找回那枚粗糙的铜权，小心翼翼地擦去上面的灰尘，珍而重之地收在袖中。

虽然白日里惹了自家小公子一肚子气，但孙朔却知道这个自己看着长大的少年是很容易讨好的。晚膳的时候，他还特意取出从旁人处搜刮来的金鸾刀让小公子品鉴，虽然小公子一脸不屑，但明显眼神已经不受控制了。他服侍了自家小公子这么久，自然知道他的软穴在哪里。喏，既然还是不高兴，那么就用下个手段。

孙朔还是像平常一样伺候着胡亥入睡，看到了案几上翻到最后一片的竹简，了然地卷起来藏在袖筒中，向外走去。

书简其实是很贵重的东西，自然，在皇宫中是算不得上什么贵重。但始皇帝不赐予小公子书简，但并不代表他当真一点书都看不了。作为万能内侍的孙朔会替他解决。

孙朔的方法其实也很简单，他去直接找大公子扶苏借。

作为这宫里拥有的书简比始皇帝还多的大公子，当真是个很好的求助对象。而且大公子扶苏也是一个很温和的人，他第一次去的时候其实是硬着头皮开口的，可是那个温和的大公子一听是他弟弟想要看书，二话不说就替他挑了一卷书简。当年的他识字还不多，记不得那是什么书了，不过只记得小公子拿过去看的时候很满意，后来就成了私下的惯例。

他想，小公子一直是在心底默默仰慕着大公子的吧。

轻车熟路地避开皇宫中的守卫，孙朔神不知鬼不觉地来到大公子扶苏的书房门外，手刚轻敲了一下，房门内就有人拉开了门扉，一个身穿宽袖绿袍明纬深衣的少年笑盈盈地开口道："吾正和殿下说呢，差不多今晚汝该来了。"

孙朔连忙进了书房再行礼，这位少年看起来虽然年少，却是多年前在朝中赫赫有名的少年郎。十二岁的时候便被封为上卿，当时是可以比肩丞相的职位。而且他也并不属于宫内的内侍，是有官职在身的，所以称呼大公子为殿下。

只有内侍们才会遵循旧制，现在在这个帝国之中，可以尊称为公子的人已经变得极少，因为始皇帝已经扫平了六国，现在只有他的儿子才能被尊称为公子。

"孙朔见过大公子。"孙朔一转过身，便看到扶苏盘膝坐在案几后面埋首苦读，身旁的青玉五枝镫雁足灯烧得很旺，映得他的脸容越发温和，在他的轮廓上笼罩出一层明黄色的光晕，显得贵气逼人。

孙朔只看了一眼就收回了目光，自然在他的心里，大公子再好看，也比不过他亲手养大的小公子。他看那案几上堆得满满的书简，就知道大公子肯定有要事在忙，也并不多言语。从袖筒里取出要归还的书简交予一旁的少年，低垂着头笑道："大人，这篇《金布律》小公子已经看完了。"

这话却引得在案几后沉思的扶苏回过神，他放下手中的书简，意外地轻笑道："咦？亥儿已经看到《金布律》了？真是不错。"

孙朔与有荣焉，连忙低头禀报道："小公子曾与臣说，《金布律》十五条中'官府受钱者，千钱一畚，以丞、令印印，钱善不善，杂实之'这一条最好。"

身旁的少年呵呵一笑道："哦？他说好？这条好在哪里？"

孙朔背后一层冷汗，他只是随口一承，哪里知道这一条好在哪里。胡亥念书也不会找他讨论，他只是在听着他私下唠叨的时候，死记硬背下来的。说起来，比起几年前他大字都不识几个，现在却能时不时拽出几句秦律，倒是长进了不少。

好在一向温柔的大公子为他解了围，岔开话题笑问道："这次要借什么书？"

孙朔早就等着他这句话呢，连忙道："听小公子讲，这次想要看《置吏律》。"

这回说话的并不是扶苏，而是一旁的少年，扶苏书房的书简他要比扶苏还熟。只是思索了片刻功夫，那少年便轻讶了一声道："《置吏律》前几天被吾拿到暖阁中去了，此处并无。"

孙朔了然，想来这些天暖阁里的那些大人物们讨论的就是有关于《置吏律》的政事，自家小公子听得不太懂，自然琢磨着要看看。他一听这里并没有的这话，低垂的眼眸中闪过一丝失望，但口中却依旧充满着感激之意地说道："那真是打扰大公子了，随意再拿一卷书简借与臣下便可。"

那边的少年一听这话，便打算当真随手递给他一卷书简，可是大公子扶苏却轻笑道："说到那《置吏律》，吾倒是有印象，就在暖阁左手第三个书堆最上面，吾今天刚翻过，应该还没有动地方。毕之，汝去取来吧。"

孙朔心下感动，知道大公子肯定知晓胡亥在暖阁外站岗的举动，也知道他要借《置吏律》的缘由。可是他倒真不敢劳烦一旁的少年，算起来对方可是上卿大人呢！所以他连忙把头弯得更低地说道："不用劳烦大人，若是方便，臣自去取来便可。"

那少年估计也是没想替他跑一趟，毕竟从这里到暖阁还是有一段距离的，秋夜风凉露重，更是不愿出屋一步。只见那少年从腰间解下一把钥匙交给他，叮嘱他不要乱翻东西，若是遇到人，就说是大公子让他去取书的。

孙朔一一记下，其实这种事也不是第一次发生了，之前也有过胡亥指名要借的书简就在暖阁之中的时候。毕竟胡亥少爷没有人教导，只能听他们议政，自然就对他们谈话间用到的律法感兴趣，然后就会发生这样的借书反而要到暖阁中去取的事件。再者扶苏的书简很多都是从他的书房中到暖阁之中搬来搬去的，搬书简可是个力气活，他也没少被顺路叫去做苦力。毕竟他们这些被认为不识字的内侍，是很可靠的苦力。

接过暖阁的钥匙，孙朔便告退，趁着夜深便一路往暖阁而去。夜色深重，但对于他这种在这里生活了十多年的内侍来说，只有月色便足以看清路途，不一会儿便来到了暖阁之外。透过窗户，可以看得到暖阁内散发着幽幽的蓝光。因为怕油烟呛人，还有怕失火会烧掉重要的政事书简，所以暖阁之中的照明并不是用的油灯，而是夜明珠。

孙朔绕到暖阁正门，正要掏出钥匙开锁，却发现门锁并没有在门闩之上。

孙朔一时间愣住了，就他所知，暖阁的钥匙只有始皇帝、大公子扶苏和符玺令事赵高三人有。大公子扶苏的那串钥匙现在就在他手中，那么暖阁之中不管是剩下的哪两个人，他都不能贸贸然进去。不过他冷静了一下，才反应过来暖阁外现在并无侍卫站岗，那么肯定就不是始皇帝在里面。

赵高怎么深更半夜来暖阁？孙朔的内心像是有一只猫在抓，好奇心让他痒得受不了。他知道在内宫之中，最要不得的就是好奇心，但他只考虑了片刻，便决定了下来。

他只看看，不说话不就得了？

因为经年累月在这里隐形站岗，孙朔对暖阁的环境无比熟悉，甚至知道在某处蹲下身便有个缝隙。他的小公子自然不肯撅着屁股摆出不雅的姿势，但对于他来说绝对毫无问题。在黑暗中准确地找到了那个缝隙，孙朔把眼睛对了上去，一下子就看到有人正坐在案几后面，翻看这案几上的书简。

在他的这个角度看不到那人的脸容，只能看到那招摇的赵武灵王武冠上面的两个青丝系绲双尾竖。

果然是符玺令事赵高。只不过，他深夜来这里做什么？孙朔下意识地觉得此人肯定在行鬼祟之事，他虽然能看到赵高手中书简上的字，却看不太清，只能隐约瞧见一些笔画。他屏住呼吸，看着那赵高盯着手中的书简，迟疑了片刻，便从怀里拿出一支通体白色的毛笔，沾了些许笔墨之后，便直接在书简上书写起来。

孙朔眨了眨眼睛，以为自己看错了。暖阁之中守卫并不严，就是因为书简难以修改，也很难从皇宫之中偷偷带出去。而现在他看到了赵高在做什么？他在修改书简！那支毛笔只要落下，便可以看到原本书简上的那些文字渐渐消失，然后又重新写上了一些文字。

这……他不是在做梦吗？孙朔偷偷捏了一把自己的大腿，很疼，如果是做梦早就应该被疼醒了。

赵高难道就是这么当符玺令事的？遇到不合意的政令，便可以任意修改？这也太夸张了吧？

孙朔镇定了一下，发觉赵高如此行事，肯定也不是一两天了，至今还没有人发觉，肯定是因为他修改的都不是什么重要的政令或者下臣呈上来的事务，所以才不起眼。

案几左右摆放的书简，孙朔知道左手的一摞是处理好的，右手边的是需要明日处理的。他紧盯着赵高，发现他果然对左手边的那一摞并没有理睬，只是翻找着右手边的那一摞，在迅速地修修改改之后，特意把一卷书简放在了最上面，之后才施施然地锁门离去。

孙朔蹲在草丛里发呆了好半晌，才想起他出来的时间太久了，久到让大公子起疑就不好了。他拍了拍衣袍站起来，决定把这件事埋在心底。他是什么身份，说出去都不会有人信，更何况他敢肯定那书简上绝对没有篡改的痕迹，没有证据，光凭他的空口白话，谁能相信啊？

捏着冷汗，孙朔打开了暖阁的门，顺利地在一进门的左手第三堆找到了胡亥想要的《置吏律》。他刚要转身离去，目光就落到了案几右手边的那一堆书简上。

只是看一眼……看一眼应该没有什么关系吧？

孙朔悄悄地走过去拿起那个书简，只见最上面写着《录图书》。这名字很熟悉，今天他来暖阁外面站岗的时候偶尔听到了一句，说是去海外求仙药的卢生求来的一本奇书。这本书需要经过九卿之首奉常大人的批示，始皇帝今日还在斥责奉常大人的速度不够快，没想到连夜送来了。

孙朔小心翼翼地打开书简，只见打开之后就看到明晃晃的五个大字，一下子就把他震傻在当场。

"亡秦者胡也。"

五个字都很简单，他一看就看明白了，而且下面的注释也简单明了，奉常大人批注道："疑小公子对社稷有妨，谏移宫居之。"

孙朔大惊，差点都拿不住手中的书简，险些滑落之后才惊醒过来。

下面的这一行批注，虽然极力模仿了奉常大人的笔迹，但赵高还是有教导过胡亥，孙朔见过他写的几部书简，虽然最后的"之"字已经极力克制，但最后的那一笔还是没忍住向上翘了少许。

这一定是赵高改过的批注！

赵高他做什么要对小公子下手？不想教他功课也用不着这样吧！

孙朔在心内燃起熊熊的火焰，胡亥的处境，本来就无比尴尬，若是再移出咸阳宫，没了始皇帝的宠爱，那么这些看人下菜碟的内侍们，就绝对不会给胡亥好脸色看。

一想到自己一手带大的小公子会从云端坠落到泥土中，孙朔的心就如同刀割般痛，他此时也顾不得自己之前绝不插手的决定。这有关于自家小公子的事情，他自然不会袖手旁观。

为了不打草惊蛇，孙朔把手中的书简按照原样放回案几右边最上面的地方，然后轻手轻脚地退出暖阁，落锁，远远地朝大公子的书房去了。

在他走后不久，一个修长的身影出现在暖阁的后面，对着某处露着光的缝隙看了许久，然后弯下腰来，从草丛之中摸出一个黑黝黝的物事。

"秦始皇二十六年？嗬，这还是一个很有纪念意义的铜权……"毫无情绪起伏的话语幽幽地从黑暗中吐出，却微微带出些许笑意来。

· 三 ·

孙朔顶着两个大大的黑眼圈，没精打采地往回走着。他昨夜赶去大公子的书房还钥匙，然后把自己的所见所闻详详细细地和大公子说了一遍，恳请他想个办法。可是任他说破了嘴皮子，大公子都是一脸很为难的表情。

也是，这样无根无据的话，若不是亲眼所见，换别人跟他说，他也会当成是无稽之谈。

最后他没了办法，只能求大公子在始皇帝面前美言几句，看那少年上卿大人的眼神，显然是怪罪他偷看议政的书简。孙朔知道下次若是再想借书简，恐怕就没那么简单了。

不过也要首先确定小公子不会被移出咸阳宫，否则别说借书简了，能不能保持这样锦衣玉食的生活还是未知数。

大公子彻夜办公，孙朔就在他的书房内跪了一夜，求他的恩典。直到天都亮了，他才因为要服侍胡亥起床，才不得不告辞。等进了小公子的寝殿，撩开重重的帷幔，才发现他的小公子已经穿戴整齐地站在窗前，面无表情地看着窗外的花园。

孙朔有些感慨，随着年岁渐长，胡亥早已不赖床，再也不需要他像小时候那样哄他了。

"汝去哪里了？"还没等孙朔回忆往昔完毕，胡亥冷得像冰渣子的话便向他砸来。

孙朔一愣，随即低头掩住唇边的笑意。这是在抱怨他一夜未归吗？孙朔立刻就不觉得膝盖疼了，他从袖筒里抽出那卷《置吏律》，双手捧了过去。

胡亥并未像往常那样立刻就接过去，而是用冰冷的目光盯着他，令他如芒在背。

这是昨天的脾气还没过劲？孙朔还想说几句软话，就听到头顶上传来一句疾言厉色的质问："汝这一夜都在皇兄处？"

孙朔点了点头，刚想开口解释，可是胡亥却因为他的承认而更加暴怒。

"孙朔！吾二人日夜相处十余年，吾竟不知道汝是如此狼子野心之人！"胡亥越说越气，随手拿起面前的书简，狠狠地向孙朔砸去。

沉重的书简砸在额头上，孙朔连躲都没躲。不是他不想躲，而是根本被自家小公子说的话给震傻了。这又是演的哪出戏？

四散的书简散落在地发出清脆的声响，却并没有内侍进来收拾，孙朔知道胡亥已经把人都遣走了。感觉到额头上流下温热的液体，看着一滴滴鲜红的血液坠落在地，一夜未睡的孙朔顿时有点头晕。

"孙朔！本公子到底哪里亏待汝了？汝居然私通皇兄，出卖吾的消息，甚至和皇兄密谋，说'亡秦者胡也'的胡是指本公子？汝怎么敢说这样的话！"胡亥越说越火大，捡起手边的东西就往孙朔的身上砸。他平时也喜欢砸东西，也经常往内侍的身上砸，却从未往孙朔身上砸过一下。

孙朔依然没躲，他已经知道问题出在什么地方了，他刚想张嘴解释，可是有个声音却在他之前开口道："小公子息怒，此人并不值得您如此动怒。"那声音没有起伏，很容易辨认。

原来赵高早就到了，难道是昨晚他的偷窥被发现了？孙朔不解，若是想杀他灭口，用不着闹到胡亥面前这么麻烦吧？他并未抬头去看赵高，虽然此人时常在这里出入，可是孙朔一直低着头，连一次赵高的脸容都未见过。不过倒是对他头上的那个赵武灵王武冠甚为熟悉，全指着那个武冠和这个毫无起伏的声音来辨认他。

"吾记得，此人的名字，是大公子所赐吧？"赵高放下手中的茶碗，碗底和案几磕碰出一个清脆的响声。

孙朔一呆，这件事不提，他都早就忘记了。许多年前，在胡亥还幼小的时候，还喜欢往扶苏书房钻的时候，他就随侍在侧，自然不能避免与大公子碰面。他当时的名字很粗鄙，老百姓取名字自然都是越俗气越好，大公子每日听见不喜，便开口替他改了名字。

"吾还记得，因为汝说汝是十月出生的，皇兄便给赐汝名朔，取自《诗经·小雅》之中的《十月之交》，"胡亥冷冰冰地说道，"'十月之交，朔月辛卯，日有食之，亦孔之丑。'吾很喜欢这个名字。"

孙朔眨了眨眼，额上的鲜血流淌下来，有些糊眼。他就知道，小公子是仰慕大公子的，连多年前随口的一句话，都记得这么清楚。可是，可怕的是赵高，他究竟神通广大到何种程度，连这么隐私的一件事都知道得清清楚楚？而更可怕的是，赵高究竟想要做的是什么？

赵高根本不给孙朔辩解的机会，更何况在他看来，孙朔根本就没有辩解的机会。

只听他淡淡然地说道："小公子既然喜欢这名字，那么就换个人来用，也是一样的。"

孙朔还未琢磨出来赵高的这句话是什么个意思，就看到自家小公子朝他走来，随即青光一闪，胸口剧痛。

孙朔讶然地发现本来只是几滴血的地面，迅速地汇集成了血泊。他直起身子，发现胸前正插着昨晚他交给小公子的那柄金鸾刀，短刀的刀锋已经完全插入了他的胸口，鲜血浸染了衣袍，很快就滴滴答答地流了一地。

"不用难过。他对大公子太过于惦记了，甚至比对您这个做主子的还惦记。其实没有真正的忠诚，也没有真正的公平。不背叛，其实就是铜权衡一边的铜权还不够重。"

赵高平淡的声音好像从很遥远的地方传来。孙朔默然，原来他的死，也是赵高要教导胡亥的一课而已。

也许赵高是真的想让胡亥离开咸阳宫，才好做什么布置，又或者有什么阴谋他根本没看透。

看不透也没关系了，他的膝盖很痛，他的额头很痛，他的胸口更痛……

小公子默不作声。是在难过吗? 不要难过了，他背着一个背叛的罪名死去，那么小公子为什么还要难过呢?

孙朔拼命地直起身子，拼命地想要再看他一手养大的小公子一眼，可是额头上的鲜血糊住了左眼，而右眼却怎么都对不准焦距了。

他听着胡亥高声唤了内侍进来，然后随手指了一个人便道："汝，从今以后就叫孙朔了。记得，这是本公子赐给汝的名字! "

那人惶恐地跪下谢恩，孙朔却听着很欣慰，虽然他就要死了，可是他的名字会永远陪着他的小公子。

胡亥很暴躁，他头一次亲手杀人，杀的却是他身边很重要的一个人。明明这人死有余辜，可是他为什么这么难受呢? 胡亥看着面前的人站直了身体，他此时才发现，孙朔的身高居然比他高了好多，但他一直都是佝偻着身子，低着头服侍着他，从未真正地挺直自己的身躯。

胡亥仰着头看着他，就像是从未见过他一样地看着他。然后就看着他那样直挺挺地倒了下去。

孙朔睁着眼睛，听着胡亥疾步从他身边离去，然后一点一点地听着自己的心跳慢慢地停下来。

"吾很想看看，失了铜权的铜衡，还能不能权衡出物事来。"那个毫无起伏的声音忽然在他耳边响起。

"这是汝的东西，拿好了，千万别再掉了。"

孙朔感到手中被塞了一个沉甸甸的物事，还未感觉出来是什么，便停止了呼吸。

在他最后的视线里，他终于看到了赵高的脸容。在模糊的视线中，那人的面容并不清晰，只能看到一双藏着近乎妖邪魅力的双目，只消看一眼，就让人以为是遇到了妖魔。

幸亏他以前从没直视过他。

这是孙朔人生中的最后一个念头。

·四·

后来，孙朔才发现，被赵高塞在自己手中的，是他一直随身带着的那枚铜权。

而也许是这枚铜权沾染了他临死前手中的鲜血，他的鬼魂便被束缚在这枚铜权之中。

在他的尸体被拖出去处理掉的时候，这枚铜权在他手中跌落，掉在了御花园的草丛里。他便偷偷地在草丛里偷窥着咸阳宫中的大秦八卦，这很好，很能满足他的好奇心。

"亡秦者胡也"的预言，被解释成西北蛮夷胡人的威胁，始皇帝开始下令修建长城。

又过了不久，他看到大公子在花园中偶遇小公子，发现小公子唤着另一个人孙朔，讶异地问他缘由。而已经颇有城府的小公子则淡定地回答，皇兄你记错了，孙朔一直长这样。

能睁眼说瞎话，看来他的小公子真的长大了。孙朔一边围观得很开心，一边感慨万分。

之后不久，自家小公子爱上了下六博棋。

但孙朔分不清楚是因为大公子喜爱，还是因为小公子想要在某个方面赢过大公子才格外有兴趣。但是他看着两兄弟状似和睦地在花园中坐在一起下棋，光是那个画面就让人感慨万分。

又过了许多年，胡亥身边的内侍都换了好几个了，但依旧叫着孙朔的名字。

每当他听到胡亥唤着他的名字时，都有种心酸的感觉。

再后来，一心求长生不老的始皇帝还是死了，继位的居然不是被发配到上郡修长城的大公子，而是他的小公子胡亥。

他听到内侍们悄悄私语，说不解为何二世皇帝登基后闷闷不乐，他却有一些了然，这一切大概是因为大公子的关系吧。始皇帝对大小公子的态度如此明确，就算小公子即位也不会让大公子自杀。而他的小公子那么崇拜大公子也一定不会下旨赐死的。一定是他，那个所谓的始皇帝遗诏，肯定是赵高那个奸人弄出来的。他曾经亲眼见到他那支可以修改一切的白杆毛笔。

小公子憋着一口气当皇帝，定然也是想要追上皇兄的步伐，让皇兄对他另眼相看，就像孩童得了新鲜的玩物，自然想在旁人面前显摆显摆。

可是现在那人死了，就算当了皇帝又有什么意思？

看来看去，他的小公子其实还是没有长大。孙朔一边偷听，一边唉声叹气。

……

后来的后来，听闻胡亥书房整天整天地没断过人，脾气越发臭了，孙朔就有些感叹，自家小公子压根就没长大。少年时候偷学的那点东西，是根本无法管理一个国家的。只能追加始皇帝统一度量衡的诏书，努力维持始皇时期的规典。

在无人可以显摆的情况下，他的小公子开始各种无理取闹。

先是杀了他上面的所有皇兄。因为最爱的那个皇兄已经死了，他不想再唤任何一个人皇兄了，这个道理很简单，孙朔懂。

然后开始穷奢极侈，始皇帝不给胡亥书简和刀剑，后来养成了他嗜刀如命，喜欢收集各种各样刀剑的习惯。

……

孙朔不意外地看着没过几年，恢宏的咸阳宫便被起义军践踏，名贵器具、金银财宝被疯抢一空，那个项羽带领的楚军屠城纵火，咸阳宫夷为废墟。

"楚虽三户，亡秦必楚。"这句预言也是应验了，而那句"亡秦者胡也"也同样应验了，指的就是他家小公子。可笑他当初还那么紧张……他不关心他的小公子如何了，据说是自尽。那又如何？是人就都会死的。他死了，始皇帝死了，公子扶苏死了，赵高也死了……

铜权掉在了草地里，被人踩来踩去，上面久远的血渍已经深入到铜权的表面，本就是丝毫不起眼的物事，此时更是没有人能低头再看它一眼。

最后火烧宫室之时，幸好因为铜权被人踩进了泥土之中，才免去了焚身之苦。

孙朔静静地看着大秦亡国，看着历史悠然远去，看着自己被沙尘掩埋，浑然不知道时光过了多久。

后来他被人从废墟中挖出，辗转多人手中，最后的最后，被一个人捧在掌心。

他懒懒地看了那人一眼，总觉得面容很是熟悉，却完全不记得自己在哪里看到过了。

"秦始皇二十六年……"那人冰凉的手指拂过铜权上的铭文，低低笑着，"很熟悉的一枚铜权啊，好像在哪里见过……"

他看着那人高深莫测地微笑着，然后把他收在了盒子里。

一片黑暗，他想，他可以好好地睡一觉了。

Chapter eleven
第十一章
白泽笔
BAIZEBI

· 一 ·

老板低头静静地看着柜台上摊开的浅棕色纸草卷，依稀还能闻见这张年代久远的莎草纸卷上腐朽的霉味。对于经常和古物打交道的他来说，这种霉味实在是再平常不过了，可是这次缭绕在周身，却给他一股难以呼吸的窒息感。

已经从埃及回来了两个月，他几乎天天都是在这样的发呆中度过。亡灵书，传说中可以召唤远古亡灵的神器，现在就放在他的面前，去埃及前占的那一卦的爻辞又出现在脑海。

即鹿比虞，惟入于林中。君子几，不如舍，往吝。

谁是鹿？谁是君子？谁要……舍弃谁……

"啧，老板，这样颓废下去可不行的哦！"放在亡灵书旁边的黄金权杖微微抖动了起来。随着戏谑的声音，一缕白色的烟雾升腾而起，隐约化成一个人形，正是那年轻的法老王，拉美西斯二世。

虽然法老王坚称自己的灵魂力强大，不会轻易消逝，但老板在离开埃及时，还是潜入阿布辛拜勒神庙，取得黄金权杖作为了法老王平日里栖身的地方。事实证明他的这个举动是正确的，两个多月以来，法老王一次都没出现过，估计是灵魂力消耗过大的缘故。

老板放下手中已经凉透的茶杯，把水壶重新放在红泥小炉上加热，并不理会这个脱线的法老王。而法老王也并不在意，他又睡了许久，每次醒来都看到老板对着那卷亡灵书发呆，自然能猜出对方心里在想什么。

对可以召唤灵魂的亡灵书感兴趣，那么肯定是想要有所求。而且一个人孤独地活了两千多年，必然是在留恋着什么。

有那么一刹那，法老王都有些嫉妒了，他的那些信仰者中，还没有一个能虔诚地追随他上千年的。他略略扫了一眼哑舍店内对于他来说陌生的装潢和古怪的摆设，状似漫不经心地发问道："说吧，你想要召唤谁呢？"

老板拿着官窑茶罐的手抖了一下，往紫砂茶壶中倾倒的铁观音有一些洒在了柜台上，他愣了片刻，扫净了残茶，却并没有回答法老王的问题。

再次被忽视的法老王皱了皱眉，飘到老板近前晃了晃，确认老板确实戴着可以翻译语言的鎏金耳环，听得懂他说的话。"其实想要召唤远古的亡灵，也并不是那么容易哦！除了生前最爱的神器，还有一具可以和亡灵契合的身体，最重要的其实还有一点……"

法老王故意拖长了声音，静静地等着红泥小炉上的水烧开。

"好吧，最重要的一点，其实就是这个亡灵书上已经有了朕权杖之上的印记，只能召唤朕的灵魂，除非你能修改这张莎草纸卷上的印记，否则这张亡灵书也就是一张废纸。"法老王叹了口气，终究还是忍不住把秘密全部说了出来。他知道给了人不切实际的期望，其实上是最残忍的。

一阵令人窒息的安静。半晌之后，水壶发出咕嘟嘟的声音，沸腾的水蒸气争先恐后地从壶嘴喷涌而出。

老板冷静地拿起水壶泡茶，淡定地盖上茶壶盖，然后波澜不惊地闻着茶香弥散。

法老王的灵魂在白色的水蒸气中忽浓忽淡，最终他听到了一声长叹，和一句如释重负的道谢。

"咦？你在听啊？"因为之前的自说自话，法老王不满地撇了撇嘴，不过他转而又好奇地问道，"不过要真的有机会呢？如果所有条件都集齐了，你会如何选择？"

老板轻抿了一口茶水，品味着浓郁的茶香在唇齿间蔓延开来，淡淡地叹道："这个世界很公平，想要得到什么，就必须拿等价的东西来换……"他顿了顿，像是难以抉择，也像是在坚定自己的信念，"如果这个代价，是我能付得起的，我会考虑。如果是我付不起的，我会放弃……"

法老王捏着下巴，陷入了沉思。

这一人一鬼谁也没有看到，在长信宫灯的摇曳下，挂在对面墙上那狰狞的黄金鬼面具的异状，在那深黑的凹洞眼窝之后，隐隐掠过一道亮光……

在一处昏暗的空荡荡的墓室里，只有一尊打开了盖子的棺椁停放在墓室的正中央，还有一盏油灯在东北角幽幽地燃烧着，散发着微弱的光芒。小赤鸟站在棺椁的边缘，闭着眼打着瞌睡，直到一只白皙修长的手从棺椁中伸了出来，一个戴着黄金鬼面具的男人扶着棺椁的边缘缓缓地坐起身。

这个男人有着一头银白色的长发，他拿掉面上覆盖着的黄金鬼面具，露出俊美无双的面容。只是脸色有些惨白，看上去像是许久都没有晒过太阳了。他缓缓睁开双目，露出妖艳的赤瞳，整个人的气质瞬间变化，薄唇露出一丝阴恻恻的笑意。

赤龙服和黄金面乃是成套的陪葬明器，赤龙服有两套，相应的，黄金面自然就有两件。这只有嬴氏每一代的族长才知晓，就连他的皇兄扶苏也不知两件黄金面还有窃听偷窥的异能。胡亥也是登基为皇之后，有权力开启嬴氏积累数百年的宝藏时，才知道的。

"生前最爱的神器？那应该是皇兄生前不离身的那块玉料，也就是现在在我手中的那块碎掉的长命锁，不知道碎成两半了还能不能起作用？至于契合的身体……"胡亥把玩着手中的黄金鬼面具，自言自语地呢喃着。

那个人身边的那个医生，他已经用九龙杯试过了，不知道是什么原因没有反应。而那个陆子冈……上次在六博棋山庄时，竟然说出了和皇兄生前相差无几的话语，难道真的会是巧合吗？那个人虽然和陆子冈认识，可是交往并不深。但也没准是障眼法……

小赤鸟从迷迷糊糊中清醒，一睁开眼就看到主人醒了过来，欣喜地啾啾叫了两声，扑腾着翅膀飞到了胡亥的肩膀上。胡亥抚摸着小赤鸟的翎羽，低低地说道："鸣鸿，你说，那个陆子冈会不会是皇兄的转世呢？"

小赤鸟被主人顺毛顺得舒服极了，微眯着眼睛无意义地发出啾啾的声音。胡亥也没指望这个小东西会给他什么答案，他挠了挠小赤鸟的头，轻笑道："可以修改任何物品的笔……我这里倒真还有一支。去，把那支笔拿来。"

小赤鸟啾地一声领命而去，扑腾扑腾的声音在漆黑的墓道中渐渐远去，没多久又重新响了起来，它冲进墓室中时，翅膀带起的气流让东北角的油灯摇曳了几下，差一点就熄灭了。

胡亥从小赤鸟的尖喙中接过那支毛笔，唇角的笑意逐渐扩大，最后无声地笑了几下。

"这个世界很公平，想要得到什么，就必须拿等价的东西来换吗？"

"那，我宁愿用我的一切来换……"

"皇兄……等我……"

· 二 ·

陆子冈戴好手套，从无菌箱中捧出一个长条樟木盒，然后轻手轻脚地把盒子里面的卷轴拿了出来，小心翼翼地把画卷展开。

这是明代唐伯虎所画的《钱塘景物图》，绢本，却因为在几百年间辗转流传，并没有经过好好的收藏，许多地方破损，并且画迹印章都有些褪色。虽然经过了若干专家的修补，看起来还是千疮百孔。

陆子冈端详了半晌，遗憾地摇了摇头。唐寅的画大多都收藏在上海博物馆、故宫博物院和台北博物馆，而且那些博物馆展出的唐寅画卷，一般都是清代故宫的旧藏，都是精心爱护，有些上面还有康熙乾隆的鉴赏印，更是增值不少。这回是国家博物馆筹建，书画馆的馆长动用各种关系，才从故宫博物院要来一批画卷，可是想也知道，给他们的一般都是残品，根本不能挂出去展览。这样的情况，若是挂在展览厅展览，接触空气超过一个月，恐怕会褪色得更加厉害。

难道真的没办法了吗？陆子冈锁紧了眉头，类似的字画还有好多，或者说，每个博物馆都会有大量的字画无法修补。不同于青铜器、玉器或者金银器等不易磨损的古董，字画甚至比瓷器还要脆弱，也许拿出来的时候力气用得稍微大了一些，便会化为灰烬，彻底地从这个世界上消失。

也许哑舍的老板会有什么方法避免这样的憾事发生？陆子冈的脑海中忽然闪过这个念头，随即苦笑地摇头否认。他相信那个老板肯定会有特殊的手段，却不可能对所有的古物施展。就像是神也不可能拯救所有的信徒一样。

平复了心情之后，陆子冈借着这个机会，打算好好地再看一看这张《钱塘景物图》。《钱塘景物图》画的是崇山栈道，马骑翩翩，草阁之上游人独坐，江中渔舟游弋，上面还有唐寅的自题七绝与落款。唐寅自称是"江南第一才子"，也就是后世鼎鼎有名的唐伯虎，擅人物、山水、花鸟画，自成一体。这幅《钱塘景物图》中，山石树木取法南宋李唐，用笔方硬细峭，点景人物形态自然，风格细秀，应是唐寅唐伯虎早年笔法尚未大成之际的作品。

陆子冈欣赏了半晌，虽是依依不舍，但也知道他就算把这幅画看出花来，也无法把上面褪色破损的画迹补全。刚想把这幅画重新收起来，他便发觉有点不对劲，本是只有他一个人的实验室内，不知道什么时候多出来一个人。那人穿着一身白衣，冷不丁一看还以为是实验室里大家统一穿着的白大褂，可是他的白风衣上有个风帽，再看一眼便会发觉出来不同。

"你……是怎么进来的？"陆子冈攥了下拳头，又立刻松开。面对着这个银发赤瞳的青年，他实在是毫无办法。他忘不了下六博棋那晚发生的事情，虽然只是一场噩梦，可几乎便是噩梦成真了。"这里到处都有摄像头……"陆子冈止住了话语，现在说这种话很没有意义，实验室必须凭指纹进入，这样都拦不住这个人，摄像头什么的恐怕也应该只是摆设吧。

胡亥对陆子冈防备的敌意视而不见，双手环胸，挑眉问道："你刚刚对着这幅画看了这么久，是想要把它修复好吗？"

陆子冈并不觉得这有什么不能说的，他坦坦荡荡地点头道："没错，可惜这幅画已经毁坏太严重了，就算重新装裱，再次上色，也修补不好。"

胡亥低低地勾唇轻笑了一声道："若是我说，我有办法修补好这幅画呢？"

陆子冈警惕地皱了皱眉道："你想要什么？"

胡亥妖艳的赤瞳在银白色的睫毛下异彩连连，意外地轻笑道："想要得到什么，就必须拿等价的东西来换吗？看来所有人都知道这个等价交换的规则呢，好吧，其实我是想要回那半块无字碑。"

陆子冈一惊，回想起来在西安鬼市中，卖给他无字碑的那个人就穿着带风帽的白风衣："那半块无字碑是你卖给我的？"

胡亥耸了耸肩道："要回卖出的古物，我也知道这不合乎规矩，不过我也是才知道的，无字碑不能合二为一，本以为你不能把无字碑凑全呢！"他说的半真半假，实际上这根本就是假的，他只不过是需要一个借口，带着陆子冈去哑舍一趟罢了。

陆子冈见胡亥不肯多说，心知多半是有什么不妥。他想起当初把两半块无字碑拼在一起时，曾经灵魂穿越回盛唐时期，附身在武则天亲手杀死的几个人身上的经历。

一开始时还只能看不能说，可是最后附身在薛怀义身上时，却能和武则天隔着一千多年的时空对话。这万一还有什么后续……

这么一发散联想，陆子冈便坐不住了，尽管他用那半块无字碑换了那把他很喜欢的锊刀，可是总不能为哑舍的老板找麻烦事。他定了定神，打算利用这个机会先看看这位胡少爷怎么修补好他面前这卷残破的《钱塘景物图》，其他再说。

胡亥微微一笑，从怀中拿出一支白杆毛笔。笔杆不知道是用什么材质做的，像是象牙，可是颜色又不太像，比象牙还要洁白，质地更加细腻，光泽柔和，笔杆上没有任何雕刻，简单大方，笔头毛发也是白色的，乍看之下还以为是一杆新笔，可是陆子冈却觉得这支毛笔的年代恐怕会很久远。

"这笔杆是神兽白泽的掌骨磨制而成，笔头是白泽的尾毛。"胡亥走过来，很好心地为陆子冈答疑。

"白泽？"陆子冈比较无语，他以为胡亥在跟他开玩笑。他自然是知道白泽的，那是传说中昆仑山上的神兽，浑身雪白，能说人话，通万物之情，很少出没。有传说黄帝东巡之时，曾在东海之边偶遇白泽，白泽博学多闻，曾应黄帝所求作鬼神图鉴，其内有万一千五百二十种。据说白泽全身是宝，有令人起死回生的疗效。反正就是上古传说的神兽，还是个相当牛叉的。可是再牛叉也是传说啊！

胡亥看着手中洁白的毛笔，神情没有一丝波动，淡色的睫毛忽闪了几下，平静地说道："就因为白泽浑身是宝，怀璧其罪，所以它很快就在这个世上消失了，只留下传说。据说它上知天文下知地理，通晓过去和未来，怎么就算不到它自己悲惨的结局呢？"

陆子冈听出了他话语中隐藏的寂寥，不由得叹了口气道："也许它早就知道……"

胡亥斜着赤瞳瞥了陆子冈一眼，并没有继续这个话题："这支笔用白泽神兽身上的掌骨和毛发所制，拥有可以改变任何字画或者还原的能力。"

"啊？"陆子冈满脸问号，各种不相信。

胡亥微微一笑，甚是怀念地说道："当年赵高篡改我父皇的遗诏，用的就是此笔，否则你当那些朝臣兵将们都瞎了眼吗？"他说罢，像是想起了某件很遥远的事情，眼中的黯色一闪而过，又重新恢复平静。

陆子冈一怔，随即心想，这胡少爷肯定是 COSPLAY 玩多了，自己自称为胡亥也就罢了，怎么还出来赵高和秦始皇了？不过他腹诽归腹诽，也聪明地没有说出口，就当听笑话了。

胡亥没再说话，他示意陆子冈让开位置，随后拿起桌上未开盖的矿泉水，倒在玻璃杯里，伸手取了白泽笔沾上少许，不等陆子冈反应过来，便直接在画卷上挥洒起来。

陆子冈"哎哟"一声，惊叫起来，他没想到胡亥动作这么快，在白泽笔落笔的那一刻，陆子冈的心都要碎了。就算是残破的唐寅画卷，也是天价啊！放到外面拍卖，绝对能拍到八位数的有木有！！！尼玛能不能这么淡定这么潇洒啊！！！他实在是 HOLD 不住啊！！！

陆子冈从来不知道自己也会有化身为咆哮帝的一天，可是当他回过神，想要不顾一切地推开这个莽撞的胡少爷时，他眼角的余光扫了一眼桌上的画作，便如同被人点了穴一般，再也动不了了。

他看到那残破的画卷如同死而复苏了一般，画中的马匹鬃毛细微可见，仿佛在无风自动，钱塘江边的植物恢复了葱绿，仿若春回大地，缺字的七绝也显示了所有文字，模糊的印章清晰了起来，更神奇的是连泛着土黄的绢布都恢复了崭新一样的浅黄色。

陆子冈瞪大了双眼，不敢置信。

他身边的胡亥正认真地低头作画，侧面的俊脸如画中的精灵般俊美，下笔流畅自信，一举手一投足都充满了古意盎然的贵气，一恍惚间好像看到了一位峨冠博带的贵公子，正在亭台楼阁之中挥笔作画。

陆子冈使劲眨了眨眼睛，再重新睁开时，发现他还是在他熟悉的实验室内，可是放在他面前的，确实是一幅崭新的《钱塘景物图》。

确实是崭新的，跟新画出来的一模一样，甚至连墨迹都没干透。若非这也就是一眨眼的时间，他几乎要怀疑胡亥用一幅伪作替换了刚刚那张古画……

陆子冈要抓狂了，复原难道是指这样的结果吗？这和毁了这幅画，其实没什么区别吧！

胡亥看着陆子冈扭曲的表情，有趣地一笑道："没事，我刚刚作画用的是矿泉水，等风干了之后，就会恢复原状。这只是给你看个效果图而已，想要恢复到你想要的年代也可以，只是那对墨水的要求就高了，最好是廷圭墨的墨汁，不过廷圭墨传世的极少，后世的徽墨也勉强，我们可以等取回那半块无字碑之后再来研究。"

陆子冈扶着桌子，觉得浑身的力量都被抽走了。

玩笑不是这么开的啊！混蛋！

· 三 ·

因为第二天就是周末，陆子冈等确认好《钱塘景物图》确实恢复了原状，便小心翼翼地将它收回了无菌箱，打算回家拿了行李，再和胡亥直奔机场。

可是胡亥却摇了摇手指道："不用那么麻烦。"

"啊？不坐飞机？那火车去？"陆子冈很意外，就算现在有了高铁，从帝都到杭州也要六个多小时呢。现在已经晚上五点多了，高铁好像也没有车次了。

"你晕车吗？"胡亥好整以暇地问道。

"不晕……"陆子冈心想这位胡少爷不会是要开车去吧？这个念头还没在脑海中转完，就看到胡亥从兜里掏出来一条黄颜色的布巾，递给他一角示意他抓住。陆子冈莫名其妙地照着做，却在手碰到布巾时，忽觉天旋地转。这个时间也就只有一两秒钟，等他恢复神智，重新睁开眼睛时，却发现他和胡亥竟然已经不在实验室里了，而是站在一条昏暗的小巷里，周围的建筑是绝对的江南风格，甚至还能听得到不远处商业街上有人正用着正宗的江浙话砍价。

陆子冈张了张嘴，却什么都没有说出来。因为他觉得这也太荒谬了，连猜想一下都马上被自己推翻了——这根本就是不合理的。

"我们到了。"胡亥很自然地宣布着，摧毁了陆子冈的自欺欺人。他知道陆子冈一会儿肯定会追问他，索性一边把黄色的布巾收好，一边解释道："这是黄巾起义首领张角的黄巾，创建太平道的他确实是有些法力的。"胡亥停顿了一下，发现陆子冈又张了张嘴，便觉得有些不满。他认为他都解释得够清楚的了，虽然只有一句话。

"还有什么问题吗？"胡亥将他的赤瞳眯了起来，危险地看着陆子冈。

"我想起来我还没有打卡下班……"

"……"胡少爷立刻转身就走。

"嗯……其实要回那半块无字碑之后，你也可以考虑送我回去，这样还省了路费……"陆子冈识相地赶紧跟上。作为月薪只有一点点的北漂一族，能省则省啊！

两人一走出小巷，陆子冈就看到了街对面的哑舍，如同来过的那次一样，不变的小篆体招牌和古香古色的雕花大门。胡亥大步流星地走了过去，单手去推那扇雕花大门，却没有像陆子冈预料般的那样一推就开，反而纹丝不动。

陆子冈轻咦了一声道："难道是关门了？可是不像啊。"一般店家关门，不都是要落锁或者铁门的吗？陆子冈敲了敲门，得不到回应，便走到一旁的窗户前想往里看。他记得这窗户明明是透明的玻璃，可是此时却蒙眬了一片，应该是因为冬季天冷，上了一层雾气什么都看不清，只能看得到里面长信宫灯发出的昏暗光晕在一闪一闪地摇曳着。他又不死心地扒在雕花大门的门缝中，却发现这道大门严丝合缝，竟是什么都看不见。

胡亥却并未觉得有什么意外，反而微笑了起来。没有人在，倒是正合他意。老板的这扇雕花大门是有古怪的，他自是知道，这应该是那个人从秦陵地宫搬出来的一扇地宫内门，只有主人才能进入，其他人在没有经过主人允许的时候不能推门进入。而在地宫之中，主人自然就是已经离世的，所以当最后工匠关门的时候，地宫就应该再也没有人可以进了。当年他命人留下那个人陪葬，没曾想他曾经试吃过长生不老药，没有死，反而从陵墓中爬了出来，这扇门的禁制也就算是破了。现在倒被弄来当了店铺的门，只要那个人不在，就没有人可以随意进入哑舍，当真是比任何防盗门还管用。

不过，他有方法。

地上还有昨天下雨残留的小水坑，胡亥从怀里掏出那支白泽笔，俯身沾了些雨水，就那么在雕花大门上画了一道门，然后在陆子冈瞠目结舌的注视下轻轻一推，那扇"门"便"吱呀"一声被推开了。

胡亥好整以暇地走了进去，回头看着像木桩一样杵在原地的陆子冈皱眉道："还不进来？一会儿就会失效了。"

陆子冈知道胡亥这样做肯定有问题，明显老板不在还要进去，显然是另有图谋，绝对不会是单单为了要回那半块无字碑。但他此时却绝对不能放任胡亥一个人进去，他跟着好歹能阻止一下他不是？陆子冈做贼似的看了看周围有没有人注意他们，跟着闪身进去。他进去了之后才反应过来，胡亥手里的白泽笔那是当真厉害，还能当神笔马良使唤！这笔要是画把手枪，是不是也能当手枪来用？那到时候威胁他当从犯，那他是从呢？还是从呢？还是从呢？

陆子冈纠结着，他身后的雕花大门因为画迹已干，在合上的瞬间便已恢复了原状。陆子冈此时也看清了哑舍里的摆设，和他上次来的时候差不多，只是多了几件古董。墙上的黄金鬼面具阴森冷厉，百宝阁上多出了一个晶莹剔透的玉质九龙杯，柜台上还有一卷残破的书卷和一枚精致的黄金权杖。看风格应该是古埃及的，那旁边的残破书卷应该就是古埃及纸莎草做成的亡灵书。

奇怪，老板什么时候连外国的古物都收了？

陆子冈正疑惑着，却看到胡亥状似无意地扫了一眼站在门口的那尊彩绘兵马俑，像是有些忌惮，但在发觉没有什么异状之后，走到柜台一把拿起那卷亡灵书和黄金权杖，转身就往哑舍的内室走去。陆子冈知道事情已经往他难以预料的方向发展了，他的心中也泛起了一丝疑惑，按理说胡亥若是想要做点什么，他一个人便可以，为什么非要大费周章地拉上自己呢？

可是现在事情已经发展成这样，他无论如何也不能抽身了，只好硬着头皮跟着胡亥往里走。当他们绕过那扇玉质的屏风之后，便听到一声清脆悦耳的鸣叫声，一只青色的小鸟从廊道内飞了出来，拖着长长的尾羽直扑向胡亥。

陆子冈吓了一跳，但在他前面的胡亥却一动未动，就在那只青色小鸟锐利的尖喙就要刺入他的眼眶之时，胡亥的面前升腾起一团明艳的火球，迫得那只青色小鸟扑扇着翅膀，在空中急停然后退却了少许。虽然它的动作已经很迅速了，可是那漂亮的尾羽还是被火球烧焦了少许。青色小鸟的声音尖厉了许多，像是动了真怒。

而那团火球却一收缩，幻化成一只赤色的小鸟，示威似的啾叫了一声，然后向青色小鸟扑去，两只小鸟战成一团，一时青色和赤色的鸟羽一阵乱飞，只听砰的一声，两只小鸟忽地同时不见了。

陆子冈的眼瞳一缩，难道是两只小鸟同归于尽了？可是这地上除了两种颜色的羽毛，没有任何小鸟的尸体啊！他虽然不会看宠物，但也知道这两只小鸟都是难得一见的灵物，死了的话实在太可惜了。

胡亥继续往前走着，他没回头，却像是知道陆子冈心里所想，淡淡道："它们觉得这里施展不开，换个地方去 PK 了。"

换个地方？难道那两只小鸟还会瞬间转移？陆子冈觉得头有点晕。不过有神笔马良在前，他觉得他的接受能力变得坚强了。正抬腿往前走时，却发现胡亥身边缓缓浮现一个半透明的美女，像是在阻止他继续前行。那女人穿着华贵的古装，长袖飘逸，白嫩如玉的肌肤上有着一对深邃而媚长的眼睛。她体态轻盈，像是漂浮在空中，而她那犹如锦缎般的发丝，就像有生命一般，漂浮环绕在她的周身。

陆子冈揉了揉眼睛，哑舍里还有女鬼？可是等他再细看去时，却发现那个古装美女身畔缭绕的都是一丝丝烛烟，而在她身后的不远处一个小房间，透过一道细缝，能看到一根红色的香烛在缓缓地燃烧着，升腾而起的烛烟便形成了这个绝美的古装女子。

胡亥对这个古装美女并不在意，也觉得被这样缠绕着虽然不碍事，却难受得紧，便推门走进那个摆放着香烛的房间。手中的白泽笔还有着些许雨水，他利落地画了一个透明的玻璃罩，罩在了那个香烛的上面。烛烟跑不出去，外面的古装美女便渐渐变淡，消失在空气中。而玻璃罩里出现了一个小一号的古装美女，正用双手敲打着玻璃罩，美丽的容颜上充满着怒火。

"这样香烛岂不是很快就会熄灭？"陆子冈觉得不忍，因为隔绝了氧气，玻璃罩形成的那一刹那，香烛燃烧的火焰便缩小了许多，看上去有几分可怜兮兮的感觉。

"不用担心，一会儿玻璃罩就会消失了。"胡亥淡淡地解释道，这种人鱼烛他很熟悉，秦陵地宫之中有无数根，如果不是亲手点燃它的人吹熄它，就根本不会熄灭。他冷冷地瞥了一眼那个被关在玻璃罩里的古装美女，而后者却因为他的这一瞥，猛然间想起了什么，畏惧地缩在了玻璃罩的角落里，瑟瑟发抖。

胡亥却连看都没再看她一眼，转身便离开了。而陆子冈却深怕这根香烛因此而熄灭，想要走过去拿掉玻璃罩，可是当他刚动了一下之后，那个玻璃罩就失效消失了。可是那个古装美女却并没有因为桎梏消失而去追胡亥，反而一脸惊恐和戒备地看着陆子冈，生怕他会对她做出什么事来一样。

陆子冈大窘，知道自己已经被对方归类为坏人的那一方，他也无法解释，只好匆匆地丢下一句"对不起"，便去追胡亥了。可是当他追出去的时候，才发现哑舍里的廊道内黑漆漆的，一点光都没有，刚刚也是因为那根香烛发光才能看得到那个烛烟美女，现在他只能听着前面各种奇怪的声音，循声往前行走。哑舍的内间很深，也不知道这一路上胡亥解决了多少各种奇怪的器物或者机关，当陆子冈看到廊道的尽头有扇门打开而产生的光亮时，他才大步朝着那扇门走去，然后扶着门框踌躇了一下，才咬牙走了进去。

当他看到屋内的景象时，不禁惊呆了。这个房间里不同于刚刚香烛所呆的那间那么狭小，这里足足有一个教室那么大，屋子里发光的原来是十几颗篮球大小的夜明珠，依次排列在墙壁四周。而他脚下踩着的青砖，也和外面廊道之上的普通青砖不同，有着完美的雕花，其间镶嵌着金箔和各种玉石，华丽得让人瞠目结舌。而沿着这些青砖向屋子的中央看去，却看到一面金质的屏风和屏风前摆放的彩绘漆案，雕工和漆画都美轮美奂。而在那漆案之上，却放着一方玉玺和一套冠冕。

胡亥此时已经走到了那个漆案之前，一撩身上的白衣便盘膝坐了下来，把手中金色权杖放下，然后把亡灵书铺开。

在夜明珠的映照下，陆子冈看到那方玉玺之上，刻五龙交纽，旁缺一角，以黄金镶补。而这方玉玺此时正被胡亥一手拿起，隐约可以看得到那下面用篆体刻着八个大字，好像是"受命于天，既寿永昌"？那字迹形状和雕刻风格……难不成是传说中的和氏璧？而那套冠冕，通天冠，高九寸，正竖，顶少斜却，乃直下为铁卷梁，前有山、展筒、为述，这明显是皇帝才能佩戴的通天冠！

不管这通天冠有什么来历，这和氏璧却是史书上有记载的！难道这和氏璧是真的？陆子冈觉得有些混乱，哑舍的老板不会是神通广大到如此地步吧？很早就失传的和氏璧也能有？而且这间屋子明显是秦朝的风格，陆子冈开始自暴自弃地思考着这里也许全部都是原装的秦朝古董，包括这里的一砖一瓦。

此时陆子冈已经完全确定胡亥来这里根本就不是为了那半块无字碑，心中已经有了不祥预感的他出声问道："你到底想要什么？"按理说小偷得手了应该马上离开，可是看他的样子，根本不像是来偷东西的啊！

胡亥却并没有回答他，而是静静地垂首看着手中的和氏璧，像是在怀念着什么，或者是回忆着什么。

"为了复活某人吧，我猜。"一个戏谑的声音忽然从房间里突兀地响起，带着别扭的口音，磕磕绊绊地像是刚学习中文的老外。

陆子冈循声看去，却见一道白烟从那枚黄金权杖上升起，逐渐在空中形成了一个年轻美男子的轮廓，他的五官深邃，上身赤裸，看服饰就知道对方应该是古埃及中很有权势的人。因为有了前面烛的预防针，陆子冈看到这位仁兄时已经没有什么惊讶的表情了，他连忙询问道："复活？居然可以复活死去的人？那要怎么复活？"

年轻的法老王最近一直被烛缠着问如何才可以复活某人，跨国界的两人没有老板的鎏金耳环，根本无法沟通，但在频繁的接触中，聪慧的法老王也学了一点点汉语，却也真的只有一点点，其他的无论如何也挤不出来。他说了一串古埃及语，发现陆子冈一脸茫然，便停住不语，改用同情的目光看着他。

这无辜青年绝对是那赤瞳青年带来的牺牲品，会作为那死去亡灵侵占的身体。

年轻的法老王舔了舔唇，琥珀色的眼眸里闪过一丝兴味，自言自语道："呦！老板也回来了，这下有好戏看了！"

陆子冈表示他有听没有懂……

胡亥也没听懂，但他已知道，却并没有任何反应。这时候那人回不回来，结果都不会有任何改变了。

· 四 ·

医生今晚喝了点酒。最近流行团购，便宜又实惠，他也跟随潮流，团了个烤肉双人套餐，自然是拽着老板同去的。吃的还算不错，就是送的两大杯扎啤老板一点都不喝，全部都被他灌进肚子里了，现在虽然出了门被冷风一吹有些清醒，但依然酒劲上涌。老板便提议回哑舍喝点茶解酒。

也不想回家自己一个人呆着的医生举双手同意，由于他们吃饭的店就在这条商业街上，所以两人也没有打车，一前一后地走在路上。此时虽然已是寒冬，但正是年尾商业街繁华之时，华灯初上，人潮攒动，一点都不像平日里萧条的模样。

医生因为有点醉酒，所以脚步便有些慢，落后了几步，但他并不急，只是低着头看着脚下的石板路。这条商业街已经很有年头了，青石板路据说也是有个几十年的历史，坑坑洼洼的并不平整。他怕因为喝了点酒腿脚不灵便，一直定定地低头看着，防止一步踏错而摔倒。　一会儿视线里就出现了一双熟悉的平底布鞋，医生笑了笑，知道是老板迁就了他的速度，主动慢了下来。

被酒精浸染的脑袋有些浑浊，但医生还是记起他今天为何喝了那么多酒，绝对不是因为商家赠送他就毫无节制。他想起今天在报纸上看到的一条新闻，终于忍不住开口问道："据说这条街要拆迁了？"

"也许吧，半年多前就有这样的消息在流传了，不过谁知道政府如何规划呢。"老板淡淡道，并不觉得如何。他虽然和这条商业街上的其他店主不熟，但架不住有两只八卦的神兽总来玩，所以他很早就听说了这条消息。穷奇和环狗这俩货看起来适应得不错，这一片的流浪猫流浪狗都是他们的手下，还挺耀武扬威的。真是给神兽丢脸啊！老板难得地在心内腹诽了一下那两只满足于现状的神兽，却发现身边的人陷入了沉默，略一思索便知道他在纠结什么，浅笑道："这又有什么的？拆迁了我再换个地方不就罢了？你还担心我没钱安置？"

医生重重地吐出一口酒气，不知道该怎样开口表达自己的担心。他知道老板为了隐瞒他容貌不变的秘密，从来不在一个地方呆过十年以上，有时甚至几年就会离开，这已经是他在两千多年的生命里一直遵循的守则。他怕老板借着拆迁的理由，离开这座城市。他忍不住抚上脖间的那个十字架，那是一块苍蓝色的玉质基督像，是老板前几日送给他的。他还记得这块水苍玉就是当初萧寂的那一块，老板说这块水苍玉不符合他哑舍的古风基调，才丢给他的。但医生总觉得这很像是临别礼物。

"这里很好，我暂时不想走。"

医生猛地抬起头，正好看到老板含笑的眼眸，顿时知道自己的心事被他看得一清二楚，心下不由得赧然。"我并不是舍不得你哦！只是觉得你泡的茶很好喝……"医生嘴硬地辩解道。

"是是。"老板也不和医生计较。在自己漫长的生命中，就算是愿意喝他茶的人，也是屈指可数，他自然不想匆匆离开。拆迁有什么？在附近再买个店铺落脚即可，反正他又不是真想开店卖古董。

医生得了老板的承诺，却并没有想象中的那么放心，反而一股莫名的不安渐渐地涌上心头。

说话间，已经来到了哑舍的店门口，老板像往常那样想要推门而入，可是却在手指触到雕花木门之时，又突然缩了回来。

"怎么了？"医生看到老板脸上一闪而过的利芒，心中越发地不安起来。

老板若无其事地笑了笑道："我想起还有事没做，今晚就先不请你喝茶了。"说罢便推开雕花木门，自己走进去，一点想请医生进来的意思都没有，打算合上门。

医生眼疾手快地撑住木门，在缝隙间挤了进去，借着酒气耍酒疯地嚷嚷道："不行！说了要请我喝茶的，不许赖账！"他此时已经感觉到手掌之下一片水渍，今天并没有下雨，为何哑舍的木门上这么湿？

老板显然也没料到医生会突然蛮不讲理，但他此时已经看到了柜台上空无一物，放在那里的亡灵书和黄金权杖已然消失，便无暇去顾及医生是否跟了进来，连忙四处查看其他古董有无丢失或者损坏。

看老板的脸色不对，医生正想开口询问，一道白影从内间扑了出来，正是烛烟幻化成的烛。她艳丽的容颜上布满惊恐，不断地惊呼道："他来了！是他来了！"

"他？哪个他啊？"医生莫名其妙，听得一头雾水。老板却神色一凛，反身想要把医生推出店门外。医生却一把抓住他的手腕，沉声问道："出了什么事？你知道这种时候我是不可能放心离开的。"

老板万分后悔刚才一个没注意，让医生进得门来，否则有雕花木门在，他就算是想进也进不来。当下只好搪塞道："只是进了个小贼，丢了点东西而已，我这就去处理，你在这里等下。"

医生皱了皱眉，不相信老板的说辞，单看烛那一脸的惶恐不安，就知道这小贼肯定是来头不小。但他也不想让老板在他身上耽误时间，只做恍然道："好，那你快去，我先睡会儿。"说罢便扯松了颈间的领带，跌坐在一旁的黄花梨躺椅上，歪在一旁合眼休息。

老板见他好似一副酒气上涌的样子，虽然有点怀疑，但因为形势紧急，无暇再顾及他，匆匆忙忙地跟着烛进哑舍里间去了。医生在他走后睁开眼睛，开始琢磨着怎么办。

看情况，那小贼是还没走，瓮中捉鳖好啊！普通人遇到这种情况第一时间应该报警吧？可是医生从口袋里掏出手机犹豫了再三，觉得凭他在哑舍里的经验，报警还是不可取的，反而添乱。可若是有什么事，他多少也能出把力吧？所以医生悄悄地站起身，也往里间去了。

陆子冈很焦急，他下意识地知道胡亥做的不是什么好事，可是却不知道该怎么办，他不去管在他身边用古埃及语唠叨的法老王，直接走到漆案旁，担忧地问道："胡少爷，你这是要做什么？"

"来得正好，锗刀借我用一下。"胡亥放下手里的和氏璧，直接伸手从陆子冈的衣兜里掏出那把锗刀。

陆子冈一惊，自从得了锗刀之后，他是一直随身带着，而且这次来本来就是想归还锗刀来换那半块无字碑的。只是没料到胡亥居然这么不客气地不告而取。正想委婉地表达他的不满时，陆子冈却惊骇地看到胡亥面无表情地用锗刀在自己的手心一划，鲜血四溢。

"你！锗刀是不能见血的！老板特意提醒我的！"陆子冈急得直跳脚，立刻从胡亥手里抢回锗刀，来来回回仔细地擦拭。

"哪有那么多说道。"胡亥不以为然，取出白泽笔沾了自己手心里的血，在亡灵书上一阵涂抹，过了片刻，原本残破的亡灵书恢复了崭新的状态，上面的字迹如新。这一幕让围观的法老王也啧啧称奇。

胡亥看到随着亡灵书的复原，右上角显现出来一个印记，他拿过黄金权杖做对比，发现上面的徽记吻合，便再次使用白泽笔，把复原亡灵书的日期又往前提前了少许，直到权杖印记完全消失才作罢。之后直接拿起手边的和氏璧，沾满了手掌中的鲜血，毫不犹豫地往亡灵书上拓印上去。

看着"受命于天，既寿永昌"八个篆文出现在亡灵书之上，胡亥满意地勾唇一笑，随后像是犹豫了一下，又从怀里掏出了一块丝帕。

陆子冈一直不放松地看着胡亥，此时看着那方丝帕摊开，显出里面一块碎成两半的玉质长命锁，像是整个人被打了一拳一样，立时呆在当场。

他分明是没有见过这块长命锁的，可是为什么会这样的眼熟呢？仿佛那上面的纹路都能详细地在心底描绘出来……

胡亥自然留意到他的反常，心下更是笃定，立刻用长命锁"长命百岁"的那一面沾上自己的鲜血，不由分说地拓印在亡灵书之上。

"你在做什么？"

胡亥循声看去，看到老板难掩怒气地朝他走来，得意地扬起手中的亡灵书道："我在做什么？你应该知道吧？"

一旁的法老王赶紧推卸责任道："朕什么都没做也没说哦！而且你看我这个样子也没法阻止他吧？啧，居然还弄了两个物件，他应该是怕一个召不回，索性弄了两个。"

老板见亡灵书上果然是印着两个拓印，心中存了侥幸之念，"亡灵书能一次召唤两个灵魂吗？应该不可能吧？"

法老王双手一摊："朕也没试过，你问朕也没用。不过这里就我们几个，朕没有身体，你的身体又不符合，这个人的身体也很古怪，只有面前这位小哥适合，所以就算召来两个灵魂，也只能苏醒一个，亡灵书是有一定范围的，出了这个屋子就没事了。"他刚刚也想警告那青年的，可惜这人没有老板的鎏金耳环，听不懂他说什么。

老板一听，便想让陆子冈赶紧离开，可是他的手搭上去的时候，却发现陆子冈的双目一直紧紧盯着漆案上的长命锁，怎么拽他都没有反应。

胡亥则不去管他们说什么，一双赤瞳紧盯着手中的亡灵书，看着上面自己的血渍慢慢地变得干涸。

老板正想不顾一切地把陆子冈拖走，可是还未使力，就见他脸色一白，直接昏了过去。老板只来得及撑住他的手臂，没让他直接摔倒在地。而与此同时，在外面的回廊里，也有一声重物落地的声音。

老板暗叫糟糕，一定是医生担心他，偷偷跟来了。匆忙把陆子冈放在地上躺好，出了房间果然看到医生昏迷不醒地躺在门外，老板方寸大乱道："你不是说出了这间房间就没事吗？"

法老王不好意思地刮了刮脸道："微小的失误应该在允许范围内吧……"

胡亥正一脸期待地守在陆子冈身边，却见老板又抱进来一个昏迷的人，不由得一皱眉。怎么会有两个？不过转念一想，皇兄到时候随便挑一个，倒也不错。

老板把医生放在地上，却不忍他睡在冰冷的青砖上，便也盘膝坐了下来，让他的上半身枕着他的腿。暂时安置好了之后，他抬起头，眼神冰冷地看向胡亥，一字一顿地说道："把和氏璧留下。"

胡亥知道面前这人的底线在哪里，虽然他曾经对和氏璧执迷不悟，不过现在在他看来，那不过是一块死物而已，便把手中的和氏璧重新放回漆案之上。不过看着这人依旧盯着他另一只手里攥着的长命锁，便撇嘴道："这是我在我皇兄的棺椁里拿到的，你没资格管我要。"

老板知道医生当初把那块碎裂的长命锁放在了秦陵地宫的棺椁里，他当初并没有阻止，今日自然也没有立场索回，便收回目光，不再言语。

胡亥见老板并没有对他今日所做有何表态，心下却并没有放松。他非常了解这个人，越是表面上不声不响，就表示他越在意，今日之事，必不能善了。胡亥薄唇露出一丝阴恻恻的笑意，鄙夷地说道："别一副那样的神态，我只是做了你想做的事情而已，你难道不承认吗？"

老板摘下医生眼镜的手一顿，随即微不可查地颤抖起来。

他想做的事？不，不是这样的。

他一直不敢盖上扶苏的棺椁，为他穿上可以保持尸体不腐的赤龙服，虽然也是期待他有一天会重新睁开双目，可是自己却也知道那只是他的一厢情愿而已。

追随扶苏的转世，也是因为不想看到他的灵魂在轮回中世世饱受夭折之苦，不想他每一世的亲人遍尝骨肉分离的折磨。

他只是在赎罪，为什么活下来的只有他一个人？

明明当初说好了是两个人一起开创大秦盛世，让天下百姓不再颠沛流离……可是他还是太渺小，连一个想保护的人都无法保护。

而两千多年过去了，他还是这样，没有任何进步，依旧保护不了自己下决心要保护的人。

这个世界很公平，想要得到什么，就必须拿等价的东西来换……可他从未想过用怀里的这个人去换另一个……

　　胡亥看着老板的手紧攥成拳，以为自己说中了他的心事，得意地一笑，想再说两句时，却感觉到脚下的人一声呻吟，连忙俯身把他扶起，让他的上半身靠在自己身上。待看到那双眼瞳睁开时，胡亥一时激动难以自已，薄唇微动，想要唤一声皇兄，此时却忽然胆怯起来。

　　陆子冈睁开眼睛，就看到胡亥手中攥着一块碎裂的长命锁，神情一阵迷茫，半晌都没说出话来。

　　围观得正有趣的法老王飘了过来，也不管人家能不能听懂他的话，笑嘻嘻地问道："怎么样？有什么感觉？有没有很痛或者很难受？"他权当这位是实验对象了。

　　陆子冈按了按微痛的额角，觉得脑袋里多了许多片段式的回忆，可是乱糟糟的，他一时缕不清，头痛欲裂。又有个苍蝇般的声音在他耳边直嚷嚷，便不耐烦地说道："我不是说了听不懂你的话吗？还冲我叫唤什么？对了，我这是怎么了？我记得我好像眼前一黑就晕倒了？脑袋里还多了许多东西，夏泽兰？是谁啊……不对……这个名字好像对我很重要……"

　　胡亥闻言整个人都僵硬了，直接推开陆子冈，不敢置信地看着他。

　　陆子冈也浑然没在意，呆呆地看着他手里的长命锁，脑中的回忆如同放电影一般一帧帧地迅速撩过。

　　老板却因为陆子冈说的那个名字，恍然大悟，原来胡亥用的那个长命锁果然召唤来了一个灵魂，只是正好是陆子冈的前世。他连忙询问法老王。

　　"咦？正好是转世？那这样召唤回来的灵魂就会直接融合到现世的身体里，这样只不过是多了一段记忆而已。这位小哥当真好运啊！"法老王很意外，不过却并不羡慕，他是个独立的个体，若是让他和另外一个灵魂融合，那么他就不是原来的他了。

　　老板却因为法老王的这句话生出了希望，他低头看着怀里的医生，希冀地问道："若是……若是……"法老王定睛看了看他怀里的医生，随后摇了摇头道："这位不行，他本来的魂魄就不全，很容易招惹奇怪的东西，这亡灵书若是召唤成功了，他的灵魂肯定会被挤出这具身体，就算是他的前世也不行。"

　　"那我现在毁了那亡灵书如何？"老板沉下脸，一挥手，放在漆案上的亡灵书就像是被一只无形的手操控一般，飞到老板手中。

　　法老王无所谓地耸了耸肩道："反正我也用不到了，你随意处置。不过，我要警告你，现在召唤已经成立，若是你现在毁了亡灵书，也许会救回你怀里的那个人，可是被召唤的那个亡灵，就会立刻灰飞烟灭。"

老板心下一紧，想要撕碎亡灵书的手却停滞在当场。

"也就是说，两个人，你只能选择一个。"法老王毫不客气地说道。

即鹿比虞，惟入于林中。君子几，不如舍，往吝。原来……指的就是这样的选择吗？

谁是鹿？谁是君子？谁要……舍弃谁……

"毕之……"一个仿佛从遥远的时空传来的声音忽然响起。

老板拿着亡灵书的手突然颤抖起来，毕之是他的字，是那个人给他取的。

他还记得，有一日，两人在书房习字，翻到诗经，因为那人的名字也取自《诗经·郑风》的"山有扶苏，隰有荷华"。他便暗自羡慕，没想到那人却看在眼里，说起因他名为罗，便为他取字毕之，取自《诗经·小雅》的"鸳鸯于飞，毕之罗之。"

这两个字，已经很久很久没有人再唤过了。

老板陷入了恍惚之中，隐约听到有人在他耳边轻笑道："毕之，你的头发怎么剪了？"

老板眨了眨眼睛，低头看向躺在自己腿上的那人，却看到了一双深邃的眼瞳，没有眼镜片的遮挡，却一如两千年多年前一般的温润隽永。

他说："毕之，许久不见。"

Chapter twelve
第十二章
和氏璧
HESHIBI

· 一 ·

　　"毕之……毕之？"

　　温柔的声音由远及近，他睁开双眼，看到那张他既熟悉又陌生的脸，上面带着关切的神色。"毕之，汝为何睡着了？这里太冷了，要不回去休息吧。"

　　他低头看着自己身上的宽袖绿袍明纬深衣，觉得无比怀念。

　　在他漫长的生命中，他的衣服一直是黑色的，从未改变过。

　　而现在，站在他对面的这个一脸温柔的青年，穿着的却是黑色袍服，虽然全身上下就只有腰间佩了一块玉饰，显得他整个人无比的朴素，可是他却知道这是大秦帝国之中，除了皇帝之外最尊贵的衣饰。

　　秦朝尚黑，只有皇族才能穿戴黑色服饰，而皇帝是玄衣绛裳，他面前的这位皇太子殿下，还没有资格在他的黑色袍服上缀上那赤红色的滚云纹。

　　而他也知道，这位皇太子殿下终其一生也就是皇太子殿下，在活着的时候，根本没有资格穿那最尊贵的玄衣绛裳。

　　"毕之，可是冻傻了？今年的冬天委实来得早了点。"俊美的青年关切地说道，缓缓地弯下腰来。

　　他看着这位一人之下万人之上的皇太子殿下从怀里拿出螺纹赤铜手炉塞到自己手

中，温暖的感觉从冻僵的手掌心一直熨烫到心底。

他垂下头，知道自己又做梦了，在这两千多年来他脑子里一直反复出现关于从前的梦。他甚至能背得出来扶苏下句话下下句话说的是什么，看案几上的竹简，是修筑长城的各项要事的审批，现在应该是秦始皇三十五年，他们的始皇帝又一次东巡，留下太子扶苏监国。

这里是咸阳宫的暖阁，平日里秦始皇就会在这里处理政事，扶苏从七年前就随侍在侧，学习如何打理政事，而作为伴读的他自然也就一直跟随。现在只要那位帝国的掌权者暂时离开，就会把几乎所有的权力下放给他最骄傲的皇太子，让他享受拥有这个国家的美妙。

不过做皇帝固然好，做代理皇帝也不错，只是要面对如山般的责任。看吧，整个暖阁里堆满了各种书简，当真是如山一般。

他忍不住往周围看了一眼，就算知道是梦，也觉得这样的场景太过于压抑了。他总觉得在下一秒，这些竹简就会崩塌，把他活活地压死在下面。

"脸色不太好，是因为昨天吃的那颗药吗？"一双温暖的手伸了过来，白皙的指尖按上了他的额头，那种灼热的触感让他微愣，有些反应不过来。

这是什么时候的事？他怎么从没有梦到过这样的场景？

是了，那颗药，那颗改变了他一生的长生不老药，看来是那时候的事情吗？

"父皇最近……所有人都必须遵守那道旨意，毕之，汝别介意。"青年收回手，温文尔雅的脸上带着些许歉意。

他愣了愣，这一段回忆已经许久没有出现在他的梦境之中了，所以他也不知道该说什么。他仔细想了下秦始皇三十四年的冬天，帝国的形势应该是变得紧张起来。秦始皇震怒之下，杀了四百多个方士。虽然并没有波及朝野，但现在已经人人惊惧，生怕下一刻就会承受到天子的怒气。天子之怒，伏尸百万，流血漂橹。他抱着温暖的手炉，真情实意地笑了一下，道："师父留的那药，说不定真能长生不老。"他说的倒是实话，只是这句话一般没有人会相信。

"那就留在这，继续帮吾吧。"青年唇边的笑意更深了，自然以为这种话是开玩笑的。这位大秦帝国的皇太子殿下重新站起身，走回暖阁正中央的案几前重新坐下，伸手拿起案几上的和氏璧来回端详。英俊的脸庞在夜明珠温暖柔和的光线下显得更加深邃。刹那间，仿佛时间都静止了。

他眯起眼睛，留恋地看着面前这幅令人怀念的画面。他对这间暖阁非常熟悉，因为他在这里度过了将近十年的时间，对这里每一块青砖都很熟悉，熟悉它们哪里的金箔被竹简所磨掉了一角，哪个不起眼的玉石被手脚不干净的内侍偷偷挖走了一块，哪颗夜明珠因为那个骄纵的小皇子殿下故意碰掉而留下了裂痕。他可以在漫长的岁月中找回那一块块青砖，赎回那一颗颗夜明珠，复制那一卷卷的书简，甚至拿回了那块权倾天下的和氏璧，努力重现这间暖阁的所有真实感，可是却永远无法在现实中重新见到这个画面。

一瞬间，他有种疲惫的感觉。

孤独了两千多年，究竟是在执著什么？

"毕之，汝说吾可以拥有这传国玉玺吗？"不知道过了多久，一个声音打破了这里死一般的沉默，年轻的嗓音中夹杂着说不清道不明的忐忑。

他微微愣了一下，想起来当年的皇太子殿下确实在私下有着无法掩饰的自卑。因为，他的父皇是一个非常伟大的皇帝，拥有着传奇般的一生，无人能够超越。

他当时是怎么回答的呢？是了，那时候他经常回答这个问题。他定了定神，缓缓道："殿下会成为一个很好的皇帝，虽然不会有始皇帝那么伟大，但一定会是一个非常了不起的秦二世。在汝之后，还会有三世、四世乃至万世……"

是的，那时候，所有人都这么认为，连认为自己一定会长生不老的始皇帝都对扶苏很满意，唯一美中不足的就是觉得扶苏的个性有些优柔寡断。

他知道，扶苏并不是优柔寡断，而是政治理念和秦始皇有着不可调和的矛盾。始皇帝信奉法家，而扶苏则对这种专制的治国理念并不苟同，更喜欢儒学思想，这都是源于仆射淳于越大儒的教导。其实这种思想非常适合大乱之后的大治，如果扶苏能够顺利登基，那么大秦帝国定会绵延万世。

可是他知道，在这个冬天，待始皇帝回到咸阳宫之后的一次酒会上，淳于越对于始皇帝推行的郡县制不以为然，建议遵循周礼实行分封制的这个提议，遭到了李斯的驳斥和始皇帝的不满，直接导致了淳于越的罢黜。扶苏因为强烈反对这件事而上书，便被始皇帝派到了上郡去做蒙恬大军的监军。

后世认为，这便是扶苏这一生的转折点。如果不是过早离开了政治中心，胡亥也不会仅凭李斯和赵高的支持便能登上皇位。

"毕之……其实有时候，吾真的很羡慕亥儿。"俊美的青年把玩着手中的和氏璧，心思却已经飞到了千里之外。

他抱着温热的暖炉，微微勾起唇角，淡淡地笑道："陛下带着他出巡，是怕他给殿下您添麻烦。"别以为始皇帝是纯粹地溺爱小儿子，胡亥那么不安分的人，若是留在咸阳，肯定会将咸阳折腾得天翻地覆。

青年并未说话，只是唇边溢出一丝苦笑，目光依旧流连在手中的和氏璧中。

他便不再劝说，其实这些事谁都明白。一个帝国的继承人，和一个溺爱的小儿子，对待两者的态度自然会不同。他想着那龙椅上的始皇帝，许久许久之后，才不由得叹气道："皇帝是站在所有人顶端的存在，没有人可以陪伴，所以才是孤家寡人……"

青年闻言一震，脸上的表情变得苦涩起来，随即转换了话题道："毕之，知道这块传国玉玺的来历吗？"

他收拾了一下心情，即使知道这是在两千多年前已经发生过的事情，他也无比珍惜，不敢用任何敷衍的态度来对待。是了，当年他应该是这么回答的。"《韩非子·和氏》中记载，卞和得玉于荆山，献于历王，谬为诳者，刖其左足，后献武王，刖其右足，楚文王立，卞和抱玉泣于市，继之以血，或问者，答曰：非为身残，实为玉羞。文王闻之，使人刨之，得美玉莹然。因名和氏璧。封卞和零阳侯，和辞而不就。"

一大段古文毫不费力地从口中叙述而出，他微微一讶后不禁怅然，这果然是他的回忆梦境，已经是两千多年前发生过的事情了。

无法改变，也无力改变。

俊美青年的脸上浮起思索的神情，半晌才道："毕之，那卞和为何会如此执拗？宁可瘸了两条腿，都一定要献给楚王此玉呢？"

当时他究竟是怎么回答的，他都已经忘记了，不过他听到他自己的声音毫不犹豫地说道："韩大家以卞和献玉这个故事，暗喻自己的政治主张不能为国君所采纳，反而遭受排挤的遭遇。当然，更深一层的寓意，就是玉匠应识玉辨玉，国君要知人善用。而提出新的学说的献宝者，要做为此牺牲的准备。当年韩大家被皇帝另眼相看，这个故事起了很大的作用。"

俊美青年别过头，朝他浅笑道："毕之好像并不是很喜欢这块和氏璧，吾从未见汝碰过一次，记得有次让汝随手递一下都不是很愿意。亥儿可是对这块和氏璧爱不释手呢！"

他的嘴角扬起嘲讽的弧度，哂然一笑道："广施仁政才是立国之本，民心所向才是安邦之道，得到一方宝玉，便能当皇帝？这块和氏璧原属于楚国，后来又流落到赵国，可是最终现在在这里。"在他看来，美轮美奂的宝玉，不过是雄图霸业上的锦上添花罢了。他说罢抬起头，忽然捕捉到青年眼中的异样神色，不禁有些微愣。

当年的他，有发觉这一闪而过的古怪吗？

"毕之言之有理。"俊美的青年恢复了温和的表情，把手中的和氏璧沾上印泥，虔诚地把上面的印鉴印在了即将发布的政令之下，然后满意一笑道："毕之，其实韩大家的那则故事中，还有一个启示。"

"哦？"他虽然是用疑问的口气，却已经想起来扶苏下句话要说的是什么。这句话，令他魂牵梦绕了两千多年。

"那就是为了自己坚持的信念，无论付出任何代价，都不会后退一步。"青年抬起头，在夜明珠的幽蓝光线下，露出他俊美的脸容，目光坚定地朝他看了过来，"毕之，汝会一直站在吾身后吧？"

"会的，臣一直都在。"

· 二 ·

"……毕之？"

相似，却并不完全一样的嗓音，像是破过了万重迷雾，最终停留在他的耳边。

老板微微一震，发现他依旧是在那熟悉的咸阳宫暖阁之中，只是暖阁里没有了堆积如山的竹简，没有了那俊美的青年陪伴，有的只是一间空荡荡的屋子，和几个不应该在这里的客人。

"毕之，汝好像不是很高兴看到吾的样子。"

在医生的身体里，苏醒过来的是扶苏的灵魂。纵使是千百次幻想过会重新见到扶苏，老板也从未想象过自己会面对这样的场面。

老板把手中的眼镜抓得死紧，微微苦笑："殿下，许久不见。"

扶苏眨了眨眼睛，这时才发现自己的胸前并没有被侍卫刺穿的血洞，而是穿着一身怪异的服装。他坐起身，向四周看了看，发觉自己是在熟悉的咸阳宫暖阁，最后目光落到了一旁呆站的胡亥身上。

胡亥自从听到那声"毕之"时，便如同被人点了穴一般，僵硬地站在那里，直到接触到那双眼眸中不可错认的复杂视线，才颤抖了一下身体，艰难地吐出两个字："皇兄……"一开口，胡亥才发现自己的声音嘶哑得可怕。

扶苏并未理会于他，虽然他很好奇为什么胡亥的头发和眼瞳颜色都有了变化，但他并不觉得对方是个很好的询问对象。他把视线转回到身旁跪坐的毕之身上，低声问道："毕之，这是怎么回事？"他自然能看出来，这里虽然极力模仿了咸阳宫的暖阁，可却并不是。地上的青砖年份久远，夜明珠也没有那么明亮了，金箔上的花纹磨得模糊不清，更别说他现在的右手食指指腹有一道细长的薄茧，像是常年拿着什么器具所造成的。

这根本就不是他的身体。

老板定了定神，却不知道一下子如何回答，下意识地松开另一只手中的亡灵书。倒是一旁的法老王毫不客气地叽里呱啦说了一堆。

由于医生的耳朵上依旧戴着另一只鎏金耳环，所以法老王的古埃及话扶苏听得一点障碍都没有。扶苏摸了摸头上的短发，还是有些不敢置信。他已经死了？然后又活了？现在已经过去了两千多年了？

姑且不判断这个衣着怪异的番邦男子说的是不是实话，扶苏转向一旁自他睁开眼睛之后，就没有直视过他的毕之，下意识地感觉到对方的排斥与挣扎。

这是怎么回事？如果这一切是事实的话，那为什么毕之看到他醒过来会是这副表情？这里的一砖一瓦都是按照咸阳宫暖阁而重建，就算只是略略扫了一眼，也可以体会到对方重建这里的心意。

扶苏若有所思地眯起了双眼。

"皇兄……"一旁的胡亥试着向前走了两步，但却莫名地停下了脚步。现在他的皇兄如他所愿地醒过来了，但他能说什么？秦帝国已经在他手上被活活糟蹋了，现在的皇兄还不知道当年的历史，若是知道了，肯定会更加不待见他。

更何况，当年，虽然是赵高越俎代庖地下了斩杀令，但天下人都认为是他动的手。就连皇兄闭上眼睛的那一刻，怨恨的也是他吧。

醒了就好，他欠皇兄的不过是一条命，大秦帝国的皇位什么的，他也是凭本事得来的，现在两人互不相欠。

绝不承认自己无言以对的胡亥少爷，绷着一张脸，并未多解释什么，直接越过盘坐在地的扶苏，朝门外走去。而醒来之后一直呆呆地看着他手中长命锁的陆子冈，也不由自主地追着他去了。

一时间，偌大的房间内，除了虚幻漂浮在空中的年轻法老王外，就只剩下老板和医生，或者说是毕之与扶苏两人。

老板一直低着头，看着地面的青砖花纹，就像是被抽离了魂魄的偶人，不知道该如何反应。

他知道扶苏在和法老王说着什么，但他没有分出精神去听，心像是硬生生地被扯成了两瓣，一边是欣喜着时隔两千多年的重逢，而另一边则是良心道义上的谴责。

为什么他刚刚在捏着亡灵书的时候犹豫了？为什么会犹豫呢？为什么要犹豫呢？

那么，在他认为，应该正确的选择是什么？捏碎亡灵书？让扶苏的灵魂灰飞烟灭？还是期待扶苏侵占医生的身体？

为什么不能妥协？为什么他需要面对的是这么一道艰难的选择题？

不是他生，就是他亡……

"毕之，吾现在所在的这具身体，是一个对汝很重要的人吗？"温柔的声音从耳畔响起，老板恍惚地抬起头，注视着这个因为换了一双温润的眼瞳而显得有些陌生的面容。

很重要的人吗？老板认真地想了想，发觉自己无法否认。他迟疑了片刻，凝重地点了点头。他没有说话，因为面前的这个人身体里的灵魂，对于他来说，也是非常非常重要的一个人。

白皙修长的手指按向了他的额头，亲密得就像是在之前的那个梦中一样，只是这次的指尖微凉。

"毕之，汝还是和从前一样。陷入两难之境，向来都是难以抉择。"扶苏细心地擦去了他额上的细汗，唇边带起了一抹纵容的微笑。

"没关系，如同往日一样，吾来帮汝选择。"

"吾刚问过那个法老王，那人的灵魂应该栖息在吾颈中的水苍玉内，暂时无碍。三日后的月圆之夜，灵力鼎盛之时，吾就把这身体还给他。"

老板愣愣地看着他，慢慢松开了紧攥着眼镜的手，不知道该如何回答。

即使时间已经过了两千多年，他还是和以前一样，喜欢帮别人做决定，而且不容他人质疑。

"那么现在，还有三天的时间，不为吾介绍介绍这里是何处吗？"

老板端着茶具推开房门，哑舍的这个店面是有地下室的，他平时就住在地下室中，这间地下室只有一间卧房和一处隔离开来的浴室。他的房间很简单，除了古香古色的明代楠木拔步床之外，就只有一书架的书籍。这些很多都是古书，但却并不是他特意收集，而是平日里随手翻看的。

自然，里面有着各种历史典籍。

他知道扶苏的决定，三日后如果身体还给了医生，那么扶苏的灵魂是绝对经受不住再一次魂魄附体的，所以连备用的身体都不用准备，老板打算让扶苏的灵魂附在和氏璧或者水苍玉上，好玉不光可以滋养人体，更适合魂体的休养。

这一次，他再陪他几千年又何妨？

老板一推开房门，就看到扶苏很不适应地翻看着手中的书籍。秦朝的时候还没有纸的出现，一开始的古书都是沿袭书简的书写习惯，从右至左，从上到下的竖版印刷。可是现在在扶苏的手中，却是一本近年来才出版的《二十四史》，扶苏没见过简体字，更不习惯从左至右的横板排版。

老板倒并不意外，只看扶苏手边那些有翻看过痕迹的古旧《史记》，就知道他已经在很短的时间内看完大概了。历史说长也不长，归根结底就是一句话。

天下大势，合久必分，分久必合。

大秦的皇太子殿下睿智无双，自然不会纠结于那些细碎繁杂的小事。

更何况，那上面写着的史实，有几分真，有几分假，都无从得知。

老板的视线看向红酸枝书桌上的眼镜，扶苏戴不惯眼镜是肯定的，因为医生的眼睛其实并不近视，据他自己说是做过近视激光手术之后，不习惯鼻梁上空空的，才挂上的一副平光眼镜。

"毕之，这书上所写，都是真的吗？"扶苏把有些挡眼睛的过长刘海向脑后梳去，露出光洁的额头。他的心情不太好。他翻遍了屋中史书上关于秦朝的记载，都无法相信在自己死后居然仅仅四年时间，父皇一手建立的大秦帝国就轰然倒塌。居然只有四年！就连一向不轻易动怒的扶苏都难免恼火，有点明白了今天看到胡亥的时候，为什么那小子一脸的忐忑不安。

简直就是史上最败家的败家子啊！

老板知道扶苏看到这个肯定会难以置信，其实就算是当初亲身经历一切的他，也觉得不可思议。但这就是历史的法则，一个帝国的崩塌永远要比建设一个帝国简单多了。

"先喝点茶吧。"老板并未直接回答，把手中的青花瓷盖碗递了过去，从未见过如此精致细腻的瓷器的扶苏果然被转移了注意力。

头顶上传来几声凄厉的鸟鸣，扶苏捧着茶碗的手顿了一下，嗅着茶香疑惑地向老板看去。

老板淡定地笑了笑道："逮住了一个误闯的扁毛畜生而已。"屋里简直是一地鸟毛，三青和鸣鸿两只鸟也不知道是去哪里掐架了，刚刚泡茶的时候老板看到两只都瘫倒在地上。他自然不会轻易放鸣鸿回去，直接把它关到了鸟笼里。而三青却享受到了最优的待遇，只是那家伙心疼自己掉下来的翎羽，听上面的那个架势，估计是正在笼子外面伺机报仇呢。

扶苏也没多问，喝了几口香气四溢的清茶，便也不再追问史书上的事情，而是扯了扯身上的领带西服，微笑着问道："毕之，可有替换的衣服？这种衣服吾委实穿不惯。"

老板连忙起身，这是他的疏忽，一个习惯穿深衣皂袍的人又怎么会习惯现代的西装皮鞋。只是他本身并不需要换衣服，所以除了平时洗浴的时候需要的浴衣，并无备用衣服。

扶苏见他为难，便笑道："如果没有就罢了。"

老板却摇了摇头，抬眼认真地说道："有件衣服，我已经为殿下准备了两千多年了。"

老板出去取衣服的时间很短，扶苏刚喝完手中的茶，就看到了推门而入的老板捧在手里的冠服，微微变了脸色。那是一套玄衣绛裳，和各种相配的饰物，甚至还有一套通天冠，是只有秦朝帝王才能穿的冠服。

"我这里只有这一套冠服，殿下，穿这身可好？"老板的眼中带着些许期待。

扶苏眯着眼睛看了看那身他从未穿过的玄衣绛裳，最终还是站起身，在老板的面前站定，仪态自若地张开双臂。

老板知道扶苏定是不会脱身上这身西服衬衫，而且身为大秦的皇太子殿下，就算是在上郡监军，也是有内侍随侍在侧，所以老板也很自然地为扶苏宽衣解带，一件件地为他除去身上的束缚，然后郑重地洗净了手，拿起配套的冠服，一件件地为他穿上。

古代的服饰向来繁琐，更何况是为帝王准备的冠服。中衣中裤，罗縠单衣，玄衣绛裳，襦夹。尽管是老板精心保存的衣服，但历经了漫长的岁月，即使用最好的熏香驱虫，也不可避免地带上了一些淡淡的霉味，有种洗染不去的历史沧桑感。

老板把最外面的衮服为扶苏穿好，对准了左右衣缘，系上内侧的深衣腰带，然后理顺了衣服的褶皱，最后缠上刺绣上滚云纹的黼黻腰带。虽然已经许久都不曾碰过这类的古装服饰，但记忆却深入骨髓，即便是一开始有几分生疏，随后也熟练起来。

为扶苏戴上通天冠，再佩上只有帝王才能戴的五彩绶、黄地骨、白羽、青绛缘、五采、四百首……又捧出秦始皇随身佩剑，长七尺的太阿之剑。

最后恭敬地跪在扶苏脚边，为赤足的他穿上赤舄厚履，确定从上到下衮、冕、黻、斑、带、裳、幅、舄、衡、紞、瑱、纮、綖都已经齐全，再整理好他的衣角，双手呈上传国玉玺和氏璧。

低头看着这个和记忆中一样又有些不一样的友人，扶苏还是有些无法适应。虽然面容未变，但那一头碍眼的短发，那身勾勒出身材的紧身衣服……扶苏忽然微缩瞳孔，对方的领口虽然是扣紧的，但是从他这个角度往下看，可以清晰地看到脖颈处有一道狰狞的伤痕。看起来年代颇远，像是砍头的致命伤。

扶苏忍不住伸出手去碰触，皱眉道："这是怎么弄的？"

老板并未回避他的指尖，而是淡淡一笑道："已经过去了。"

扶苏在那道伤痕上微一摩挲便放开，尽管看起来已经愈合，但他依旧像是怕对方痛楚，不敢太用力。

老板因为他的动作而仰起了头，看着与记忆中截然不同面貌的扶苏。尽管短发戴冠不伦不类，但依旧是光彩夺目，在暗室的烛光下，尊贵非凡。

莫名的，心里泛起一股不舍的酸意，他苦熬了两千多年，也许只是为了看他这一身的荣光。当年的他，还是幻想着有一天他的殿下可以接受万民的朝拜。可是现在，却只有在这个不见天日的暗室，他一个人欣赏了。

一旁的楠木拔步床的第一进有一个小巧的水银镜，扶苏眯着眼睛看向自己在那方水银镜中清晰的影像，在玉旒串背后的双眼划过一丝意味不明的亮光。

他们两人一站一跪，就像是毫无生命的陶俑一样，谁都没有说话。

老板捧着和氏璧呆愣了许久，直到在听到几声清脆的玉珠碰撞声后才回过神。那是通天冠上前后悬挂的玉旒串，在随着扶苏的低头，而叮当响个不停，清脆悦耳。

扶苏伸手抓过他手里的和氏璧，长长地叹息了一声。

老板深深地匍匐下去，把脸上的表情藏在黑暗中，吐出两千多年来深埋在心底的一声呼唤。

"陛下……"

沉重的冠服并不适合平日里的行动。扶苏在沉默了半晌之后，俯身拉起了仍然匍匐在地的老板，在把所有累赘的饰物和冠冕去掉之后，扶苏仅穿着玄衣绛裳，倒显得他整个人俊秀挺拔，丰神俊朗。

两人坐下来喝着茶，老板知道扶苏肯定想要知道究竟发生了什么，但他自是不可能详细地把自己这两千多年的事情一一讲述，对方也不会感兴趣。所以他只是简单地解释了一下自己为何可以长生不死，和发觉扶苏转世每一世都会早夭之后的追随等等。

扶苏一直静静地听着，修长的手指摩挲着青花瓷盖碗的碗边，像是对这个润泽剔透的瓷器爱不释手。直到老板提到某事的时候，才忽然开口问道："依汝所言，吾现在的这具身体，其实是吾的转世？"

老板闻言一呆，心下有种说不出来的慌乱。"是的。"他只能从唇间挤出这两个字，多一个字都无法说出口。他能说什么呢？如果说医生虽然是扶苏的转世，但却是不同的两个灵魂，这种话一旦说出口，不就是怀疑扶苏不会归还身体了吗？

扶苏什么都没有说，只是优雅地掩唇打了个哈欠，略显疲惫地说道："夜深了，吾想休息了。"

老板这时才发现夜已经很深了，因为他很少需要睡眠，所以卧室里的拔步床基本就是装饰。又重新换上被褥，老板把卧室留给扶苏，自己则回到楼上的哑舍中。胡亥来过之后，一片狼藉，除了还要给三青上药外，还有许多被惊扰的古物都需要重新整理一遍。

一夜无话，老板在天井中清扫完毕，发现天已经亮了，回想昨天发生了一切，还有股不真实感。迷迷怔怔地在寒风中站了许久，才想起扶苏和他不一样，现在是在医生的身体里，早饭自是需要的，连忙放下手中的扫帚，打算出去买早点。可是一回头却看到了一身休闲装的医生，正微笑着朝他示意着手中的早餐盒。

老板怔忡了一下，还以为昨天发生的一切都是他做的一个梦，医生还是那个医生，什么都没有发生，他还是像往常一样，不顾他意愿地拽着他一起吃饭。

"给，街角的小笼包，刚出炉的。"

被拉进了温暖的屋内，手中也被塞上了自己常用的象牙筷子，老板抬起头，接触到对方并未戴眼镜的脸容，不禁浑身一震。那抹温润的笑容，绝对不会出现在医生的脸上。

"吓了一跳吧？"扶苏唇角的笑容加深了几分，显然很满意在老板的脸上看到了震惊的神色，他指了指自己的脑袋，笑了笑道，"昨天晚上，吾看到了他的一生。也许是正在借用着他的身体的缘故吧。不过他也曾经看过吾的一生，很公平。"

老板这才恍然，扶苏最后说的那句，指的自是去年这个时候，医生的长命锁断裂，医生不全的灵魂回归，看过了扶苏的人生轨迹。而扶苏此时看过了医生的记忆，自然也就会穿现代的衣服，也会知道街角的小笼包很好吃。

老板吃得食不知味，听着扶苏拿着手机很熟练地打电话给医院请假，更是一股强烈的违和感涌上心头。虽然知道扶苏做的这些是很正常的，但医生看过扶苏的记忆之后，从没有在他面前展露过半分和扶苏有关的言语或者动作，而现在扶苏所做的一切，却让老板有种医生会被完全替代的感觉。

老板还记得，他曾经有次和医生提到过那次的事情，询问他看过扶苏的一生之后，有什么感觉。医生当时很坦然地回答他没有，那一连串的场景，就跟看了一场传说中的全息电影一样，现在怎么还可能有人觉得自己是一个电影里的人物啊？喜欢贾宝玉的生活也不可能觉得自己就是贾宝玉是么？他是扶苏的转世？这完全是两回事嘛！就跟玩游戏会有好几个马甲一样，一个马甲上发生的事，和另一个马甲有什么关系？

也就是因为那次的谈话，老板才彻彻底底把医生和扶苏两个人完全分辨开来，这是两个完全不同的灵魂，根本没有本质上的关系。

可是现在，就在他面前，发生着他从未想过的画面。

"在想什么？"扶苏合上手机，挑眉看了过来。他是个无比通透的人物，只消一眼就明白了症结所在，随即展颜一笑道："放心，只是必要手段而已。若是不请假，等这个人回到自己的身体，就会发现他的工作丢了。不过幸好他的年假今年还没请。"

老板觉得自己太多心了，不好意思地笑笑。

"这个还是汝来保管吧，吾觉得随身带着这个不穿衣服的男人，很有压力。"扶苏叹了口气，把颈间的水苍玉吊坠解下，递了过去。

老板接过这个水蓝色的耶稣基督吊坠，他知道这只不过是扶苏的借口，因为若是扶苏不想归还医生的身体，只消毁掉这个吊坠，而医生的灵魂没有了依附的载体，自然会魂飞魄散。

老板低着头，为自己怀疑扶苏而感到愧疚。不过他沉默了半晌，最终还是把这个依旧带着体温的吊坠系在了自己脖颈上。

对面一直浅浅微笑的扶苏见状，深邃的眼眸中划过一丝锐利的光芒。

两人各怀心思地用过早饭，老板照例翻出上好的龙泉青瓷泡了壶消食的碧螺春，看着缭绕而上的水汽对面那张熟悉的脸容，竟有些莫名的尴尬。

他也试着找些话来说，可是他和扶苏的时差相隔两千多年，以前他们在一起的时候总有说不完的政事和策论，现在大秦帝国已经成为历史，这些话题显然已经过时。而扶苏现在拥有着医生的记忆，向他解释这两千多年的变化也显得有些多余。一时之间，老板竟只能愣愣地闻着茶香，不知说什么是好。

幸好在一盏茶的时间过后，扶苏提出了想要在哑舍里逛逛的要求，老板松了口气，欣然带着他往哑舍的内间走去。

哑舍里的古物众多，老板知道，就算扶苏拥有了医生的记忆，但靠着医生那点可怜巴巴的历史知识，恐怕对着这些古董也看不出个所以然来。所以他便留意着扶苏的目光，见他对哪个古物好奇，便在一旁详尽地介绍。一天很快就过去了，老板带着扶苏去他和医生经常吃的川菜馆吃晚饭，自忖他这一天说的话，恐怕都要比他这么多年来说的还多。

这一日，老板颈间的水苍玉依旧毫无声息，他记得之前那个推理小说家的灵魂被封在这条项坠中后，第二天就醒过来了。他有些担心医生的灵魂是不是出了什么问题，但又想到医生本来命中注定去年就要殒命，灵魂力本来就差常人许多，现在还未醒转，倒也正常。

这一夜，老板在哑舍中挑挑拣拣，打算事先把第二日给扶苏鉴赏的古物准备出来，一直忙到天光亮。他先一步出门去买早点，回来的时候找遍整间哑舍，最后却在关着小赤鸟的房间里发现了扶苏的身影。

被饿了一天两夜的小赤鸟正要死不活地趴在鸟笼里，身上的伤痕已经痊愈，但翎羽秃掉许多，赤红色的羽毛上还凝结着斑斑血迹，端的是无比可怜。

扶苏拿过老板递过去的早点，并未自己吃，而是掰下手中的花卷，用筷子夹着送进鸟笼中。"鸣鸿，来，吃点东西。"

老板并未阻止，他倒不至于把对胡亥的怒火迁怒到一只小鸟身上，不喂它东西，只不过是因为三青还在生气。况且这只可以化为神刀的小鸟，估计也不会因为饿这么两天就命归西天。而且，他也不认为他就算喂，这只傲娇的小鸟就会吃。

果然，扶苏伸过去的筷子根本就没有任何吸引力，小赤鸟只是瞥了一眼，就坚决地把头扭向了另一边。

老板沉默了片刻，把手里拿着的牛肉干递给扶苏，按照经验来说，这货应该是吃肉的吧。

牛肉干果然得到了小赤鸟的特别关注，几乎连挣扎都没有就立刻扑了过去。扶苏的心情很好，见小赤鸟靠在笼子边上叼牛肉干吃，便把手指头伸了进去，为它梳理惨兮兮的翎羽。

"毕之，一会儿就把它放了吧。"扶苏柔声说道。

老板怔了怔，他倒没想把这只小鸟怎么样，但总归想着胡亥会为了它亲自来一趟这里，他们两人也可以因此有个见面交谈的机会。这次的事情，都因胡亥而起，他必须要有个交代。

"秦国的故地，便是一只鸟的形状。古有'秦为大鸟，负海内而处，东面而立，左臂据赵之西南，右臂傅楚鄢郢，膺击韩魏，垂头中国，处既形便，势有地利，奋翼鼓鹬，方三千里'的说法。"扶苏的声音，永远都是那么不徐不疾，听上去就令人享受。

老板有些讶异，不知道为何扶苏会突然跟他说这些。

"毕之，汝可知吾嬴姓家族的起源？"扶苏收回手，用一旁的绢帕将从鸣鸿身上沾染的血渍擦拭干净，又捡了块牛肉干，细致地撕碎了再喂给小赤鸟。

老板点了点头，在房间里找了个椅子坐了下来，淡淡地说道："在《秦本纪》中记载，嬴姓家族的始祖为大费，大费辅佐大禹治水，帝舜赐给他一面'皂游'，就是一面挂着黑色飘带的旗帜。那面大旗，也就是……"老板微一停顿，稳了稳心神之后才续道，"也就是我身上的这件赤龙服的衣料。"

"是啊，据说那面皂游做了两套衣服，居然还有保持肉体不腐的功效，当真是奇妙。"扶苏勾唇轻笑，"且不说这个，先祖大费在治水之后，便辅佐帝舜驯养鸟兽，被赐'嬴'姓。而鸣鸿便是嬴姓家族的守护神鸟。"

老板的目光落在鸟笼里吃得昏天黑地的小赤鸟身上，完全没感觉到这家伙哪里有守护神鸟的能力。"可我以前怎么从未见过它？"

"在商汤王朝，嬴姓家族是大姓贵族，富贵无双，可是在周朝时期却被西逐三百年，在穷苦之地咬牙过日子。商汤时期的嬴姓宝藏，藏在一处，由鸣鸿看守，也只有吾族的族长才能知道准确地点。"扶苏拍了拍手中的碎屑，眯了眯眼睛道："看来，胡亥是得了那宝藏。"

老板已经注意到，扶苏对胡亥的称呼已经不再是昵称，而是称呼他的全名。

"你在怪他。"老板这句话并不是问句，而是肯定句。

扶苏扶着额头低低地笑了起来："怪他又有何用？人，是无法改变过去的。"

老板黯然，也不再去劝他，而是径自起身打开了鸟笼的门，然后走到一旁把窗户打开。

冰冷的寒风灌入了温暖的屋中，埋头大吃的小赤鸟被冻得一哆嗦，茫然地抬起头看了看大开的鸟笼和窗户，立刻兴奋地展翼而飞。自然，在走之前不忘记叼走鸟笼边上的那一包牛肉干。一贯洁癖的老板无法忍受小赤鸟吃得遍地都是碎渣，便走出去拿扫帚清扫。

"毕之，人虽然无法改变过去，却有可能改变未来。"在他将要离开的时候，扶苏呢喃的声音传来。

老板只是略略停滞了脚步，片刻之后，便重新迈步离去。

而当他重新回到屋子中时，屋内却已经空无一人，独留那个没有关紧的鸟笼门，在从窗户吹进来的寒风中来回摆动，发出"吱呀吱呀"的声音……

· 四 ·

老板独坐在天井之中，在夜晚的寒风中保持着一个姿势，已经不知道多久了。

在他面前的石桌上，摆放着一个空了的匣子，那里面原本应该放着的，是天下至宝和氏璧。但是这方传国玉玺，却在昨天和扶苏一起消失了。

事到如今，就算老板想往最好的那个方面去想，也无法给自己一个满意的说法。

天空上的明月已经圆如玉盘，今天本来是约定好扶苏归还医生身体的夜晚，可是老板却不得不做好最坏的打算。所以当他看到一个熟悉的身影出现在天井之中时，漠然地看了过去，疲惫地说道："殿下今晚出现，不是为了遵守约定吧？"

扶苏穿着一身黑色的风衣，长身玉立。他挺直的鼻梁上并没有戴眼镜，过长的刘海向后梳，露出光洁的额头，俊秀的面容更显得贵气逼人。他在天井的入口处停下脚步，双手插了风衣的口袋里，如同以往一般温柔地笑道："其实吾不应该来的，但是吾怕吾不出现，汝会在这里坐一整夜。"

老板的手按了按已经被夜风吹得冰冷一片的额头，淡淡地自嘲道："就算坐一整夜又如何，我的身体又不会得伤寒。"

两人因为他的这句话，陷入了尴尬的沉默，老板的目光落在已经空了的玉匣之中，木然问道："殿下是什么时候打算不遵照约定的？毕之可以看得出来，当时殿下应允之时，是真心实意的。"

扶苏喟然一叹，从口中呼出的无奈在冰冷的空气中变成了一团白气，转瞬间又被寒风吹得一干二净。"吾已经死了，自然不能再害另一个无辜的人平白无故地丧命。但汝却告诉吾，这具身体本来就是吾的转世。"

"可就算是如此，他也不是你的所有物。"老板不由自主地伸向脖颈间挂着的水苍玉吊坠，已经第三晚了，医生的灵魂还是没有醒过来的迹象。

扶苏闻言迈动了脚步，一直走到了老板的面前，居高临下地看着坐在石凳上的他，一字一字地缓缓说道："可是他对汝很重要，不就是因为他是吾转世的原因吗？"

老板如遭雷击，整个人僵硬在那里，甚至连血液都要凝固了。

是这样的吗？他对医生另眼相看，难道只是因为他是扶苏转世的原因吗？

不，绝对不是的。他每一世每一世地追寻着扶苏的转世，并不是他想要做什么，而是想要帮助扶苏的转世摆脱早夭的诅咒。从一开始的近身保护，到后来的不闻不问，他的心境也在随之变化。可是医生是不同的。

老板回忆着在去年的这个时候，医生为了他，甚至可以在秦陵地宫陪他同生共死。这么漫长的岁月以来，他是少有的几个不假思索地挡在他面前的人。以前的那些人，都已经死了，他不想失去这最后一个。

老板松开了手中的水苍玉吊坠，抬头直视着面前这个拥有着医生面容的扶苏，沉声道："他和你，不是一个人。"

扶苏的眼眸深邃了一下，却并未说什么，而是话题一转道："毕之，还记得父皇当年为何频频东巡否？"

老板不明白他为何突然说起此事，但这种询问的语气，让他很快就回忆起当年两人对答策论的情景，微一愣神之后便开口答道："那时有术士进言，曰：'东南有天子气'，始皇帝便亲至，巡行郡县，以示强，威服四海，厌之。"

扶苏充满回忆地笑了笑："毕之，汝认为父皇此举如何？"

老板没有回答，这段记忆从心底的深处慢慢地浮了上来，当年他们两人还就此事讨论过数回，虽然认为始皇帝此举可以昭示君威，震慑各方势力。但君子不立危墙之下，始皇帝频繁出游，为刺客制造了良好的行刺机会，也难以保证对中央政权的掌控。最后的结果也是如此，始皇帝死在了东巡的路上，若是没有此事，那么赵高和李斯也不会那么轻易地扶植胡亥登基。

"厌乃压，镇压之。"扶苏微微一笑道，"毕之猜猜，这东南的天子气，父皇当年是用什么来厌之的？"

老板一怔，随即脱口而出道："碣石！"

"没错，父皇多次东巡，一共立下了七块碣石，可惜整个乾坤大阵必须要立下十二块碣石才能完成，父皇并未坚持到最后。若是整个阵法大成，中原之地将在父皇的掌控之下，大秦帝国定会屹立万世而不倒。"扶苏的声音依旧是不徐不疾，可是其中蕴含的气焰却足以让他身周的空气升温。

老板沉默了下来，这件事虽然听起来像是天方夜谭，但如果结合他当年察觉出来的各种古怪来看，便会有种原来如此的恍然之感。他低头沉思了片刻，忽道："光靠碣石无法压制天子气，那些碣石之下，埋着的应是十二铜人吧？"

这回轮到扶苏一怔，随即轻笑出声道："果然是毕之，一猜就中。"

老板并未因为猜中了答案而有什么高兴的表情，他在这两千多年的岁月里，做得最多的一件事就是收集古物。可是他却从未看到过秦始皇那十二个铜人的下落。在《史记·秦始皇本纪》中记载，秦始皇为了防止天下不平，便收集了天下的兵器，聚之咸阳，全部销毁之后铸成了十二个巨大的铜人，重各千石，置廷宫中。这是表面上的十二铜人，可是老板却知道，这十二个巨大的铜人只不过是威慑天下而做成的空心铜人，后来在东汉末年被董卓熔去炼了铜钱。可是用真正的珍稀铜精而炼成的真人大小的十二铜人，才是秦始皇的最爱，至今下落不明。

原来，竟是布阵所用。

老板越思考下去，就越觉得无比的心寒。扶苏此时跟他提这件事，究竟是什么意思？难道他打算把始皇帝的阵法继续布成吗？而他又是从何处知道了这些？难道他昨日是跟着放走的鸣鸿鸟，去见了胡亥？究竟城府需要多深的人，才能和曾经杀死自己的人握手言和？

老板看着扶苏依旧淡笑的脸容，忽然觉得，隔了两千多年，他已经变得不认识面前的这个人了。

"毕之，汝想的不错，吾打算继续完成乾坤大阵。"扶苏笑得依旧温和，可是他说出的话却气势迫人，"到时中原之地之上的所有人，将会奉吾为主，重现大秦帝国的荣光。"

老板并不觉得扶苏说的是大话，既然是秦始皇都信奉的阵法，不惜冒险也要完成的阵法，肯定是自有其妙用。而且他如果没记错的话，这个乾坤大阵应该是他师父所画。想到自己因为师父所留的长生不老药而活了这么长时间，那么这个乾坤大阵说不定真能掌控人心。

老板活了这么久，除了当年为了报仇而化名韩信，干涉了楚汉相争之外，从未觉得自己有资格可以高人一等，可以改变或者参与什么。历史的车轮，从不会因为一个人的存在而有任何的停留。也许扶苏再早几百年醒过来，还会有一拼之力，但现在，他却是在做一个不切实际的梦。

老板低下头，看着空空如也的玉匣，此时夜空开始飘下零落的雪花，这个城市少有冬季下雪，让许久未见过雪花的老板呆愣了半晌，之后才沉声道："那你拿走的和氏璧，就是启动阵法的关键吧。"

"没错，这传国玉玺是父皇亲自操锟铻刀刻字的神器。得传国玉玺者得天下，这是后世历代的统治者都知道的事，可是却无一人知道，这和氏璧真正的用法。"扶苏的双手撑在石桌上，俯身对他认真地说道："毕之，汝答应过吾，会一直在吾身后。这句话，还算否？"

老板并未直接回答，而是低垂了眼帘，看着飘落的雪花在石桌上一片片融化，成为一滴滴深色的水渍。"把身体还给他吧，我答应你以后会给你找个适合的身体。"老板沉默了许久，终于开口说道，"他只是个平凡的医生，若是殿下胸怀大志，自然应当找个更适合的身份。"

扶苏缓缓地直起了身体，脸上挂着的笑容却慢慢地冰冷起来。"毕之，汝在搪塞吾吧？那个异族的法老王就是灵魂状态吧？但他自从那天回到权杖中休息之后，就从未出来过。汝答应吾？那是几年？几十年？还是几百年？汝能保证吾下次醒来，父皇的阵法还在？"

老板默然无语，他的确不能保证。

扶苏的灵魂和当初萧寂的情况不一样，萧寂是新亡，而扶苏的灵魂已经漂泊了两千多年。

"所以现在汝也毫无办法，若不是吾心甘情愿地让出身体，那个医生也无法抢回自己的身体。"扶苏有恃无恐地笑了笑，"毕之，这几天来吾不断地试探汝，一直等汝回心转意，可是汝却一次又一次地让吾失望。那个承诺一直站在吾身后的少年，已经不在了吗？"

老板抬起了头，直视着这个在雪花飞舞的夜空中傲然而立的男子。

扶苏一直说话都不徐不疾，这次也一样。

"毕之，汝还是和从前一样。陷入两难之境，向来都是难以抉择。"

"没关系，如同往日一样，吾来帮汝选择。"

"毕之，汝会选择吾的吧？就像以前一样。"

那个人这样笑着说，一如两千多年前一样。

他曾经多么想要再看一眼这样的笑容，可是此时终于看到了，却浑身冰冷。

"不，我会阻止你。"老板深深地吐出一口气，他的脸上有几片雪花飘落，随即融化成水滴，慢慢地沿着他的脸颊滑落，就像是晶莹的泪滴。

老板知道，他对扶苏的友谊，已经在时间的湮灭里，掩埋在历史的尘埃之中了。站在他面前的这个人，已经不是他认识的那个扶苏了。

或者，他从未认识过真正的扶苏。

"毕之，其实吾没有变。"

"变的是汝啊……"

夜空中传来了一声复杂的叹息，当老板回过神时，他的面前已经空无一人，陪伴他的只有夜空中不断飘落的雪花，和桌上空空如也的玉匣。

是啊，对于扶苏，只不过是一闭眼一睁眼的时间，他却已经独自经历了两千多年，心境早已无比沧桑。原来，变的是他吗……

在呆坐了不知道多久之后，一个熟悉的声音忽然响起。"咳，老板，能不能给我解释下，现在究竟是一种什么样的状况？"

老板的唇边，现出了这几天之中的，第一个笑容。

"咦？老板，你不是说扶苏是要计划颠覆天下的吗？怎么还来医院上班？"

老板站在医院的走廊里，远远地看到扶苏正和淳戈两人有说有笑。若不是因为扶苏并没有戴眼镜，他几乎都会以为站在那里的就是医生本人。

这种错觉连医生自己都有，只听他气愤地叫嚷道："那混蛋居然不光霸占了我的身体，还把我的工作和朋友都霸占了！他手腕上带的那个可是我去年攒钱买的浪琴索伊米亚机械表啊！平时都是供起来舍不得戴的说！"

其实最后一句才是重点吧？老板早就习惯了医生脱线的性格，淡淡道："他需要你的身份，才容易安静地实行他的计划，而且拥有你的记忆之后，做手术自然不在话下。这样也好，你的工作最起码不会丢。"

"嗯，不错，有人替我打工确实挺爽的，就怕这位大少爷把我银行卡里的钱都花光了啊……"医生痛心，拥有他的记忆，那岂不是连银行卡密码都知道得一清二楚？

老板按了按微痛的额角，觉得医生担心的重点完全不对劲，扶苏和胡亥既然联手，那还差医生银行卡里的那点零头？

"对了，老板，你已经想好怎么破坏他们的计划了？"医生此时才有了点危机感，若是他拿不回自己的身体，那一切都是浮云啊！

"想要拿回身体，必须扶苏心甘情愿地交还身体才行。"老板停顿了一下，其实他可以让扶苏魂飞魄散，也是可以拿回医生的身体的，可是他下意识地避免这个方法，"所以只要让扶苏认识到，乾坤大阵无法运转即可。"

"哦？那如何干扰他们？"医生觉得自己已经身处在一个少年漫画之中，反角BOSS有邪恶大计，那么就需要有英雄出现来拯救世界！

"乾坤大阵镇压的是天子之气，那么只要选取十二个具有天子之气的古物，分别破除十二铜人的厌气即可。"老板淡淡地解释道，只是话说得容易，做起来却很困难。哑舍里天子用过的器物数不胜数，但选出十二个顶级古物，却是很难抉择的。

他最后看了一眼在走廊另一边的扶苏，后者也正巧抬起头向他看来，俊逸的脸容上现出一抹温和的笑容，随后却毫不留恋地转身而去。

老板怔怔地看着他的背影，他答应过他，会一直在他身后跟随。可是这一次，他却没有跟着他的脚步，而是转身离去。

两千多年前，他说过，为了自己坚持的信念，无论付出任何代价，都不会后退一步。可是在两千多年后，他知道，再坚持的信念，也会有崩溃的那一天。

这次，他向左，他向右，两人在一条直线上，越走越远。

再见，就是敌人。

因为他们所坚持的信念，已经完全不一样了……

哑舍里的古物，每一件都有着自己的故事，承载了许多年，无人倾听。因为，它们都不会说话……

【《哑舍》第二部　完】

后　记

　　以铜为鉴，可以正衣冠；以人为鉴，可以明得失；以史为鉴，可以知兴替。

　　唐太宗李世民说出这段千古流传的名言，意在说明：他身为至高无上的皇帝，都必须熟读史书。

　　可恰恰是李世民这个千古一帝，却开启了干预当朝史官的先例。以前无论多荒淫无道的君主，都不敢如此。

　　虽然说古代的帝王一手遮天，但史官在奉命记载宫廷史事的过程中，仍保持着一定的独立权限。特别是由史官掌记的起居注，为保持其客观公正性，习惯上，连当世的皇帝也不得观看，其中亦有督促帝王不得为非作歹之意。可李世民一意孤行，对于自己逼父杀兄屠弟一事，耿耿于怀，晚年曾几次提出要看起居注。开始褚遂良等大臣还能拒绝他，后来终于拗不过，将起居注删为实录给他看。

所以，贞观史官在撰写《高祖实录》和《太宗实录》时，大事铺陈李世民在武德年间的功劳，竭力抹杀太子建成的成绩，贬低高祖的作用。又把晋阳起兵的密谋描绘为太宗的精心策划，而高祖则处于完全被动的地位，把玄武门之变书写成不得已所为。

没错，李世民确实是难得的好皇帝，虚心纳谏，知人善用，开创了大唐盛世。可是没有人知道，如果是太子李建成继承皇位，是不是会比他做得要好。

成王败寇，是千百年历史中不变的法则。

李建成死于玄武门之下，便成了唐初历史中的一道瑕疵，任人轻易在其上覆上厚厚的胭脂，粉饰太平。

历史就像是小姑娘，在每个人的眼中美丑都不一样，甚至还可以随着自己的喜好打扮。

修正前朝史书，乃新帝的一件大事。就如同掳来的别人家的女子，更加可以任意蹂躏。说她长得好看就好看，说她长得丑就长得丑。

而唐初之后，连皇帝都可以任意干涉当朝史官之后，那么历史这小姑娘究竟应该长什么模样，就更是看不清楚了。

不能说史书不能信，但却也不能尽信。

因此，无数文人开始了自己涂抹历史小姑娘的壮举。

所以就有了捧刘备抑曹操的《三国演义》，有了梁山泊一百单八将的《水浒传》，有了唐僧师徒四人取经打怪的《西游记》，有了描绘大观园的《红楼梦》。

以上的四大名著，很多人应该都能知道后三本都含有虚构夸张的成分，但《三国演义》却被很多人当成正史来看。

可是，事实上，吕布的兵刃不是方天画戟，关羽的兵器也不是青龙偃月刀，而都是三国时期很流行的长矛。没有三英战吕布，温酒斩华雄是孙坚所为，华容道放曹操是刘备的责任，而且真相其实并不是他真的大义放了曹操，而是他去晚了，曹操早就逃走了。历史上诸葛亮并不是用兵如神，而是善于内政治理，用兵并非其专长。三气周瑜根本就是胡编乱造，诸葛亮在周瑜都督病逝之时，正在零陵一带搞后勤工作，根本没有和周瑜交过手。而据说气量狭小的周瑜都督，实际上曾被刘备赞誉气量广大……

而不光是《三国演义》，《水浒传》中一百单八将几乎都是虚构，但宋江却是真实存在的。《西游记》中的唐玄奘确有其人，而《红楼梦》也是作者自感其身挥笔而就的。

小说是小说，历史是历史，虽然没有人能知道真正的历史小姑娘在众人给她涂抹的浓厚妆容下，究竟是怎样的一副或清秀或妖艳的脸孔，但我还是希望大家能够喜欢她。

而大家是喜欢继续往她脸上涂抹东西，还是坚持拿清水洗掉她那厚厚的胭脂水粉，就各凭喜好吧。

我喜欢古物，所以有了《哑舍》。但是最根本的，是因为我喜欢历史这个小姑娘。

我既喜欢帮她继续化妆，也喜欢尝试着用卸妆液去除掉一些厚重的胭脂。

所以《哑舍》中有了不是暴君的秦始皇，有了喜欢种田的宅男项羽，有了其实不会打仗的兰陵王……虽然有些妆画得离谱，但我尽量都是按照历史小姑娘的五官去发挥，大部分的猜测都是有一定根据的。有关于秦始皇的判定，大家可以参考程步先生的《真秦始皇》。有关《红楼梦》作者究竟是曹雪芹还是洪昇，这个争论是土默热红学提出的。之后还会有更多质疑历史的情节发生，大家都可以拭目以待。

历史小姑娘的素颜究竟是什么模样，已经不可能有人知晓。

就算是活了两千多年的老板，所见所闻也都是片面的主观的，毕竟他一个人也无法与天下人争辩，他有的只是一间小小的古董店罢了。

所以，相对正确的历史要看《二十四史》。这是中国古代各朝撰写的二十四部史书的总称，是被历来的朝代纳为正统的史书，故又称"正史"。我们上学念书的历史教科书，就是由这《二十四史》其中简化概括而成。

其实这也不过是经过了诸多史官之手，描绘而成的官方历史小姑娘。也许有人会觉得看她不顺眼，但大部分人都觉得她很好看，那么她的这副妆容便是天下认定的官方妆容。很多人只认历史小姑娘的这一副模样，换一张脸，就行不通了。

说了这么多，其实主要想说的，就是大家要分清楚演义的历史和考试用的历史，不要用老板画出来的历史小姑娘，去调戏各自的历史老师啊……他们会怨恨我的……

考试的时候，更不要按照哑舍的历史来填写考卷哦，老师不认识那样的历史小姑娘，他们只认官方妆容的。

再次强调：想要得高分的同学们，一定要记住历史小姑娘的官方妆容。

《哑舍》第二部终于写完了，还是十二个故事，十二个古董。

一转眼，哑舍已经陪我度过了两年。

看着文档里那一排整齐的文章，我都忍不住发呆，怎么这么快？一下子就两年过去了。

还从没有过一本书，能让我写这么长的时间，而且花费了这么多的精力。每个故事都要查阅好多资料书，想当年念书的时候都没这么用功过。

而且看样子，这种努力，还要继续下去。

朋友曾经问过我，《哑舍》究竟要写多少故事呢？

我迟疑着不知道该如何回答。

古董有许多种，故事也有许多个，我也不知道自己能把《哑舍》写到什么地步，但我确实想试着写写，哑舍的历史。

没错，我的野心很大。

我想要把老板生活过的轨迹都写下来，用他的视角来展现，是不同于教科书的历史，是哑舍独有的历史。

在哑舍的历史中，秦始皇并不是暴君，周瑜都督是个女儿身，《红楼梦》的作者不是曹雪芹……

也许是真的，也许不是真的，谁也证明不了什么，谁也无法证明。

《哑舍》第二部我下了很大的工夫，有别于第一部的轻松写意，在其中添加了许多历史知识和哲学道理，富有历史的凝重感。

我希望自己写出的东西能对大家有所帮助，而不是仅限于儿女情长英雄气短。

《哑舍》的第三部开始挑战帝王的古董，扶苏成为最大的 BOSS，其实这点也是在意料之中的。他这一辈子都被当成帝王的接班人来培养，现在只不过是一眨眼的功夫，便斗转星移日夜更替，换了是谁都无法接受。

第三部会更加精彩，我也希望能挑战自我，把哑舍的故事写得更有深度。

希望大家能一直陪着我，陪着我回忆着老板曾经走过的岁月，陪着我见证那些古董们的故事，陪着我一起观看那些历史人物的悲欢离合。

哑舍里的古物，每一件都有着自己的故事，承载了许多年，无人倾听。因为，它们都不会说话……

玄色于 2012 年 3 月 29 日

附上老板两千多年以来的时间轴：

公元前 230 年，公子胡亥出生，秦始皇开始统一六国大业。

公元前 221 年，秦始皇统一六国，称始皇帝。

公元前 214 年，胡亥耽于玩乐，修建和六博棋棋盘一样的庭院。(《六博棋》)

公元前 210 年，始皇帝在出巡途中驾崩，赵高用白泽笔篡改遗诏，扶苏被杀。老板被骗到秦始皇陵，被杀。(《白泽笔》)

公元前 207 年，秦朝毁灭，胡亥"身死"。(《铜权衡》)

公元前 202 年，秦末乱世，老板假扮的韩信与项羽在垓下决战，项羽自刎于乌江江畔。(《虞美人》)

公元前 130 年，陈阿娇皇后被罢，退居长门宫。

公元前 124 年，霍去病从姨母手中得到一枚青铜镜。(《古镜》)

公元前 110 年，老板在市集之上，买到一个桐木偶人。(《巫蛊偶》)

公元 186 年，汉末年间，老板在周家做夫子，教了两个学生，周瑜和周瑾。(《留青梳》)

公元 560 年，高长恭得到一面战无不胜的黄金鬼面具。(《黄金面》)

公元 705 年，中国历史上第一位女皇帝闭上了她的眼睛，在她的陵寝中用寿山石刻制了一枚无字碑牌位。(《无字碑》)

公元 1100 年，宋朝，哑舍在开封汴梁。老板遇到了宋徽宗赵佶。赤龙服绣上了龙纹，四季图认主。(《四季图》)

公元 1348 年，元末年间，老板在某一间小寺庙中找到一根很眼熟的蜡烛。

公元 1368 年，这座寺庙被改为皇觉寺，但是蜡烛却少了最重要的那一根。(《人鱼烛》)

公元 1532 年，明·嘉靖年间，哑舍在苏州，陆子冈与夏泽兰相遇。陆子冈留在哑舍，得锟铻刀。

公元 1542 年，哑舍搬到京都，陆子冈与夏泽兰再次相遇，锟铻刀重逢。壬寅宫变，夏泽兰因为受到牵连而死。长命锁刻成。

公元 1552 年，陆子冈因为得罪皇帝被判斩首。(《锟铻刀》)

公元 1673 年，清·康熙年间，哑舍在京城，老板为了躲避剃头令，成为戏子。约稿洪昇，阻止了他卖掉奚墨。(《廷圭墨》)

公元 1945 年，康熙墓景陵被盗，随葬的九龙杯不知所踪。(《九龙杯》)

公元 2008 年，哑舍迁至杭州的一条古老商业街，医生在某个晚上推开了哑舍的店门。

公元 2010 年，老板和医生为了找另一件金缕玉衣，去了趟秦陵地宫。(《赤龙服》)

公元 2010 年，《哑舍》第一部出版。

公元 2011 年，胡亥发觉了自家皇兄转世的存在。

公元 2011 年，老板和医生去了趟埃及，找到可以召唤远古亡灵的亡灵书。(《亡灵书》)

公元 2012 年，《哑舍》第二部出版。

公元 2012 年，哑舍的故事，还在继续……

Ya she
哑舍 II

作者
玄 色

总策划
李 靖

选题策划
杨 严 熊 嵩

封面 & 插图
晓 泊

封面设计
李 婕

美术编辑
余婧雯

图片总监
杨小娟

特约编辑
付 阳

流程编辑
颜 燕

责任发行
李 文 常蓦尘

出版社
长江出版社

总出品
湖北知音动漫有限公司

制作出品
知音动漫图书 · 新阅坊

官方论坛
http://xsbbs.zymk.cn

平台支持

图书在版编目（CIP）数据

哑舍 2 / 玄色 著 .

—武汉：长江出版社，2012.4（漫客 · 小说绘）

ISBN 978-7-5492-0881-4

Ⅰ . ①哑… Ⅱ . ①玄… Ⅲ . ①长篇小说—中国—当代 Ⅳ . ① I247.5

中国版本图书馆 CIP 数据核字（2012）第 072002 号

本书由玄色委托湖北知音传媒股份有限公司知音动漫有限公司正式授权长江出版社，在中国大陆地区独家出版中文简体版本，并取得其他衍生授权。未经书面同意，不得以任何形式转载和使用。

哑　舍 2 / 玄色 著

出　　版	长江出版社	
	（武汉市解放大道 1863 号）	
出　　品	湖北知音传媒股份有限公司知音动漫有限公司	
	（武汉市东湖路 169 号）	
发　　行	湖北知音书局有限公司	
主　　编	李　靖	
作品企划	知音动漫图书 · 新阅坊	
出 版 人	别道玉	
责任编辑	冯　曼	
特约编辑	付　阳颜　燕	
装帧设计	李　婕 余婧雯	

印　　刷	深圳市鹰达印刷包装有限公司	
版　　次	2012 年 4 月第 1 版	
印　　次	2012 年 4 月第 1 次印刷	
开　　本	700mm×1120mm　1/16	
印　　张	15.5	
字　　数	200 千字	
书　　号	ISBN 978-7-5492-0881-4	
定　　价	25.00 元	